शहादत

शहादत का जन्म 14 अप्रैल, 1995 को बड़ौत, उत्तर प्रदेश में हुआ। उन्होंने दिल्ली विश्वविद्यालय से हिन्दी पत्रकारिता में स्नातक और हिन्दी में स्नातकोत्तर की डिग्री ली। उर्दू शायरी की वेबसाइट रेख़्ता, लॉ वेबसाइट लाइवलॉ और एनडीटीवी में भी कार्य किया।

उनके प्रकाशित कहानी-संग्रह हैं—'आधे सफ़र का हमसफ़र' और 'कर्फ़्यू की रात'। लेखन के अलावा उनकी रुचि अनुवाद में भी रही है। उन्होंने 'दास्तान-ए-1857' और मशहूर पाकिस्तानी कहानीकार हिजाब इम्तियाज़ अली के कहानी-संग्रह 'सनोबर के साये' का अनुवाद किया है।

ई-मेल : 786shahadatkhan@gmail.com

कर्फ़्यू की रात

शहादत

लोकभारती पेपरबैक्स

लोकभारती पेपरबैक्स में
पहला संस्करण : 2024

लोकभारती पेपरबैक्स : उत्कृष्ट साहित्य के लोकप्रिय संस्करण

लोकभारती प्रकाशन
पहली मंजिल, दरबारी बिल्डिंग, महात्मा गांधी मार्ग
प्रयागराज-211 001
द्वारा प्रकाशित

शाखाएँ : 1-बी, नेताजी सुभाष मार्ग, दरियागंज, नई दिल्ली-110 002
अशोक राजपथ, साइंस कॉलेज के सामने, पटना-800 006
1, अनमोल सोराबजी सन्तुक लेन, धोबी तलाव, मरीन लाइंस, मुम्बई-400 002
वेबसाइट : www.lokbhartiprakashan.com
ई-मेल : info@lokbhartiprakashan.com

बी.के. ऑफसेट
नवीन शाहदरा, दिल्ली-110 032
द्वारा मुद्रित

मूल्य : ₹250

CURFEW KI RAAT
Stories by Shahadat

ISBN : 978-81-19996-10-0

इनसान की पहचान उसके मुल्क से होती है, मज़हब से नहीं।

आज़ादी के लिए...

क्रम

आज़ादी के लिए 9

अभिनेता 25

इमरान भाई 37

कफ़्यूर् की रात 49

क़ुर्बान 58

क्रिकेट और हम हिन्दुस्तानी 66

तलाश 74

दूसरी शादी 83

चुनाव और प्रत्याशी 92

पत्नी और प्रेमिका 103

बाँझपन 114

बे-मंज़िल रास्ते 125

बेदीन 136

आख़िरी स्टेशन 146

पहला मतदान 153

आज़ादी के लिए

'बन्दिशें बाग़ी बनाती हैं।'

यह पहला विचार था, जो तुम्हारे दिमाग़ में उस औरत से मिलने के बाद आया था।

वह औरत, जो तुम्हारी अम्मी की सहेली थी और जिससे मिलने के लिए तुम्हें ख़ुद के साथ लगभग ज़बरदस्ती करनी पड़ी थी।

तुमने एकाएक ही ख़ुद को उस सबमें घिरा पाया था। किसी उजले दिन के काली घटा में घिर जाने की तरह। तुम्हें नहीं पता था कि तुम्हारी वह तुच्छ-सी क़ाबिलियत 'धैर्य', तुम्हें इतना मशहूर कर देगी कि शोहरत के जहाज़ पर सवार होकर तुम उस औरत से मिलने जाओगे, जो एक ज़माने में तुम्हारी अम्मी की सहेली थी और इस वक़्त दीन-ए-इस्लाम की ख़ुशबू से महकते अपने घर में हँसी-ख़ुशी रह रही थी।

कॉलेज के दौर में वह तुम्हारी प्रोफ़ेसर थी, जिसने सबसे पहले तुम्हारी उस क़ाबिलियत को उभारा था। वह बच्चों के हर वक़्त सवाल करने और बोलते रहने की आदत से परेशान थी, जब उसने एक दिन क्लास में एक विषय पर सवाल-जवाब के दौरान कहा था,

'यह अच्छी बात है कि तुम लोग बोलते और सवाल पूछते हो। पर बोलने और सवाल करने के साथ इनसान के अन्दर सुनने का धैर्य भी होना चाहिए। जिन लोगों में सुनने का धैर्य होता है वे दूसरों से कहीं आगे होते हैं।'

प्रोफ़ेसर की इस बात ने मानो तुम्हें वशीभूत कर लिया था। यह जाने बिना कि बाक़ी साथियों पर उनकी इस बात का क्या असर हुआ था, तुम पहले से ही चुप्पे क़िस्म के आदमी, इसके बाद और भी चुप रहने लगे थे। और तुम्हारे कान, कुछ भी सुनने के लिए पहले से कहीं ज़्यादा सतर्क। किसी ख़रगोश की तरह वे छोटी-से-छोटी आहट को भी सुन लेते। तुम ख़ामोशी और पूरे ध्यान से लोगों की बातें सुनते। कई बार तो तुम उनके कहे बिना ही उनकी बात को समझ लेते। उनकी भाव-भंगिमा और इशारों से उनके दर्द को जान लेते। फिर जब तुम उनकी साँसों के उतार-चढ़ाव को अपने शब्दों में बयाँ करते तो लोग तुम्हारे मुरीद हो जाते।

शुरुआत में तुमने इसे बस अपने प्रोफ़ेसर द्वारा की गई एक नसीहत के तौर पर लिया था। मगर जल्दी ही तुम्हें इस बात का एहसास हो गया कि तुम दूसरों से अलग हो। केवल अलग ही नहीं, अनोखे और अद्‌भुत भी। सैकड़ों-हज़ारों तरह के शोर से भरी इस दुनिया में तुम्हारे पास धैर्य था। सुनने का धैर्य, और यही तुम्हारी क़ाबिलियत है। एक ऐसी क़ाबिलियत, जिसका मौजूदा दौर में नितान्त अभाव है।

लोग अपने पास किसी सुननेवाले को पाते तो मानो फट पड़ते। उनके पास कहने के लिए ढेरों बातें होतीं, और सुनाने के लिए अनगिनत कहानियाँ। फिर जब तुम्हारे जैसा कोई धैर्यवान श्रोता हो, तो बोलनेवाला कहने के सुख के समुन्दर में डुबकियाँ लगाने लगता। तुम उसकी बातों को सुनते और मुस्कुराते हुए उन्हें किसी गहरे अँधियारे कुएँ में डालते जाते। कहनेवाले को जब इस बात का एहसास होता कि उसके बताए जा रहे राज़, सामनेवाले के सीने में भी उसी तरह महफ़ूज़ रहेंगे, जैसे कि वे उसके सीने में हैं, तो उसके अन्दर मानो एक विश्वास पैदा होता। भरोसा किये जाने का विश्वास। विश्वास, जो किसी भी रिश्ते की पहली शर्त होती है।

अपनी इसी क़ाबिलियत के चलते जल्दी ही तुमने ख़ुद को लोगों के जमघट में घिरा पाया। वे लोग, जो तुम्हें अपनी कहानियाँ सुनाने चाहते थे। तुम उनकी कहानियाँ सुनते और जवाब में उसी तरह मुस्कुरा देते।

जहाँ कहीं तुम्हें लगता तुम कोई सलाह भी दे देते। इस तरह यूँ बेध्यानी में इत्तेफ़ाक़ से दी गई तुम्हारी सलाहें, कई मौक़े पर ख़ासी कारगार साबित हुई थीं।

कॉलेज के कुछ दोस्तों से शुरू हुआ तुम्हारा यह सफ़र जल्दी ही ख़ानदान और फिर आस-पड़ोस के लोगों से होता हुआ शहर में किसी नेटवर्क की तरह फैल गया। लोग पहले से ही तुम्हारे पास चलकर आया करते थे, पर अब कुछ लोग तुम्हें ख़ास अपॉइंटमेंट पर अपने घर भी बुलाने लगे। वे तुम्हें इसकी क़ीमत भी अदा करते। इन लोगों में ज़्यादातर वे बुज़ुर्ग होते जिनके बच्चे अमेरिका, कनाडा, दुबई और अरब देशों में जा बसे थे। इसके अलावा वे लोग भी थे, जो एकाकी जीवन गुजार रहे था, या फिर वे युवा, जो किसी से एकतरफ़ा मोहब्बत में मुब्तला होते।

तुम्हारे इस काम को लेकर कुछ लोगों का ख़याल था कि तुम कोई लेखक या दास्तानगो हो, जो लोगों की कथाएँ सुनता है और फिर उन्हें कहानियों की किताब में ख़ास अन्दाज़ में बयाँ करता है।

कई महफ़िलों में जब तुम्हारा तारुफ़ एक लेखक या दास्तानगो के तौर पर कराया गया तो तुमने सामनेवाले को दुरुस्त करते हुए कहा,

"आई एम नॉट ए स्टोरी टेलर। आई एम ए स्टोरी लिसनर।"

तुम्हारे इस परिचय पर कई लोगों को ताज्जुब हुआ था। मौजूदा ज़माने में जब हर कहीं, हर कोई स्टोरी टेलर बना घूम रहा है, वहाँ कोई स्टोरी लिसनर भी हो सकता है! यह हैरान करनेवाली बात थी। पर तुमने किसी भी तरह की हैरानी पर कोई रद्दोअमल ज़ाहिर नहीं किया। बस, ख़ामोशी से अपना काम करते रहे। हमेशा की तरह।

शहर में पिछले कई दिनों से हो रही बारिश के बाद वह एक साफ़, धुला और उजला दिन था। नीले आसमान पर पीला सूरज चमक रहा था और उसके इर्द-गिर्द सफ़ेद बादल तैर रहे थे। बारिश की कई दिनों की नमी भरी चिपचिपाहट के बाद सूरज की मद्धिम रोशनी सुखद एहसास करा रही थी। तुम सूरज की रोशनी में आँगन में चारपाई डालकर लेटे हुए थे। तुम्हारे सीने पर बंगाल के एक लेखक

का अनूदित कहानी-संग्रह रखा था, जिसे तुम पढ़ने के लिए अपने साथ अन्दर से ले आए थे। मगर धूप की चमक से आए आलस्य के चलते तुमने एक-दो पन्ने पढ़ने के बाद ही उसे सीने पर लुढ़का लिया और आँखें बन्द करके कई दिनों बाद निकली मीठी धूप का मज़ा लेने लगे।

कुछ दूर ही बरामदे के नज़दीक रखे लकड़ी के झूले पर अम्मी बैठी हुई थीं। वह दोपहर के खाने के लिए सब्ज़ी काट रही थीं। सायरा बाज़ी (बड़ी बहन) छत पर गीले कपड़े फैलाने के लिए गई हुई थी। बुशरा (छोटी बहन) अम्मी के पास ही कुर्सी पर बैठी स्कूल का होमवर्क कर रही थी। छोटा भाई हिकमत बाहर दोस्तों के साथ खेलने गया हुआ था।

ज़ीने से उतरती सायरा बाज़ी के क़दमों की आहट से मानो अम्मी को कुछ याद आया। उन्होंने तुमसे कहा,

"क्या तुम इन दिनों ज़्यादा मसरूफ़ हो रहमत?"

"नहीं तो अम्मी," तुमने करवट ली और अम्मी की तरफ़ देखा।

"मेरी सहेली है," अम्मी के मुँह से जैसे ही 'सहेली' शब्द निकला, सायरा बाज़ी एक साथ दो पैड़ी उतरकर अम्मी के सामने आ खड़ी हुई। तुम उठकर बैठ गए। बुशरा का कलम चलाता हाथ रुक गया, और तुम तीनों बहन-भाई एक साथ सब्ज़ी काटने में मगन अम्मी को किसी आसमानी मख़लूक की तरह देखने लगे।

अम्मी तुम्हारे इस रवैय्ये से अनजान अपनी रौ में कहती रही, "वह तुमसे मिलना चाहती है। अगर तुम फ्री हो तो उससे मिल आओ।"

"कहाँ रहती हैं आपकी सहेली?" तुमने पहले सायरा बाज़ी की ओर और फिर बुशरा की तरफ़ देखा।

"जब तुम जाओगे तो मैं तुम्हें बता दूँगी।"

अम्मी ने कटी हुई सब्ज़ी से भरी परात सायरा बाज़ी को थमाई और हाथ धोने रसोई की तरफ़ चली गई।

तुम तीनों बहन-भाई इस बात पर यक़ीन करने की कोशिश करते हुए एक-दूसरे को देखने लगे कि अम्मी की कोई सहेली हो सकती है?

जिस तरह का उनका मिज़ाज था और वह लोगों से मिला करती थीं, उस सबको देखते हुए यह कहीं से मुमकिन नहीं लगता था कि उनकी भी कोई सहेली होगी।

तुम चीज़ों को फिर से समझने की कोशिश में वापस चारपाई पर बैठ जाते हो। घटनाओं को दोहराते हुए तुम याद करते हो कि क्या अम्मी ने इससे पहले कभी किसी सहेली का ज़िक्र किया था!

अम्मी अलूप क़िस्म की औरत थीं। अलग-थलग रहने वाली। उन्हें लोगों से ज़्यादा मिलना-जुलना पसन्द नहीं था। ऐसे बहुत कम लोग थे, जिनसे मिलकर उन्हें वाक़ई ख़ुशी होती थी। ख़ानदान-भर में और आस-पड़ोस में भी दीनदार लोगों की भरमार थी। और अम्मी को इन मज़हबी लोगों की संगत रास नहीं आती थी। उन्हें ऐसी धार्मिकता से चिढ़ थी, जो इनसान के व्यक्तित्व को ही ख़त्म कर दे।

वह मुसलमान परिवार से थीं और उनका परिवार दीनदार था। पर उस ज़माने में दीन लोगों पर उस तरह हावी नहीं था, जैसा कि आज है। पिछले बीस-तीस सालों में जिस तेज़ी से तब्लीग़ी जमात का असर बढ़ा है, उसने आम मुसलमान की दूसरी पहचानों को साहिल के रेत पर लिखी इबारत की तरह मिटा दिया है, और उसे सिर्फ़ मुसलमान होने की पहचान में समेट दिया है। अब समुदाय में लोग डॉक्टर, इंजीनियर, मैकेनिक, टीचर, लेखक या फिर पेंटर नहीं होते। अब केवल मुसलमान होते हैं। उनके बचपने में गाँव, मोहल्लों में यहाँ तक कि शहरों में भी मस्जिदों के इमाम ही हाफ़िज़ या मौलाना हुआ करते थे। वह भी नमाज़ पढ़ाने के लिए। मगर आज हर घर में आपको एक शख़्स हाफ़िज़-ए-क़ुरान, मौलाना या फिर आलिम ज़रूर मिल जाएगा।

अम्मी को लोगों की ऐसी एकसानियत से चिढ़ थी। उनके नवयौवन के दिनों में, जब तब्लीग़ी जमात आम मुसलमानों की दूसरी पहचानों को मिटा रही थी, और लोग अपने बच्चों को स्कूल, कॉलेज से हटाकर मस्जिद-मदरसों में मौलाना, आलिम बनने भेज रहे थे, तब अम्मी, उनके बड़े भाई और एक-दो और पहचान के लोग ख़ुद को इस लहर से बचाने में कामयाब रहे थे।

तुम्हारे नाना अब्बू हाजी थे और मस्जिद के मोअज्जिन भी, पर वह अपने बच्चों पर दीन को लेकर उस तरह से सख़्ती नहीं कर पाए थे, जैसे कि क़ुरान और हदीस में एक मुसलमान को अपने बच्चों को दीन सिखाने के लिए करने को कहा गया है।

अम्मी के बड़े भाई की जल्दी ही शादी हो गई थी और छोटा भाई दुबई चला गया था। बड़ी बहनों की पहले ही शादी हो चुकी थी और अम्मी सबसे छोटी थी, तो लाड़-दुलार के चलते भी उन पर दीन को लेकर वैसी सख़्ती नहीं की गई। मगर अम्मी की उन दिनों की सहेलियाँ उनके जैसी ख़ुशक़िस्मत नहीं थीं। जहाँ तक तुम्हें पता था, उस ज़माने में भी अम्मी की चुनिन्दा लड़कियों से ही दोस्ती थी। इनमें से भी कुछ की कमउम्री में ही शादी कर दी गई थी और कुछ को इस नियम के चलते कि घर में एक हाफ़िज़-ए-क़ुरान या मौलाना होना चाहिए, चाहे वह लड़की हो या लड़का, उन्हें बेटों की जगह पढ़ने के लिए मक़तब भेज दिया गया। मक़तब में मज़हबी पढ़ाई करने जानेवाली लड़कियों में अम्मी की वह ख़ास सहेली भी थी, जिसका घर मस्जिद वाली गली में था, और जिससे मस्जिद में पढ़ाई के दौरान ही उनकी दोस्ती हुई थी। तुम लोगों के सामने अम्मी ने जब भी अपने बचपन के बारे में बात की थी तो एक-दो बार अपनी इस सहेली का ज़िक्र भी किया था। इसी से तुमने अन्दाज़ा लगाया था कि शायद यही लड़की उन दिनों तुम्हारी अम्मी की ख़ास सहेली रही होगी। पर यह ज़िक्र इतना ग़ैर-मामूली और इत्तेफ़ाक़िया था कि तुम पक्के तौर यह कभी नहीं जान पाए कि अम्मी जैसी शख़्सियत की ज़िन्दगी में भी 'सहेली' जैसी कोई चीज़ हो सकती है।

वह लड़की मक़तब से आलिमा बनकर निकली थी। उसकी शादी भी आलिम से हुई थी। इस दौरान अम्मी की शादी भी पक्के-सच्चे मुसलमान दीनदार आदमी से हो गई थी। मगर दीनदार मुसमलान से शादी होने के बाद भी अम्मी अपने लिए आज़ादी की उस स्वनिर्मित खिड़की को खुली रखने में कामयाब रही थी, जिससे आती रोशनी में वह अपनी पसन्द के कपड़े पहन सकती थीं, लोगों से मिल सकती थीं, कहीं भी बिना रोक-टोक आ-जा सकती थीं, और परिवार के सम्बन्ध में सही-ग़लत फ़ैसले ले सकती थीं।

इस सबके होते हुए भी ऐसा नहीं था कि अम्मी पूरी तरह बेदीन थीं। वह पाँच वक़्त की नमाज़ी थीं और जब दिल करता तो क़ुरान भी पढ़ लेतीं। पर अब्बू जी की तरह वह दीनी उसूलों की पाबन्द नहीं थीं। इस बारे में जब कभी बात हुई तो उन्होंने कहा कि तुम्हारे अब्बू ज़रूरत से ज़्यादा दीनदार हैं, जबकि मेरा मानना है,

"ज़रूरत से ज़्यादा दीनदारी इनसान को पालतू कुत्ते में तब्दील कर देती है। जिनकी जंज़ीर मौलानाओं के हाथों में होती हैं। वे जिस तरफ़, जिधर चाहें अपने फ़ायदे के लिए इन कुत्तों को दौड़ा देते हैं। मैं पालतू कुत्तों की भीड़ में शामिल होना नहीं चाहती।"

उस वक़्त तुम्हारी समझ में नहीं आया कि अम्मी जन्नत के तबलगार और ऐश-ओ-आराम से भरे अनन्त जीवन के ख़ाहिशमन्द पक्के-सच्चे मुसलमानों को पालतू कुत्ते कैसे कह सकती हैं? मगर बाद में, बहुत बाद में तुम्हें इस बात की हक़ीक़त मालूम हुई थी, कि यह अम्मी ही थीं जिनके चलते तुम्हारी बड़ी बहन पूरे ख़ानदान में बारहवीं तक की पढ़ाई करनेवाली इकलौती लकड़ी बन पाई थी, और अब छोटी वाली ग्रेजुएट होने का सपने पाले बैठी थी, और तुम... तुम भी उन्हीं की बदौलत कॉलेज की शक्ल देख सके थे। अगर वह न होती तो तुम भी किसी मदरसे में घुटनों से नीचा कुर्ता और टख़नों से ऊपर शलवार पहने इस्लामी इतिहास की किताबें पढ़ रहे होते।

और तुम अभी भी नहीं समझ पा रहे हो कि आख़िर अम्मी तुम्हें क्यों अपनी उस बचपन की सहेली से मिलने के लिए कह रही हैं, जिससे वह ख़ुद एक ज़माने पहले ताल्लुक़ ख़त्म कर चुकी हैं। वह एक आलिम है। क्या उसके पास तुम्हारा जाना ठीक होगा? क्या अम्मी को नहीं पता कि इसके नतीजे क्या हो सकते हैं? वे नहीं जानतीं कि ईश्वर के बाद धार्मिक लोग ही आम इनसान को सबसे ज़्यादा प्रभावित करते हैं।

अम्मी कई बार तुम्हें अपनी सहेली से मिलने जाने का कह चुकी हैं। हर बार तुम उन्हें अपने किसी-न-किसी काम का हवाला देकर टालते रहे हो। तुम जानते थे कि तुम्हारे ये काम इतने ज़रूरी नहीं थे। तुम चाहते तो उन कामों के

बीच भी अम्मी की सहेली से मिलने जा सकते थे। पर तुमने हर बार बहाना बनाया। न जाने का बहाना। इस न जाने की इच्छा के पीछे तुमने छुपी हुई अपनी उस अनिच्छा को देखा, जिसे अम्मी 'चिढ़' कहा करती थी। ज़रूरत से ज़्यादा धार्मिक लोगों से मिलने की चिढ़। बस तुम किसी भी तरह इस मुलाक़ात से पीछा छुड़ाना चाहते थे।

सितम्बर के एक कम गरम दिन की दोपहर के खाने से पहले जब तुम अम्मी से इस अनचाही मुलाक़ात के लिए साफ़-साफ़ इनकार करनेवाले थे, तभी तुम्हारे लिए एक फ़ोन आया। फ़ोन राज्य की राजधानी में रह रहे एक अनजान शख़्स का था। उसने तुम्हें बताया था कि वह तुमसे मिलना और तुम्हें अपनी कहानी सुनाना चाहता है। तुम्हारे आने-जाने के लिए उसने फ्लाइट की टिकट बुक करा दी है। उसने कहा था कि जैसे ही तुम्हें टिकट मिले तो उसे फ़ोन करके सूचित कर देना, ताकि वह तुम्हें लाने के लिए एयरपोर्ट पर ड्राइवर भेज सके।

वह शहर के पुराने हिस्से में नवाबी अन्दाज़ में बना घर था। घर बाहर से जितना बदरंग और उजाड़, अन्दर से उतना ही ख़ूबसूरत और चमकार। वह व्यक्ति, जिसने तुम्हें फ़ोन करके बुलाया था, सत्तर-पचहत्तर वर्षीय बूढ़ा व्यक्ति था। शायद उस घर का अकेला निवासी, क्योंकि तुम्हें उसके अलावा दो-चार नौकरों को छोड़कर वहाँ कोई नज़र नहीं आया। कुछ देर आराम करने और फिर चाय पीने के बाद उसने तुम्हें अपनी कहानी सुनानी शुरू की।

बूढ़े ने अपनी कहानी शुरू करते हुए कहा कि वह हिन्दुस्तान के इस मशहूर और प्राचीन शहर में अपना बचपना गुजारने के बाद जवानी के शुरुआत दौर में ही पढ़ाई के लिए ईरान चला गया था। पढ़ाई के बाद वहीं उसे मल्टीनेशनल कम्पनी में नौकरी मिल गई। फिर जहाँ काम वहीं घर की तर्ज़ पर वह वहीं बस गया। उसने अपने साथ काम करनेवाली इराकी लड़की से शादी की और तेहरान के उपनगर में मकान ख़रीद लिया। पहले बच्चे की पैदाइश के वक़्त उसकी बीवी ने नौकरी से इस्तीफ़ा दे दिया और वह अकेला ही दफ़्तर जाने लगा, जहाँ वह अगले चालीस साल, बिना एक दिन की छुट्टी लिये जाता रहा था। उसी घर में उनके बाक़ी बच्चे पैदा हुए,

उनकी परवरिश हुई और फिर वहीं उनकी शादी भी कर दी गई। सबसे छोटी बेटी की शादी से कुछ अरसा पहले उसकी बीवी की कैंसर से मौत हो गई। माँ की मौत पर बाक़ी बच्चे आए और लगे हाथ ही छोटी बहन की शादी भी कर गए।

"घर में मैं तन्हा रह गया," उसने कहा, "बच्चे ईद-बकरीद और अन्य त्योहारों पर मिलने आया करते थे और हफ़्ते-भर तक रुका करते। वैसे तो बीवी की मौत के बाद मैं अकेला ही रहता था, और अकेला रहने की मुझे आदत भी हो चली थी। पर बच्चों के मिलने आने और उनके जाने के बाद अकेलेपन का एहसास शिद्दत से टीसता। मैं उनमें से किसी को भी अपने साथ रहने के लिए नहीं कह सकता था। कहना भी नहीं चाहता था। उनकी अपनी ज़िन्दगी थी, नौकरी थी और परिवार भी था। अगर मैं उन्हें अपने लिए रोकता तो यह ख़ुदगर्ज़ी होती।"

"बिलकुल," तुमने उसकी गोल चमकदार आँखों में देखते हुए जवाब दिया।

"फिर मैंने सोचा कि जब अकेला ही रहना है तो क्यों न अपने घर चलकर रहा जाए," उसने मुस्कुराते हुए कहा, "तुम जान रहे हो ना, कौन से घर में। इसी घर में।"

उसकी मुस्कुराहट के जवाब में तुम भी मुस्कुरा दिये।

उसने आगे कहा,

"सच कहूँ तो उन दिनों मुझे अपने शहर, इसके लोगों और घर की बहुत याद आने लगी थी। पहले तो मैं इसे इस उम्र में होनेवाली ख़ामख़याली समझकर टालता रहा, पर जब बीते दिनों की यादें तकलीफ़ देने लगी तो मैंने वहाँ से चले आने का फ़ैसला किया।"

"किसी भी इनसान के लिए अपना घर छोड़ना और उससे जुड़ी यादों को भुलाना एक तक़लीफ़देह प्रक्रिया होती है। एक मुसलमान होने के नाते तुम तो जानते ही होंगे कि रात के अँधेरे में पैग़म्बर मोहम्मद जब मक्का से निकलकर मदीना के लिए हिजरत करने लगे, तो उन्होंने मक्का की तरफ़ हाथ उठाकर कहा था कि, ऐ मक्का! अगर तेरे लोग मेरी ज़िन्दगी को तंग न करते तो मैं तुझे कभी छोड़कर न बजाता।"

यह कहते हुए वह रोने लगे थे। यह हाल तब था जब मदीना में भी मुसलमान थे और वहाँ उन्हें ज़्यादा ख़ुशहाली और अधिकार भी मिलनेवाले थे। पर इससे क्या होता है? अपना मुल्क, अपना घर और अपने लोग तो अपने ही होते हैं। आज पूरी दुनिया में मुसलमान फैले हुए हैं। उनके अनगिनत मुल्क भी हैं। क्या महज़ मुसलमान हो जाने से वे मुल्क या लोग हमारे हो जाएँगे? कभी नहीं।

"मैं आपको बताता हूँ कि एक बार मेरा कम्पनी के काम के सिलसिले में सऊदी अरब जाना हुआ। मैंने देखा कि वहाँ काम करनेवाले हिन्दुस्तानी, पाकिस्तानी और बांग्लादेशियों को स्थानीय लोग 'अल-हिन्दी' यानी 'हिन्दुस्तान का रहनेवाला' कहकर बुलाते हैं। मुझे ये सुनकर हैरानी हुई। वे लोग चाहते तो अपने यहाँ काम करनेवाले हिन्दुस्तानी-पाकिस्तानियों को मुसलमान होने के नाते 'बरादर' या फिर उनके नाम से भी पुकार सकते थे। पर नहीं, क्योंकि हर कोई जानता है कि इस दुनिया में इनसान की पहचान उसके मुल्क से होती है, मज़हब से नहीं।"

"तो बस, हम भी अपने मुल्क चले आए," यह कहते हुए वह एक बार फिर मुस्कुराया। इत्मीनान और सुकून की मुस्कुराहट। इस मुस्कुराहट में अकेलेपन के दुख और तकलीफ़ का कोई अक्स नहीं था।

इसी बीच दरवाज़े पर दस्तक हुई। तुमने देखा कि साधारण कपड़े पहने एक औरत खड़ी है। उसने कहा, "जनाब! खाना लग गया है।"

तुम्हें पता चला कि वह बावर्चन थी।

खाने की मेज़ पर बैठे, यूँ ही, पता नहीं कैसे तुम्हारे मुँह से वह बात निकल गई, जिसे तुम अपने होश-हवास में शायद ही कभी कहना पसन्द करते। तुमने पूछा, "तो आप शिया हैं?"

"आपको कोई शिकायत है?"

"शिकायत" शब्द से तुम्हें एहसास हुआ कि तुमसे कितनी बड़ी ग़लती हो गई है। तुमने अपनी ग़लती पर माफ़ी माँगते हुए कहा,

"नहीं सर, मैंने बस ऐसे ही पूछ लिया। अगर आपको बुरा लगा तो मैं माफ़ी चाहता हूँ। वैसे भी शिया-सुन्नी से क्या फ़र्क़ पड़ता है। हैं तो हम सब बरादरान-ए-इस्लाम ही।"

"बिलकुल", उसने बिरयानी से भरी प्लेट से एक छोटी बोटी को चुनते और उसे मुँह में डालते हुए कहा,

"शिया-सुन्नी वग़ैरह ये सब मौलानाओं के झगड़े हैं। एक मुसलमान को चाहिए कि जहाँ तक हो सके इन सब झगड़ों से दूर रहे। क्या यह काफ़ी नहीं कि हम एक ख़ुदा के बन्दे और पैग़म्बर मोहम्मद के उम्मती हैं। फिर ख़िलाफ़त किसे मिली और किसे नहीं। इससे हमें क्या लेना-देना। इससे न तो हमें दुनिया में कामयाबी मिलेगी और न ही आख़िरत में।"

तुम इस विषय को जितनी जल्दी हो सके बन्द कर देना चाहते थे, क्योंकि इस्लामिक समुदायों के आपसी झगड़ों और रिवाजों पर बात करना अन्तहीन बहस को जन्म देना है।

तुमने बात बदलते हुए कहा,

"लगता है कि आप सारा दिन घर में ही रहते हैं। फिर शहर की हलचल के बारे में कैसे पता चलता होगा कि बाहर क्या चल रहा है?"

"अरे जनाब, उसके लिए अख़बार है, टीवी है और फिर हमारे मुलाज़िम भी तो हैं। वे जब भी सामान लेने बाहर जाते हैं तो शहर में हो रही गतिविधियों के बारे में भी ख़बर लाते हैं, और हमें सुनाते हैं।"

"इसी से एक बात याद आई", इस बार उसने कुछ गम्भीर होते हुए कहा, "शायद यह तुम्हें भी दिलचस्प लगे। अभी एक-दो महीने पहले ही बहुत दीनदार औरत, आलिमा, उसका शौहर भी आलिम, उसके दोनों बेटे भी मौलाना और बेटियाँ भी दीन-ए-इस्लाम की अच्छी जानकार, वह औरत किसी शराबी के साथ भाग गई। कहते हैं उसका शौहर मदरसा चलाता है। तब्लीग़ी जमात से भी जुड़ा है। अपने शौहर के साथ वह भी दूसरे शहरों में जाया करती थी और वहाँ औरतों के इज़्मतों (धार्मिक मजलिसों) में तक़रीर किया करती थी। इस आने-जाने में ही उसने कहीं उस शराबी को देखा और मौक़ा मिलते ही फरार हो गई।"

मुलाक़ात अच्छी रही थी। चलते वक़्त बूढ़े ने तुमसे हर हफ़्ते मिलने आने की दरख़्वास्त की। उसने कहा कि अगर तुम चाहो तो कुछ दिन या फिर हमेशा

के लिए उसके साथ रह सकते हो। इन प्रस्तावों पर मुस्कुराते हुए तुमने अपने काम का हवाला दिया और ऐसी किसी भी सम्भावना से इनकार कर दिया। तुम इस बात पर सहमत हुए कि दो-चार महीने में जब भी तुम्हें फ़ुर्सत हुआ करेगी या वह ख़ुद तुमसे मिलना चाहेंगे, तुम आ जाया करोगे।

वहाँ से निकलते ही तुम्हारे हवासों पर वही औरत सवार हो गई। पूरे रास्ते तुम उसी औरत के बारे में सोचते रहे थे। घर आते ही तुमने अम्मी से उनकी सहेली और उसके पते के बारे में पूछा। अम्मी ने जो बताया उसे सुनकर तुम्हारे पैरों तले से मानो ज़मीन खिसक गई। वह वही औरत थी, जिसका ज़िक्र एक दिन पहले तुम्हारा बूढ़ा क्लाइंट कर रहा था।

अगले दिन उसके घर की ओर जाते हुए तुम्हारे दिमाग़ में सवालों की वही शृंखला दौड़ रही थी, जिनकी वजह से तुम रात-भर सो नहीं सके थे। तुम्हें अभी भी यक़ीन नहीं हो रहा था कि इतनी दीनदार औरत शराबी के साथ भाग सकती है? क्या उसके दिल से ख़ौफ़-ए-ख़ुदा निकल गया था? क्या वह हड्डियों तक को राख़ बना देनेवाली जहन्नुम की दहकती आग को भूल गई थी? क्या उसे क़ब्र के अज़ाब से डर नहीं लगा? आख़िर ऐसी क्या बात थी? क्या उसने दुनिया को पाने के लिए यह सब किया या फिर उसकी पसन्द की शादी नहीं हुई थी?

दुनिया के लिए तो ख़ैर उसने यह सब नहीं किया होगा, तुमने ख़ुद को तसल्ली देते हुए सोचा, वह आलिम की बीवी थी, जिसका ख़ुद का मदरसा था और जो तब्लीग़ी जमात के सिलसिले में हमेशा देश के अलग-अलग शहरों में जाता रहता था। वो भी उसे साथ लेकर। ऐसा आदमी ग़रीब तो हो नहीं सकता था। फिर तुम्हारे उस बूढ़े क्लाइंट ने बताया था कि मौलाना ख़ासे अमीर हैं और उसके घर से कहीं बड़ा उनका घर है। बूढ़े क्लाइंट का घर भी ख़ूबसूरत और आलीशान है। इस हिसाब से मौलाना को करोड़पति होना चाहिए। तो वह ग़रीबी से तंग आकर भी नहीं भागी। ग़रीबी नहीं थी तो उसे खाने, कपड़े या ज़ेवर-गहने ख़रीदने की भी तंगी नहीं रही होगी। रही पसन्द की शादी की बात, तो बूढ़े क्लाइंट के मुताबिक़ उसके बच्चे जवान थे और मौलाना भी थे, तो इस बूढ़ी उम्र में वह जिस्मानी ख़्वाहिशात के लिए भी नहीं भाग सकती थी।

अगर उसे ऐसी कोई ख़्वाहिश होती या फिर पसन्द की शादी की बात होती तो वह जवानी के दिनों में भाग सकती थी। या फिर उसके बाद कभी भी, क्योंकि इतनी लम्बी ज़िन्दगी में ऐसा तो हो नहीं सकता कि उसे कभी घर में अकेले रहने या घर से बिन बताए भाग जाने का मौक़ा न मिला हो। जैसा कि वह अब भाग गई थी। फिर आख़िर क्या वजह थी? वह भागी क्यों? वह भी एक शराबी के साथ?

टैक्सी ड्राइवर ने तुम्हें ठीक उसी मिनी बँगलेनुमा घर के सामने लाकर छोड़ा। डोरबेल बजाने के कुछ देर बाद दरवाज़ा खुला। तुमने देखा कि तुम्हारे सामने पैंतीस-चालीस की उम्र का व्यक्ति खड़ा है। देखने में हट्टा-कट्टा और सुदर्शन। उसने व्हाइट लाइनों वाला ब्लैक लोवर और स्काई कलर की हाफ़ बाजू टी-शर्ट पहनी है। लगता है वह दरवाज़ा खोलने सीधा बेड से उठकर आया है। उसने एक नज़र तुम्हें देखा और पूछा,

"रहमत?"

"जी," जितना संक्षिप्त उसने सवाल किया, उससे कहीं ज़्यादा संक्षिप्त तुमने जवाब दिया।

तुम्हें अन्दर जाने का रास्ते देते हुए वह साइड हो गया। तुम अन्दर घुसे और उसने पीछे से दरवाज़ा बन्द कर दिया। वह तुम्हारी तरफ़ मुड़ा और बताने लगा कि घर से निकलते ही तुम्हारी अम्मी ने फ़ोन पर तुम्हारे आने की ख़बर दे दी थी। वह यह सब कहता है और उसके मुँह से शराब की बदबू के भभके निकलने लगते हैं। उसने रात में शराब पी होगी और अभी तक ब्रश नहीं किया था, तो रात की शराब की बू अब तक उसके मुँह में थी।

वह तुमसे आगे निकल जाता है और उसके पीछे चलते तुम घर के बाहरी हिस्से का मुआयना करते हो। घर के बाहर लगभग दो सौ गज में लॉन बना है। लॉन के बीच से पत्थर से बनी वह दो फुट चौड़ी पगडंडी जाती है, जिस पर तुम चल रहे हो। पगडंडी के दाएँ तरफ़ वाला लॉन का हिस्सा ज़्यादा चौड़ा है और बाएँ तरफ़ वाला कम। चौड़े वाले हिस्से में गोल आकार में छोटा-सा फ़व्वारा बना है। गोलाई पर संग-ए-मरमर लगा है। फ़व्वारे से थोड़ी दूर लकड़ी का गोल

मेज़ और उसके गिर्द लकड़ी की ही चार कुर्सियाँ रखी हैं। कुर्सियों के पीछे, थोड़ा हटकर लोहे का झूला लगा है। झूले को थामनेवाले लोहे के मोटे-गोले पाइप तिकोन आकार में ज़मीन में धँसे हैं और उनके सिरों पर बीच में झूले की जंज़ीरें बँधी हैं। लॉन के चारों तरफ़ तरह-तरह के फूलों के पौधे लगे हैं। पौधों की पत्तियों और कुछ खिले फूलों पर अभी भी सुबह की ताज़गी की बहार है।

तुम्हारे आगे चल रहा व्यक्ति घर का दरवाज़ा खोलता है और तुम्हें पहले चलने के लिए कहता है। तुम घर में दाख़िल होते हो। वह तुम्हारे पीछे आता है और दरवाज़ा बन्द कर देता है। फिर जल्दी से क़दम बढ़ाकर तुम्हारे आगे आता है और तुम्हें घर के दाएँ कोने में रखे सोफ़े की तरफ़ बैठने का इशारा करता है। तुम आगे बढ़कर सोफ़े पर बैठ जाते हो। तुम्हारे बैठते ही वह सीढ़ियों पर ग़ायब हो जाता है। शायद उन लोगों का बेडरूम छत पर है। तुम सोचते हो और फिर घर को अन्दर से देखते हो। घर की साफ़-सुथरी दीवारों को देखकर लगता है कि उन पर हाल ही में पेंट कराया गया है। सफ़ेद रंग से रँगी दीवारें किसी अस्पताल का-सा एहसास कराती हैं। फ़र्श बहुत चमकदार है। लगता है कि कुछ देर पहले ही उस पर पोंछा लगाया गया है।

तुम दूसरी चीज़ों को देखते हो। तुम्हें हर चीज़ इतने करीने से रखी दिखाई देती है कि लगता है मानो वे चीज़ें, जिन जगहों पर रखी हैं, वे सब जगहें उन्हीं चीज़ों को रखने के लिए बनी हैं, जो उन पर रखी हैं।

तभी तुम्हारा ध्यान उस जगह पर आ रही रोशनी की तरफ़ जाता है, जहाँ तुम बैठे हो। तुम मुड़कर देखते हो और पाते हो कि तुम्हारे पीछे कोई दीवार नहीं है। दीवार की जगह तिकोन में पारदर्शी शीशा लगा है। शीशे से बाहर लॉन का नज़ारा दिखाई देता है। सुबह में निकलते सूरज की रोशनी सबसे पहले वहीं दस्तक देती प्रतीत होती है। शीशे के किनारों पर अन्दर की तरफ़ सफ़ेद रंग के भारी पर्दे टँगे हैं। तुम पर्दों को देख ही रहे होते हो कि तुम्हें ज़ीने पर किसी के क़दमों की आहट सुनाई देती है। तुम चौकन्ने होकर सीधे बैठ जाते हो। उस अनजान औरत के आने का सोचकर एकाएक तुम्हारे दिल की धड़कन बढ़ने लगती है और दिमाग़ में वही सब सवाल कुलबुलाने लगते हैं,

जिन्होंने सारी रात तुम्हें परेशान रखा था, और जिन्हें तुम रास्ते-भर सोचते रहे थे। तुम्हारे दिल की धड़कन लगातार बढ़ती जाती है और एक समय तुम्हें लगता है कि शायद वे बेक़ाबू हो रही हैं। बेतहाशा धड़कती धड़कनों को काबू में करने के लिए तुम ध्यान बँटाने की कोशिश में बैग से किताब निकालते हो और उसके पन्ने पलटने लगते हो।

सरसरी निगाहों से किताब के पन्ने पलटते के बीच ही तुम्हें सामने से वही औरत आती दिखाई देती है, जो किसी ज़माने में तुम्हारी अम्मी की सहेली थी। वही औरत, जो कुछ दिन पहले तक एक दीनदार ख़ानदान की मुखिया थी। जिसका शौहर आलिम और मौलाना था, और वह ख़ुद भी आलिमा थी। और जिसने अभी तक दुनिया को केवल पर्दे के पीछे से देखा था।

वह भरे-भरे जिस्मवाली चालीस-पैंतालीस साल के दरमियानी उम्र की औरत थी। उसने हल्के पिंक कलर की स्लीवलेस नाइटी पहनी थी। उसके काले घने बाल उसकी पीठ के नीचे तक झूल रहे थे। लगता है वह कुछ देर पहले ही सोकर उठी है, और ऐसे तरोताज़ा दिख रही है, जैसे मुद्दतों बाद पिंजरे से निकली कोई चिड़िया लम्बी उड़ान के बाद गहरी नींद सोकर उठने पर लगती है।

वह ख़ूबसूरत है। गोल और चमकदार चेहरेवाली औरत। उसके घने बाल अभी भी काले हैं। तुम उसके चेहरे को देख रहे होते हो कि वह मुस्कुराकर पूछती है,

"यहाँ तक आने में कोई तकलीफ़ तो नहीं हुई?"

एकाएक किये गए इस सवाल से तुम अकबका जाते हो। तुम्हें अपनी स्थिति और वहाँ आने के कारण का भान होता है, और इसके साथ ही तुम्हारे दिमाग़ में वही सब सवाल दौड़ने लगते हैं, जिनके जवाब जानने के लिए तुम उससे मिलने पर तैयार हुए थे।

"नहीं, कोई तकलीफ़ नहीं। अच्छा सफ़र था। बस कुछ परेशानियाँ हैं," तुमने जवाबन कहा।

'परेशानियाँ', उसकी भवें सिकुड़ गईं, 'कैसी परेशानियाँ?'

और तब तुमने अपने उन सभी सवालों का निष्कर्ष एक सवाल में जमाते हुए पूछा,

"मैं अभी भी समझ नहीं पाया कि आख़िर आपने यह सब क्यों किया? आपकी बीती ज़िन्दगी और यह सब, किसलिए?"

तुम्हारे इस सवाल पर उसकी सिकुड़ी भँवें अपनी जगह लौट आईं। उसने गहरी और लम्बी साँस ली, और कुर्सी की पुश्त पर पीठ टिका ली। गर्दन को हल्का-सा ख़म दिया और कहा,

"आज़ादी के लिए।"

अभिनेता

फ़ुज़ैल मेरा बचपन का दोस्त था। पक्का और गहरा दोस्त। हम दोनों ने अपनी ज़िन्दगी का काफ़ी लम्बा अर्सा साथ बिताया। हम स्कूल में, कॉलेज में और यूनिवर्सिटी में सब जगह साथ थे। स्कूल के दिनों में ट्यूशन पढ़ने भी हम एक ही टीचर के पास जाते थे। कॉलेज के दिनों में कोचिंग भी एक ही सेंटर में करते थे। इतना सब होने के बाद भी हम दोनों के मिज़ाज बिलकुल अलग-अलग थे। मुझे किताबें पढ़ना अच्छा लगता था और उसे फ़िल्में देखना। ये तो मुझे मालूम न था कि उसने कितनी फ़िल्में देखी थी, लेकिन अगर मैं उसके सामने किसी फ़िल्म का नाम ले देता तो वह फट से उसकी पूरी स्टोरी बता देता। अगर मुझे किसी गाने के एक-दो बोल याद होते तो वह पूरा गाना सुना देता। वह हर नई फ़िल्म को उसके पहले शो में देखता और पुरानी को डीवीडी पर। इसके लिए चाहे उसे कॉलेज बंक करना हो या फिर कोचिंग छोड़ना हो। इससे उसे कोई फ़र्क़ नहीं पड़ता था।

कॉलेज में जब कभी स्टूडेंट्स की ज़िद पर टीचर क्लास में अन्ताक्षरी करा देते तो मजाल है कि कोई उससे जीत जाए। वह एक ही अक्षर के इतने गाने सुना देता कि सामनेवाले ग्रुप की सिट्टी-पिट्टी गुम हो जाती। वह हर बार जीतता। कई बार तो ऐसा भी हुआ कि पूरी क्लास एक तरफ़ और वह अकेले दूसरी तरफ़। फिर भी वही जीतता। वह अपनी फ़िल्मी दुनिया में इतना खोया रहता

कि पढ़ाई की तरफ़ तो उसका बिलकुल भी ध्यान नहीं था। उसे पाठ्य-पुस्तक के चैप्टर तो दूर उन किताबों के नाम तक नहीं पता थे। लेकिन हीरो के नाम लेते ही वह उसकी सारी फ़िल्मों की लिस्ट बता देता। इस मामले में तो उसकी मेमोरी पावर इतनी तेज़ी से काम करती कि पूछो ही मत। फ़िल्मों के साथ-साथ वह उनके हीरो-हिरोइन के बारे में भी ख़ासी जानकारी रखता था। मसलन—किस हीरो ने पहली बार कौन सी फ़िल्म की? अब तक उसने कितनी फ़िल्में की हैं? उनमें कितनी फ़िल्में फ्लॉप और हिट रही हैं? इससे पहले वह क्या करता था? कितना पढ़ा-लिखा है? स्टार किड्स है या बाहरी है?

इसी तरह हिरोइन के बारे में भी। कौन हिरोइन पहली बार किस हीरो के साथ आई? उसका किसके साथ अफ़ेयर चल रहा है? इससे पहले उसने क्या किया है? और किस फ़िल्म में उसने सबसे बढ़िया एक्टिंग की है? वग़ैरह-वग़ैरह।

सिनेमा के उसके इस असमाप्य ज्ञान पर टीचर्स भी उसकी सराहना करते। उसकी हौसला अफज़ाई करते। कई बार तो कॉलेज इवेंट्स में उसकी एक्टिंग और गायकी के लिए उसे पुरस्कृत भी किया गया। लेकिन सिनेमा के प्रति उसका यह असमाप्य ज्ञान एग्ज़ाम के दिनों में उसके लिए मुसीबत बन जाता। उस वक़्त मेरी परेशानियाँ बढ़ जातीं, क्योंकि मुझे अपने एग्ज़ाम के साथ-साथ उसका एग्ज़ाम भी कराना होता।

अब वह फ़िल्मी सितारा था, तो उसने अपने कमरे को भी अपने हिसाब से सेट कर रखा था। कमरे के बीचों-बीच उसने नरम और मुलायम बिस्तर वाला बेड लगा रखा था। बिस्तर के दाहिनी तरफ़ सामनेवाले कोने में टीवी, डीवीडी, साउंड सिस्टम और ढेर सारी फ़िल्मों के सीडी रखे थे। बाएँ तरफ़ किताब रखने के लिए कम ऊँचाई वाली छोटी-सी अलमारी रखी थी। उसमें भी किताबें कम होतीं और गानों की कैसेट ज़्यादा। कमरे की चारों दीवारों पर कई हीरो-हिरोइन की तसवीरें लगी थीं, जो हीरो-हिरोइन की फ़िल्मों के हिट होने और उनकी लोकप्रियता के आधार पर बदलती रहती थीं। जब जिस हीरो की फ़िल्म हिट होती, वह उसी की लम्बी-चौड़ी तसवीर कमरे की दीवार पर लगा देता। इसी तरह हिरोइन की भी। फिर जैसे ही उनमें से किसी की कोई फ़िल्म फ्लॉप होती और दूसरों की हिट तो तसवीर बदल जाती।

मैं जब भी उस कमरे में गया, मुझे हर बार कमरे की दीवारों पर अलग-अलग हीरो-हिरोइन की तसवीरें चिपकी दिखाई दीं। कभी गोविन्दा, जितेन्द्र और मिथुन तो कभी रितिक, सुहेल और संजय दत्त। ऐसे ही हिरोइनों की भी। कभी जयाप्रदा, हेमामालिनी और करिश्मा तो कभी करीना, बिपाशा, प्रियंका, दीपिका और अमीषा। लेकिन इन बदलती तसवीरों में चार तसवीरें ऐसी थीं, जो कभी नहीं बदलती थीं। इनमें तीनों ख़ान शाहरुख़, सलमान और आमिर थे और एक थी हिरोइन, रेखा। उसने इन चारों की तसवीर वाले पोस्टर को काँच के फ्रेम में जड़वाकर ठीक अपने बेड के दाईं तरफ़ लगा रखा था। देश के हर युवा की तरह वह भी तीनों ख़ानों का ज़बरदस्त फैन था। वह इनकी एक भी फ़िल्म मिस नहीं करता। हर एक को देखता। बहुत दिलचस्पी के साथ। वह भी उनके पहले शो में। इसके लिए वह ब्लैक में टिकट ख़रीदने से भी नहीं हिचकता था।

हर रोज़ सुबह उठते ही सबसे पहले वह जो काम करता, वह था इन फ्रेमों की सफाई करना। इनके बारे में उसका कहना था, "तीनों ख़ान बॉलीवुड की पहचान हैं। अगर ये तीनों न होते तो इनके बिना बॉलीवुड ऐसा होता जैसे बिन मीनारों का ताजमहल। अब तुम सोचकर बताओ कि अगर ताजमहल के चारों ओर से उसकी मीनारें हटा दी जाएँ तो वह कैसा लगेगा?"

इसी तरह वह रेखा के बारे में कहता, "रेखा बॉलीवुड नामक बगीचे का वो गुलाब है, जिसकी ख़ुशबू मुरझाने के बाद भी महकती रहती है।"

इस सबके अलावा उसमें एक ख़ास बात और भी थी। वह कभी हॉलीवुड या चाइनीज़ फ़िल्में नहीं देखता था। हालाँकि हमारी उम्र के अधिकांश युवा फाइटिंग एक्शन और साइंस फिक्शन के लिए इन दोनों जगह की फ़िल्में देखना पसन्द करते हैं। लेकिन वह इन्हें कभी नहीं देखता था। पता नहीं उसे ये फ़िल्म समझ नहीं आई या फिर उसे उनमें कोई दिलचस्पी नहीं थी। पर जो भी हो, वह बॉलीवुड का दीवाना था, तो हर लम्हा उसी में रहता था। सोता, जागता, हँसता, खेलता, बोलता यहाँ तक कि टॉयलेट में बैठा हुआ भी अस्सी के दशक के रोमांटिक और ग़मगीन गाने गुनगुनाता रहता।

फ़िल्मों के प्रति उसके इस जुनून को देखकर कभी-कभी वह मुझे अपने-आप में चलता-फिरता सिनेमा लगता।

लेकिन फ़िल्मों के प्रति उसका यह जुनून टाइमपास या सिर्फ़ मौज-मस्ती के लिए नहीं था। वह इससे सीखता था। वह सब देखता था, जो समाज में है। जो लोगों की सोच है और जिस तरह उसे फ़िल्माया जा रहा है। यह छवि-निर्माण करता है, एक व्यक्ति की, एक परिवार की, एक समुदाय की और साथ ही एक देश की भी। फ़िल्मकार लोगों के रुझान को न केवल दिखाते हैं बल्कि उसे बनाते भी हैं। वह बताते हैं कि एक समाज या फिर देश में लोगों की राय क्या है? जिसे हम बोलने से डरते हैं, वह कह देता है। वह भी सपाट और धड़ल्ले से। वो सब, जो हमारी पहुँच से बाहर होता है। और यदि वह पहुँच में होता भी है तो हम उसे मामूली या फिर बेमानी समझकर-कहकर नज़रअन्दाज़ कर देते हैं। जब कभी मैं उससे पूछ लेता कि तुम इतनी फ़िल्में क्यों देखते हो तो वह जवाब देता, "फ़िल्म मेरे लिए माध्यम है लोगों की राय जानने और समाज को देखने का। इससे पता चलता है कि हमारे आसपास के लोग क्या सोचते हैं और वे दूसरों के बारे में क्या राय रखते हैं?"

हालाँकि, मुझे फ़िल्म देखने का कोई ख़ास शौक़ नहीं था, लेकिन जब कभी कोई फ़िल्म ज़्यादा चर्चित हो जाती या फिर शाहरुख़, सलमान और आमिर में से किसी एक की होती तो वह मुझे भी अपने साथ ले जाता। सबसे पहले मैंने उसके साथ 'ये दिल आशिक़ाना' फ़िल्म देखी थी और आख़िरी 'माई नेम इज़ ख़ान'। 'ये दिल आशिक़ाना' लव स्टोरी और आतंकवाद पर आधारित फ़िल्म है। फ़िल्म अच्छी है। लेकिन इतने लम्बे समय तक बैठे रहने से मैं बोर हो गया था। अपनी बोरियत दूर करने के लिए मैंने उससे बातचीत करने की सोची।

फ़िल्म के बाद जब हम सिनेमा हॉल से बाहर निकलने और घर की ओर चल दिये तो मैंने उससे पूछा, "तुम फ़िल्म बहुत ध्यान से देखते हो?"

"हाँ, वो तो मैं देखता हूँ।"

"अच्छा, तो अगर मैं तुमसे इस फ़िल्म के बारे में एक लाइन में टिप्पणी करने के लिए कहूँ तो?"

"तो, इसमें कौन सी बड़ी बात है? वह तो मैं अभी कर दूँगा।"

"फिर बताओ इस फ़िल्म के बारे में तुम्हारा क्या कहना है? वह भी एक लाइन में।"

उसने जवाब दिया, "मुहब्बत में अपनी मुश्किलें आपको तकलीफ़ नहीं देतीं। पर जिन्हें आप प्यार करते हैं उनकी तकलीफ़ें आपसे बर्दाश्त नहीं होतीं। इसके लिए आप अपनी जान की भी परवाह नहीं करते।"

उसके इस जवाब से मैं बड़ा प्रभावित हुआ। मुझे एहसास हुआ कि उसके बारे में जो कुछ मैं सोचता हूँ (मैं सोचता था कि वह लापरवाह और पढ़ाई से भागनेवाला लड़का है। हमेशा मौज़-मस्ती की धुन में खोया रहनेवाला। जिसके अन्दर गम्भीरता नाम की कोई चीज़ नहीं हो सकती।) वह ग़लत है। वह ख़ासा समझदार और अच्छा लड़का है। यह सोचते ही मेरी नज़रों में उसकी अहमियत बढ़ गई और उसके साथ पहले के मुकाबले (मैं उससे अकसर गम्भीर या फिर समझदारी भरे बातें करने से कतराता था) काफ़ी अच्छे ढंग से बात करने लगा और उन पर उसके जवाब भी ध्यान से सुनने लगा। हालाँकि, उसके सभी जवाब उतने उत्साहवर्धक नहीं होते थे, जितना कि मैं उससे उम्मीद लगा बैठा था। हाँ! फ़िल्मों के बारे में वह मेरी उम्मीद से भी कहीं ज़्यादा अच्छे जवाब दिया करता था।

'ये दिल आशिक़ाना' फ़िल्म के बाद मैंने उसके साथ बहुत-सी फ़िल्में देखी। जैसे—क़यामत, तेरे नाम, ज़मीन, मैं हूँ ना, ख़ाकी, मुझसे शादी करोगी, वीर ज़ारा, पहेली, मंगल पांडे, क्योंकि, लकी : नो टाइम फ़ॉर लव, फ़ना, विवाह, रंग दे बसन्ती, कभी अलविदा न कहना, डॉन, तारे ज़मीन पर, धोखा, ओम शान्ति ओम, चक दे इंडिया, पार्टनर, मुम्बई मेरी जान, रब ने बना दी जोड़ी, गज़नी, युवराज, क़ुर्बान, न्यूयॉर्क, थ्री इडियट्स, वांटेड और लन्दन ड्रीम्स आदि। हर फ़िल्म के बाद मैंने उस पर उसकी टिप्पणी माँगी। उसने की। वह भी एक लाइन में।

'क़यामत' पर उसने कहा, "प्यार इनसान को सिर्फ़ रुसवा या तन्हा नहीं करता। यह उसे नई ज़िन्दगी भी देता है।"

ऐसे ही उसने 'तेरे नाम' के लिए कहा, "मुहब्बत का यही मसला है। ये आसानियाँ नहीं ढूँढ़ती। ये वहीं पनाह लेती है, जहाँ से कुछ भी मिलने की उम्मीद नहीं होती।"

'मुझसे शादी करोगी' के बारे में उसने कहा, "वो लोग बहुत ताक़तवर होते हैं जो मुहब्बत से मुहब्बत करते हैं। वो रखवाली पर बैठे हों तो मैदान कभी साफ़ नहीं होता।"

'वीर ज़ारा' के लिए उसकी टिप्पणी थी, "मुहब्बत करने के साथ अगर लोग सब्र करना भी सीख लें तो कोई उन्हें मिलने से नहीं रोक सकता। वे चाहे कहीं रहें। उनके लिए सरहदें भी कोई मायने नहीं रखतीं।"

'मंगल पांडे' पर उसने कहा था, "एक सच्चे देशभक्त के लिए अपना देश सबसे ज़्यादा अहमियत रखता है। इसके लिए वह अपनी जान देने से भी पीछे नहीं हटता।"

'क्योंकि' फ़िल्म पर उसकी टिप्पणी थी, "लड़कियाँ अपनी फ़ितरत में डॉक्टर होती हैं। एक से मर्ज़ बिगड़ जाए, तो दूसरी से आराम मिल जाता है।"

'फ़ना' के लिए उसने कहा, "ज़रूरत पड़ने पर इनसान को देश पर अपने व्यक्तिगत प्रेम को भी न्यौछावर कर देना चाहिए। देश-प्रेम के आगे व्यक्तिगत प्रेम कोई मायने नहीं रखता।"

'लकी' पर उसने कहा, "प्यार करने की कोई उम्र नहीं होती।"

'कभी अलविदा न कहना' के लिए उसने कहा, "बेमेल शादियाँ कभी कामयाब नहीं होतीं। उस स्थिति में हम कुछ लोगों के साथ ऐसे ही रहते हैं, मजबूरन। जिनसे हमें बिलकुल भी मुहब्बत नहीं होती।"

'विवाह' देखने के बाद उसने कहा, "ज़रूरी नहीं कि लव मैरिज के लिए पहले से ही प्यार किया जाए। अरैंज मैरिज में यह आपकी सगाई या शादी के बाद भी हो सकता है। बस समझने का फ़र्क़ है।"

इसी तरह उसने दूसरी फ़िल्मों के बारे में भी कहा था। हर एक के बारे में। जिसे वह देख चुका था। 'थ्री ईडियट्स' पर उसने लिखा था, "इनसान को वही करना चाहिए जो उसका मन चाहे। भले ही इसके लिए उसे कुछ भी क्यों न करना पड़े।"

लन्दन ड्रीम्स के बाद बहुत-सी फ़िल्में आईं। लेकिन मैं एक भी देखने नहीं जा सका। पर जब शाहरुख़ ख़ान की 'माई नेम इज ख़ान' आई तो वह मुझे ज़बरदस्ती ले गया। एक तो शाहरुख़ ख़ान के कारण और दूसरा काफ़ी लम्बे अर्से बाद काजोल के साथ होने से फ़िल्म के पहले शो में बहुत भीड़ थी। टिकटों की बिक्री पहले ही हो चुकी थी। इसलिए हमें ब्लैक में टिकट लेना पड़ा। फ़िल्म से पहले वह बहुत ख़ुश था। उसे शाहरुख़ और काजोल की जोड़ी हमेशा से ही अच्छी लगती थी। वह इन दोनों की 'दिलवाले दुल्हनिया ले जाएँगे' फ़िल्म हर हिन्दुस्तानी की तरह सैकड़ों मर्तबा देख चुका था।

यह फ़िल्म भी अच्छी थी। उसमें शाहरुख़ ख़ान ने मन्द बुद्धि मुसलमान व्यक्ति का क़िरदार निभाया है। लेकिन फ़ुज़ैल को फ़िल्म पसन्द नहीं आई। वह फ़िल्म ख़त्म होने से काफ़ी पहले ही हॉल से बाहर निकल गया। उसे जाता देख मैंने सोचा कि शायद वो कुछ ख़ाने या फिर टॉयलेट के लिए गया है। लेकिन वह शो ख़त्म होने के बाद भी नहीं आया।

फ़िल्म ख़त्म होने तक मैं उसका इन्तज़ार करता रहा। फिर अकेला ही घर चला आया। फ़िल्म को अधूरा छोड़कर उसका इस तरह चला जाना मुझे बिलकुल भी अच्छा नहीं लगा। मुझे उस पर ग़ुस्सा भी आया। सोचा कि जब वह मुझसे मिलने आएगा तो मैं इस बारे में उससे पूछूँगा। लेकिन उस दिन के बाद वह कई दिनों तक मुझसे मिलने नहीं आया। एक तो उससे नाराज़ होने और फिर घर और पढ़ाई से सम्बन्धित छोटे-मोटे काम होने की वजह से मैं भी उससे मिलने नहीं जा सका।

फिर एक रोज़ वह कुछ किताबें लेने मेरे घर आया। वह कुछ खोया हुआ और मायूस दिख रहा था। उसके चेहरे पर परेशानी और उलझन साफ़ नज़र आ रही थी। उस वक़्त अपनी बात शुरू करके मैं उसे मज़ीद तकलीफ़ नहीं देना चाहता था। तो भी मैंने उससे पूछा लिया, "क्या हुआ? परेशान लग रहे हो।"

"नहीं। सब ठीक है," उसने मुस्कुराने की कोशिश करते हुए कहा।

"अच्छा तो एक बात बताओ", उसकी मुस्कुराहट देखकर मैंने अपनी बात शुरू की, "उस दिन तुम फ़िल्म छोड़कर क्यों चले आए थे?"

"ऐसे ही। ज़रूरी काम निकल आया था।"

"जाने से पहले तुमने मुझे बताया भी नहीं?"

"सोचा कि अपने चक्कर में तुम्हारा मज़ा क्यों ख़राब करूँ," यह कहता हुआ वह मुस्कुराया। एक उदास मुस्कुराहट।

इसके बाद हमारे बीच कोई बात नहीं हुई। कुछ देर वह ऐसे ही ख़ामोश बैठा रहा, फिर किताब लेकर चला गया। उसके किताब लेकर जाने के बाद मैंने सोचा कि वह उन्हें हफ़्ता या दस दिन में लौटा देगा। लेकिन जब उसने पन्द्रह दिन बाद भी उन किताबों को नहीं लौटाया तो मुझे उसके घर जाना पड़ा। इस दौरान वह एक बार भी मुझसे मिलने नहीं आया था। एग्ज़ाम क़रीब थे। मुझे किताबों की ज़रूरत थी। इसलिए मैं ही उसके घर चला गया। सोचा कि किताबों के बहाने उससे मुलाक़ात भी हो जाएगी। लेकिन जब मैं उसके कमरे में पहुँचा तो कमरा का हुलिया देखकर हैरानी से मेरी आँखें फैल गईं। पहले तो मुझे अपने देखे पर यक़ीन ही नहीं हुआ कि ये सब मैं हक़ीक़त में देख रहा हूँ, और जहाँ मैं खड़ा हूँ, वह उसी का कमरा है। मैंने सोचा कि शायद मैं ग़लती से उसके भाई के कमरे में घुस आया हूँ, क्योंकि कमरे में कुछ भी नहीं था। सिवाय बेड, दो कुर्सी और किताबों की अलमारी के। उसकी दीवारें, जिन पर हरदम हीरो-हिरोइन के रंगीन पोस्टर लगे होते थे, अब नंगी थीं। चारों दीवारों से सब पोस्टर्स हटा दिये गए थे। और तो और शाहरुख़, सलमान, आमिर और रेखा वाले फ्रेम भी। कमरे का वह कोना, जहाँ सीडी-टीवी रखा होता था, अब वहाँ पढ़ने की मेज़ रखी थी। मेज़ पर कुछ किताबें, डायरी और हिन्दी-अंग्रेज़ी की पत्रिकाएँ रखी हुई थीं।

उसके कमरे की इस बदली सूरत पर जब मुझे मुश्किल से भी यक़ीन नहीं हुआ, तो मैंने पूछा, "ये तुम्हारा ही कमरा है?"

"हाँ, मेरा ही कमरा है... क्यों?"

"इतना सूना और वीरान... पोस्टर्स-वोस्टर्स कहाँ गए?"

"सब हटा दिये।"

"और सीडी-टीवी?"

"बेच दिया।"

"क्यों? सब ठीक तो है? मतलब कोई मसला तो नहीं?"

"नहीं। कोई मसला नहीं।"

"फिर अचानक ये इतनी बड़ी तब्दीली। यक़ीन नहीं होता।"

"यक़ीन तो मुझे भी नहीं होता। लेकिन बस हो गया," फिर उसने सोचते हुए कहा, "यार, अब इन सब चीज़ों पर ऐतबार नहीं रहा। मन उखड़ गया। पीछे देखता हूँ तो लगता है जैसे अब तक का वक़्त ज़ाया किया। कुछ भी तो हासिल नहीं हुआ।"

उसकी इस तरह की उदासी भरी बातों से माहौल भारी होने लगा। उसे उसके उन भारी-भरकम विचारों से निकालने के लिए और माहौल को थोड़ा हल्का करने के लिए मैंने कहा, "चलो छोड़ो। कोई बात नहीं। जो हुआ, सो हुआ। ये बताओ, तुम्हें फ़िल्म कैसी लगी थी वो?"

"फ़िल्म तो ऐसी ही लगी, जैसी उसे लगनी चाहिए थी।"

"हाँ, लेकिन तुमने उस पर कोई टिप्पणी नहीं की?"

"उस पर टिप्पणी क्या करना? वह तो सब खुलेआम कहता है।"

"क्या?"

"यही कि हम आतंकवादी हैं।"

"क्या मतलब?" एक झटके से मेरा मुँह खुल गया।

"क्यों, हैरत हुई? तुमने शाहरुख़ ख़ान को कहते हुए नहीं सुना कि आई एम मुसलमान, बट नॉट टेररिस्ट।"

"तो, इसका यह मतलब नहीं कि हर मुसलमान आतंकवादी हैं?"

"यही तो बात है कि हम मतलब जानना ही नहीं चाहते। अगर हमें मतलब समझ भी आ जाए तो हम उसे नज़रअन्दाज़ कर देते हैं। जानते हो क्यों? क्योंकि हमारी इनसानियत और पहचान मर चुकी है। हम खुलकर कभी नहीं कह सकते कि हम मुसलमान हैं। कहने से पहले हमें सोचना पड़ता है। जानना पड़ता है कि इससे सामनेवाले की प्रतिक्रिया क्या होगी। तुम मुझे बताओ कि अगर उस फ़िल्म का यह मतलब नहीं है तो क्या मतलब है? अगर हम इतने ही आम नागरिक हैं,

जितने कि देश के बाक़ी दूसरे लोग, तो फिर हमसे ही ये क्यों बार-बार यह कहलवाया जाता है कि मैं मुसलमान हूँ, लेकिन आतंकवादी नहीं हूँ। क्यों हर बार हमसे हमारी देशभक्ति का सबूत माँगा जाता है? क्यों हर क्रिकेट मैच के दौरन हमसे पूछा जाता है कि हम किसी तरफ़ है,भारत की या पाकिस्तान की? क्यों हर कोई यह समझता कि अगर सामनेवाला मुसलमान है तो उसकी सहानुभूति पाकिस्तान से होगी? अगर हम आतंकवादी नहीं हैं तो फिर क्यों हम पर शक़ किया जाता है? क्यों हर बम विस्फोट या आतंकी हमले के बाद पुलिस और खुफिया एजेंसी हमारे घरों पर छापे मारती है? हमारे नौजवानों को पकड़कर ले जाती है और सालों-साल उन्हें सलाख़ों के पीछे रखती है। वह भी बिना किसी सबूत या वारंट के? किसलिए? सिर्फ़ इसलिए ना कि वे मुसलमान होते हैं। और यही सब इन फ़िल्मों में दिखाया जाता है। और यह केवल इसी फ़िल्म की बात नहीं है। हर फ़िल्म में ऐसा ही होता है। 'ब्लैक फ्राइडे, फ़ना, धोखा, मुम्बई मेरी जान, फ़िज़ा, मिशन कश्मीर, क़ुरबान, न्यूयॉर्क, ज़मीन, मैं हूँ ना, ख़ाकी, आमिर, ये दिल आशिक़ाना, ब्लैक एंड व्हाईट, क़यामत'... बता इनमें ऐसी कौन सी फ़िल्म है, जिसमें मुसलमान को आतंकवादी नहीं दिखाया गया। अगर किसी फ़िल्म में कोई मुसलमान पात्र है तो वह सौ प्रतिशत आतंकवादी ही होगा। उसका सम्बन्ध या तो पाकिस्तान से दिखाया जाएगा या फिर कश्मीर के अलगाववादी समूह से। जहाँ कभी वह बम विस्फोट करता दिखाता है तो कभी अपनी देशभक्ति साबित करने के लिए सेना के लिए मुख़बिरी करता है। यार हमने इन लोगों क्या बिगाड़ा है, जो ये लोग हमारे साथ इतना घिनौना खिलवाड़ कर रहे हैं। हर फ़िल्म में किसी की लव-स्टोरी होती है तो किसी की पारिवारिक समस्या। किसी को अपने हक़ के लिए लड़ता दिखाया गया है तो किसी को संघर्ष करके महान बनता। लेकिन अगर मुसलमान है तो उसे दिखाया गया है तो बस, आतंकवादी बनता। क्यों? यार क्यों?"

वह ठहर गया। मगर फिर पहले से ज़्यादा ज़ोर देते और कुछ-कुछ भावुक होते हुए उसने कहा, "सिर्फ़ इसलिए कि वह मुसलमान है। क्या आतंकवाद से अलग उसकी कोई पहचान नहीं है? कोई कहानी नहीं है? उसका कोई संघर्ष नहीं है?

उसका कोई शोषण नहीं होता? उसके हक़ों को नहीं मारा जाता? उसके कोई सपने नहीं? वह अच्छी ज़िन्दगी नहीं चाहता? वह लड़की पटाना और प्यार के लिए अपनी जान देना नहीं चाहता? वह भी तो अपने माँ-बाप को ख़ुश रखना चाहता है। वह भी तो एक परिवार को पालने-पोसने के लिए संघर्ष करता है। लेकिन नहीं। उनके लिए ये कोई समस्या नहीं है। कोई फ़िल्मी विषय नहीं है। उसके लिए अल्पसंख्यकों की भावनाओं या उनकी पहचान का कोई मूल्य नहीं है। उनके लिए मुसलमानों, उनकी तक़लीफ़ों, उनकी दर्द-पीड़ा और उनकी बर्बाद कर दी जानेवाली दुनिया के लिए कोई जगह नहीं है। सिवाय आतंकवादी होने के। तुम्हीं बताओ, क्या कभी इन्होंने ये दिखाया कि एक मुसलमान को आज अपनी पहचान बताते हुए कितना डर लगता है और दहशत महसूस होती है? क्या इन्होंने दिखाया कि उन पर बलात चस्पा कर दी गई आतंकवादी की पहचान के साथ उन्हें नौकरी हासिल करने, अपने हक़ माँगने और सम्मान की ज़िन्दगी जीने में कितना संघर्ष करना पड़ता है? दंगे के बाद उनकी क्या हालत होती है? जब किसी के बहन या बेटी के साथ सिर्फ़ मुसलमान होने के कारण बलात्कार किया जाता है तब उसके दिल पर क्या बीतती है? कभी इन लोगों ने ये दिखाया है? कभी नहीं। ये कभी नहीं दिखाते कि एक हँसता-खेलता परिवार जब दंगों की भेंट चढ़ जाता है तो उसके ज़िन्दा बचे सदस्यों की क्या हालात होती है? वे कितना टूट जाते हैं, कितना बिखर जाते हैं? ये उस माँ, बहन या बीवी के दर्द को नहीं दिखाते, जिसका बेटा, भाई और शौहर दंगों में मारे जाते हैं। दंगों के बाद कितने परिवार बिखरते हैं, कितने घर उजड़ते हैं? इससे इन्हें कोई फ़र्क़ नहीं पड़ता। न ही ये सब इनके लिए कोई मुद्दा या समस्या है, जिस पर ये फ़िल्में बनाएँ, लोगों को दिखाएँ। जानते हो क्यों? क्योंकि भारतीय सिनेमा अपने-आप में हिन्दुत्ववादी सिनेमा है... भगवा सिनेमा। कट्टर हिन्दू सिनेमा। ये बॉलीवुड नहीं... हक़ीक़त में हिन्दूवुड है... हिन्दूवुड। तभी तो उसका हर कलाकार (चाहे वह मुसलमान ही क्यों न हो) हिन्दू है... सृष्टि का रचयिता है... बचानेवाला है... जीवनदायक... प्रेम करनेवाला... दूसरे का रक्षक है। इसके उलट हर मुसलमान क़िरदार... आतंकवादी है... विनाशक है...

दूसरों से नफ़रत करनेवाला... हठधर्मी और कट्टरपन्थी...। तभी तो उसे हर फ़िल्म में अपनी देशभक्ति साबित करने के लिए कभी अपने लोगों की जासूसी करनी होती है तो कभी सेना का साथ देना होता है। उसका मुख़बिर बनना होता है। इसके अलावा कुछ नहीं। क्या तुमने किसी फ़िल्म में किसी हिन्दू को सेना का मुख़बिर बनते देखा है? या दंगों के इल्ज़ाम में किसी हिन्दू को जेल जाते देखा हो? और अगर वह बदक़िस्मती से जेल चला भी जाता है तो नेता लोग जजों के तबादलों की सेटिंग से उन्हें बाहर निकलवा देते हैं। जबकि एक आम मुसलमान बिना किसी कसूर के पूरी ज़िन्दगी जेल की सलाखों के पीछे गुज़ार देता है। केवल इसलिए कि वह मुसलमान है। और यह केवल इस देश की बहुसंख्यक आबादी, राजनीति या फिर हिन्दुओं की मुसलमानों से नफ़रत के कारण नहीं है। यह अदालतों के कारण भी है। अब वो न्याय के मन्दिर नहीं रहे। वहाँ अब आम इनसान को न्याय नहीं मिलता, बल्कि उनका शोषण होता है। सच कहूँ तो इस घिनौनी हक़ीक़त को जानकर अब तो मुझे भी डर लगने लगा है। डर लगता है किसी को अपना नाम बताते हुए। सोचता हूँ कि कहीं सामनेवाले मेरा नाम सुनकर मुझे आतंकवादी न समझ ले...।"

वह चुप हो गया। कहने के दौरान जोश और तकलीफ़ से आँखों में उतर आई नमी को साफ़ करने लगा। कमरे में कुछ पलों के लिए तूफ़ान के गुज़र जाने के बाद की ख़ामोशी छा गई। वह दोबारा बोला। बहुत अफ़सोस और पछतावे के साथ, "इसीलिए मैंने सोचा कि आज के बाद कोई फ़िल्म नहीं देखूँगा। न कोई गाना सुनूँगा। न किसी हीरो-हिरोइन के बारे में कभी बात करूँगा...।"

इसके बाद वह कुछ नहीं बोला। एकदम ख़ामोश हो गया। हमारे बीच कोई बात नहीं हुई। मैं उसके घर से चला आया। फिर हम यूनिवर्सिटी में एग्ज़ाम के दौरान मिले। एग्ज़ाम ख़त्म होने के बाद वह एक बार मुझसे मिलने आया। उसने बताया कि वह दुबई जा रहा है, हमेशा के लिए। वह चला गया। मैं अकेला रह गया। एक तो मुझे वैसे ही फ़िल्में देखने का कोई ख़ास शौक़ नहीं था, दूसरे वह भी चला गया था। इसलिए उस दिन के बाद मैंने भी कोई फ़िल्म नहीं देखी।

इमरान भाई

राज्य शिक्षा बोर्डों से अच्छे नम्बरों में इंटरमीडिएट की परीक्षा उतीर्ण करने के बाद अधिकांश छात्रों का सपना दिल्ली के माल रोड यानी डीयू (दिल्ली यूनिवर्सिटी) पहुँचने का होता है। हालाँकि राजधानी में इससे अलग दो यूनिवर्सिटी, जामिया और जेएनयू भी हैं। फिर भी छात्रों के बीच ग्रेजुएशन की डिग्री के लिए डीयू को लेकर अलग ही उत्साह होता है। उन्हें इसके नाम, प्रसिद्धि, एजुकेशन कल्चर और छात्र राजनीति भी अपनी ओर खींचती है। वैसे देखा जाए तो जामिया को जहाँ अल्पसंख्यकों की संस्था माना जाता है, वहीं जेएनयू में अधिकांशत: मास्टर्स की पढ़ाई होती है। इस कारण भी छात्र डीयू को प्राथमिकता देते हैं, और दें भी क्यों ना। डीयू है भी भारत का ऑक्सफ़ोर्ड। यहाँ से निकले अधिकांश छात्रों ने अपने-अपने क्षेत्र में ख़ूब नाम कमाया है। इनमें देश के किसी भी राज्य (उत्तर प्रदेश) की पहली महिला मुख्यमंत्री सुचेता कृपलानी, दिल्ली की पूर्व मुख्यमंत्री शीला दीक्षित, बुद्धिजीवी और राजनीतिज्ञ शशि थरूर, प्रशासनिक अधिकारी और मशहूर मानवाधिकार कार्यकर्ता मेधा पाटकर, प्रथम महिला आईपीएस अधिकारी किरण बेदी, म्यांमार की लोकतंत्र समर्थक नोबेल पुरस्कार विजेता आँग साँग सू की से लेकर खुशवन्त सिंह, अमिताव घोष, अमिताभ बच्चन, शाहरुख़ ख़ान, मनोज वाजपेयी, मशहूर कम्युनिस्ट नेता वृन्दा करात, निर्माता-निर्देशक इम्तियाज़ अली, कबीर ख़ान, अनुराग कश्यप, गौतम गम्भीर और नेपाल के पूर्व प्रधानमंत्री जे. पी. कोईराला सहित और भी न जाने कितने लोग शामिल हैं।

हर साल की तरह उस साल भी देश के विभिन्न राज्यों से हज़ारों छात्रों ने डीयू में दाख़िला लिया था। यू. पी. बोर्ड से नब्बे प्रतिशत अंकों के साथ इंटरमीडिएट उत्तीर्ण होने पर साज़ेब को भी डीयू के गुरु तेग बहादुर खालसा कॉलेज में एडमिशन मिल गया। जब वह पहले दिन कॉलेज पहुँचा तो उसने वहाँ ख़ुद को एक अलग ही दुनिया में पाया, जहाँ अजनबी और अनजान चेहरों की भीड़ थी। किताबों का ढेर था और आधुनिकता का बोलबाला। कॉलेज आने के बाद वह बहुत से नये और अपरिचित लोगों से मिला। इनमें सबसे पहले तो उसके क्लासमेट ही थे। जिनमें से कुछ तो जल्द ही उसके अच्छे और पक्के दोस्त बन गए। फिर वह अपने सीनियर्स से मिला, जो अलग-अलग ग्रुपों में उनका परिचय लेने और अपना देने के लिए उसके क्लास रूम में आए। इसके बाद वह उन लोगों से मिला जो खेल, राजनीति या फिर पढ़ाई के लिए कॉलेज में चर्चित थे। इनमें से कई लोगों से तो वह व्यक्तिगत तौर पर मिला भी था। उनसे मिलकर उसे अच्छा लगता था। इसलिए उसने आगे भी उन लोगों से मेल-मुलाक़ात रखी। लेकिन इन चर्चित लोगों की भीड़ में जिस इनसान ने सबसे ज़्यादा उसका ध्यान अपनी ओर आकर्षित किया, वह थे इमरान भाई।

गठीले स्वस्थ शरीर वाले इमरान भाई। साँवला रंग। खिचड़ीनुमा छोटे-काले घुँघराले बाल। चमकती काली गोल आँखें, काली-पनीली, उन पर बारीक फ्रेम का चश्मा। चौड़ा माथा, लम्बी नाक, फूले हुए गाल और तिक्त मुस्कुराते होंठ...। वह बनारस, उत्तर प्रदेश के रहनेवाले थे और दिल्ली में ज़ाकिर नगर में रहते थे। वह कॉलेज में अंग्रेज़ी लिटरेचर में ग्रेजुएट सेकेंड ईयर के स्टूडेंट थे। उनकी चर्चा के दो मुख्य कारण थे। एक तो वह पढ़ाई में बहुत होशियार थे। उन्होंने पिछले दोनों सेमेस्टर में यूनिवर्सिटी टॉप किया था। दूसरा वह बेहतरीन वक्ता भी थे। कॉलेज में एडमिशन लेने से लेकर आज तक उन्होंने यूनिवर्सिटी के किसी भी कॉलेज के किसी भी स्तर के वाद-विवाद प्रतियोगिता को नहीं छोड़ा था। उन्होंने यूनिवर्सिटी के सभी कॉलेज में समय-समय पर हुई वाद-विवाद प्रतियोगिताओं में हिस्सा लिया था और सम्बन्धित विषय पर अपने विचार रखे थे। वह कम्युनिस्ट विचारधारा से प्रभावित लगते थे,

इसलिए समाज और व्यक्ति से जुड़े विषयों पर उनके विचार इतने प्रखर और तेज-तर्रार होते थे कि उनके बोलना शुरू करने से लेकर बन्द करने तक पूरा हॉल तालियों की गड़गड़ाहट से गूँजता रहता था। बोलने के इसी जादुई अन्दाज़ के कारण वह हर प्रतियोगिता में प्रथम स्थान हासिल करते। यही कारण था कि उन्हें इस साल की फ्रेशर पार्टी में 'बेस्ट स्टूडेंट ऑफ द ईयर' और 'बेस्ट डिबेटर ऑफ द यूनिवर्सिटी' दोनों ख़िताब से नवाजा गया।

इमरान भाई से साज़ेब की अभी तक कोई मुलाक़ात नहीं हुई थी। बस, उसने उन्हें कॉलेज में ही "अखंड भारत : एक स्वप्न या हक़ीक़त" विषय पर हुई वाद-विवाद प्रतियोगिता में बोलते सुना था। उस दिन उन्होंने नीली जींस और महरून रंग का कुर्ता पहन रखा था। वह एक चुस्त-दुरुस्त वक्ता की तरह मंच पर आए और बोलना शुरू किया, "अखंड भारत स्वप्न तो क़तई नहीं है और फिलवक़्त हक़ीक़त भी नहीं है। जैसा कि आप सभी जानते हैं कि सैंतालीस में विभाजन के बाद हमारा देश टूटकर दो हिस्सों में बँट गया और फिर आगे चलकर वह टूटा हिस्सा भी दो हिस्सों में बँट गया। लेकिन जब हम इतिहास में झाँककर देखते हैं तो हमें भारत अखंड, अटूट, सशक्त और महान राष्ट्र के रूप में दिखाई देता है। जहाँ सद्भावना है, प्यार है, सम्मान है, और है अपने राष्ट्र के प्रति असीम भक्ति-भावना। लेकिन इस नश्वर संसार में कोई भी चीज़ स्थायी नहीं होती। वक़्त के साथ हर किसी में परिवर्तन होता है। और इस परिवर्तन का जिम्मेदार कोई और नहीं बल्कि मनुष्य ख़ुद होता है। यही कारण है कि बीतते वक़्त के साथ हमारे देश की अखंडता, अटूटता, सशक्ति और महानता छिन्न-भिन्न होती गई। जिसकी परिणति सैंतालीस में विभाजन के रूप में हुई। लेकिन इससे अगर हम यह मान लें कि अखंड भारत अब स्वप्न मात्र है तो यहाँ हम ग़लत हैं। ग़लत हैं हम... क्योंकि हमने कभी उस स्वप्न को हक़ीक़त में बदलने की सोची ही नहीं। मेरा मानना है कि अगर कोई इनसान पूरी ईमानदारी, मेहनत और लगन से किसी स्वप्न को हक़ीक़त में तब्दील करने में लग जाए तो कहा जाता है कि आसमान से फ़रिश्ते भी उसकी मदद के लिए ज़मीं पर उतर आते हैं। फिर यह तो सौ करोड़ लोगों का स्वप्न है। इसे तो हर हाल में पूरा होना चाहिए।

आप सोचिए तो सही कि अगर पूर्वी और पश्चिमी जर्मनी का एकीकरण हो सकता है। फ्रांस और जर्मनी ईयू के तहत एक हो सकते हैं। अमेरिका और जापान दोस्त बन सकते हैं तो फिर भारत और पाकिस्तान एक क्यों नहीं हो सकते? सिर्फ़ इसलिए, क्योंकि हमने उसके लिए कोई मेहनत नहीं की। और मेरे दोस्तो, कोई भी स्वप्न मेहनत, साहस और क़ुर्बानियों के बिना वास्तविक नहीं हो सकता। अन्त में मैं बस इतना कहना चाहूँगा कि भारत कल भी अखंड था और आनेवाले कल में भी अखंड होगा। यह कोई भावनात्मक पहलू नहीं बल्कि हक़ीक़त है। ये बेहतर भविष्य की माँग भी है और नियति का फ़ैसला भी। जिसे हर हाल में पूरा होना ही होगा।"

इमरान भाई ने अपने इन विचारों को मात्र तीन मिनट में व्यक्त किया था। उन्होंने अपनी बात को इतने सशक्त तरीक़े से रखा कि जैसे ही उन्होंने बोलना बन्द किया पूरा हॉल तालियों की गड़गड़ाहट से गूँज उठा। पूरे दो मिनट तक लोग ताली बजाते रहे। प्रोफ़ेसर्स, प्रिंसिपल और मंचासीन अतिथियों को भी इमरान भाई के विचार अच्छे लगे। उन्होंने व्यक्तिगत रूप से इसकी तारीफ़ भी की। और हर प्रतियोगिता की तरह इसमें भी उन्हें ही प्रथम पुरस्कार मिला।

कॉलेज आने के बाद एक दिन साज़ेब लाइब्रेरी में बैठा पढ़ रहा था, जब इमरान भाई से उसकी पहली बार मुलाक़ात हुई। इमरान भाई उसी किताब को ढूँढ़ रहे थे, जिसे वह बैठा पढ़ रहा था। उन्होंने उससे पूछा, "क्या तुम्हें इस किताब की ज़रूरत है?"

"जी नहीं। मैं तो ऐसे ही पढ़ रहा था।"

"मुझे इसमें से कुछ नोट्स बनाने हैं। अगर तुमने पढ़ ली हो तो मैं इसे इशु करा लूँ।"

"जी-जी, करा लीजिए," यह कहते हुए साज़ेब ने किताब इमरान भाई के हाथों में थमा दी।

"तुम इकॉनोमिक्स फर्स्ट ईयर में हो ना?"

"जी हाँ।"

"क्या नाम है तुम्हारा?"

"मोहम्मद साज़ेब।"

"कहाँ से?"

"लखनऊ से।"

"पढ़ाई कैसी चल रही है?"

"अच्छी।"

"नोट्स-वोट्स बनाए या पहले से ही है?"

"नहीं। ना तो अभी तक बनाए और ना ही कहीं और से मिले हैं।"

"कोई नहीं... तुम्हारा एक सीनियर मेरा दोस्त है, मैं तुम्हें उससे नोट्स लेकर दे दूँगा।"

"जी बेहतर।"

इमरान भाई किताब लेकर चले गए लेकिन साज़ेब को यक़ीन नहीं हो रहा था कि उसने अभी इमरान भाई से बात की है और वह उसे ख़ुद नोट्स लाकर देंगे, क्योंकि उसके कई क्लासमेट्स महीने भर से उन्हें अपने किसी दोस्त से नोट्स दिलाने के लिए कह रहे थे। लेकिन उन्होंने एक बार भी उनकी इस माँग पर ग़ौर नहीं किया था। अगले दिन वह तब हैरान रह गया जब क्लास में लेक्चर के लिए जाते वक़्त रास्ते में वह इमरान भाई से टकरा गया और उन्होंने अपने बैग से नोट्स का बंडल निकालकर उसे थमाते हुए कहा, "ये लो... इसकी फ़ोटोकॉपी करा लेना... और अपने क्लास के एक-दो और बच्चों को दे देना। वो काफ़ी दिनों से नोट्स के लिए कह रहे थे।"

साज़ेब के क्लासमेट्स को जब इस बारे में पता चला कि इमरान भाई ने साज़ेब को नोट्स दिये हैं तो उन्होंने आरोप लगाते हुए कहा, "इमरान भाई ने साज़ेब को इसलिए नोट्स लाकर दिये, क्योंकि वह मुसलमान है।"

लेकिन साज़ेब को इससे फ़र्क़ नहीं पड़ा। वह ख़ुश था। उसने इमरान भाई की इस पहल को उनकी और अपनी दोस्ती की अच्छी शुरुआत समझा। इसके बाद वह उनसे कुछ-कुछ दिनों के अन्तराल के बाद और फिर लगभग हर रोज़ मिलने लगा। कभी किसी किताब को लेकर तो कभी किसी और कॉलेज से सम्बन्धित मुद्दे को लेकर। वह दिन में एक-दो बार तो ज़रूर उनसे मिलता था।

इमरान भाई भी उसे तवज्जो देते थे। वह उसे पढ़ाई को लेकर मशवरा देते और कोर्स से अलग भी कुछ किताबें पढ़ने के लिए बताते रहते। उन्होंने उसे वाद-विवाद प्रतियोगिताओं में बोलने के लिए भी कहा। इस पर उसने उनके सामने हाँ तो कर दी, पर जब वह मंच पर गया तो घबड़ाहट में उसके मुँह से आवाज़ तक नहीं निकली। वह इससे पहले कभी मंच पर नहीं बोला था। वह डर गया। मंच पर खड़े होते ही उसके पैर काँपने लगे। उसकी आवाज़ गुम हो गई। होंठ एक-दूसरे से चिपक गए और वह फटी-फटी आँखों से जिबह होते जानवर की तरह सामने बैठे लोगों को देखने लगा। उसे ठंडे पसीने आने लगे। दो-तीन बार वह बिना बोले ही मंच पर से उतर आया।

पर जब इमरान ने उससे कई बार बोलने और इस पर मेहनत करने के लिए कहा तो उसने भी हिम्मत से काम लेना शुरू किया और इस पर पूरी तुनदई से मेहनत करने लगा। कुछ ही दिनों में वह काफ़ी अच्छा बोलने लगा। लोग भी उसके बोलने की तारीफ़ करने लगे और उसे मंचासीन अतिथियों द्वारा सराहा भी जाने लगा। लेकिन हद तो तब हो गई जब उसने इमरान भाई की ग़ैर-मौजूदगी में कॉलेज में हुई एक वाद-विवाद प्रतियोगिता में प्रथम पुरस्कार जीत लिया। फिर तो इमरान भाई भी उसे अपने साथ विभिन्न कॉलेजों में होनेवाली वाद-विवाद प्रतियोगिता में ले जाने लगे। इससे अलग भी वह अधिकतर समय साज़ेब को अपने साथ ही रखते।

एक साल बीत गया। दोनों सेमेस्टर के एग्ज़ाम भी ख़त्म हो गए। परिणाम भी उसके आशानुरूप ही आया। साज़ेब ख़ुश। नये सेमेस्टर (तीसरा) की शुरुआत पर कॉलेज से बहुत से छात्रों की विदाई हुई तो उतने ही छात्रों का स्वागत भी किया गया। जल्दी ही कॉलेज में पहले जैसा माहौल हो गया और नये छात्र पुराने लोगों से परिचित हो गए। बीते एक साल के दौरान इमरान भाई के साथ रहने के कारण साज़ेब भी कॉलेज में ख़ासा चर्चित हो गया था। लोग उसके बारे में बाते करने लगे थे। नये छात्र तो हर वक़्त उसके इर्द-गिर्द घूमते रहते। साज़ेब ने इस सबका श्रेय इमरान भाई को दिया तो उसके क्लासमेट्स ने फिर तंज करते हुए कहा, "इमरान भाई तेरी हेल्प इसलिए करते हैं कि तू मुसलमान है।"

साज़ेब को अपने क्लासमेट्स की ये बातें कभी अच्छी नहीं लगीं। उसकी समझ में नहीं आता कि आख़िर क्यों हर बात को उसके धर्म से जोड़कर देखा जाता है? क्या उसका व्यवहार, उसकी सलाहियत, उसकी शिक्षा और बाक़ी दूसरी चीज़ें कोई मायने नहीं रखतीं? क्या धर्म के सिवा उसकी कोई पहचान नहीं? क्या उसे सिर्फ़ एक मुसलमान लड़के रूप में देखा जाएगा और किसी रूप में नहीं? वह ये सब सोचता। पर उसने अपने इन सवालों को कभी किसी के सामने रखा नहीं। उसे पता था कि अगर वह इस तरह के सवाल करेगा तो सिवाय बहस और फ़साद के कुछ नहीं होगा। और वह किसी क़िस्म की बहस या फ़साद नहीं चाहता था। ख़ासतौर से वे बहसें, जिससे कोई परिणाम न निकलता हो। इसीलिए उसने कभी अपने उन साथियों की इस तरह की बातों का कोई जवाब नहीं दिया। वह अपनी पढ़ाई में जुटा रहा और कॉलेज में होनेवाली विभिन्न प्रतियोगिताओं और समारोह में बढ़-चढ़कर हिस्सा लेता रहा।

उन्हीं दिनों राष्ट्रीय चुनाव की घोषणा हुई और इसके साथ ही पश्चिमी उत्तर-प्रदेश के मुज़फ़्फ़रनगर जिले में दंगे भड़क उठे। इमरान भाई कई सामाजिक संस्थाओं और उन संगठनों से जुड़े थे, जिनको लोग कम्युनिस्ट, छद्म सेक्युलरवादी और कठमुल्लों का समर्थक कहकर मज़ाक उड़ाते हैं। वह दंगा पीड़ित लोगों की मदद के लिए गठित एक स्वयंसेवक दल में जुड़कर मुज़फ़्फ़रनगर चले गए। जाने से पहले उन्होंने साज़ेब से भी चलने के लिए कहा, लेकिन साज़ेब को कई प्रोजेक्ट्स बनाने थे और उनकी प्रजेंटेशन भी देनी थी, इसलिए उसने माफ़ी माँग ली।

इमरान भाई क़रीब बाईस दिन बाद कॉलेज आए। जिस दिन वह कॉलेज आए उसी दिन संयोग से कॉलेज में "भारत में मुसलमानों की स्थिति" विषय पर वाद-विवाद प्रतियोगिता होनेवाली थी। हमेशा की तरह इस बार भी इमरान भाई से पूछे बिना वक्ताओं की सूची में उनका नाम भी शामिल कर दिया गया। प्रतियोगिता शुरू होने से पहले ही हॉल खचाखच श्रोताओं से भर चुका था। जिन लोगों को बैठने के लिए कुर्सी नहीं मिली वे नीचे बैठ गए और जिन्हें नीचे भी बैठने के लिए जगह नहीं मिली वे एक-दूसरे का सहारा लेकर चिपककर खड़े हो गए।

बड़ा गहमा-गहमी का आलम था। लोग इमरान भाई को सुनने के लिए उतावले थे। मंच पर प्रिंसिपल के साथ अतिथिगण आए। अतिथियों ने बारी-बारी से अपना परिचय दिया। सम्बन्धित विषय पर अपने कुछ विचार भी रखे। लोगों ने उन्हें अनमने भाव से सुना। प्रतियोगिता शुरू हुई और मंच पर एक-एक कर वक्ता आने लगे। सभी ने भारत में मुसलमानों की स्थिति पर अपने विचार रखे और चले गए। श्रोताओं ने भी उनके विचारों की वास्तविकता के अनुसार ताली बजाकर उनका उत्साह बढ़ाया। छह वक्ताओं के बाद जैसे ही इमरान भाई के नाम का ऐलान हुआ तो मानो हॉल में बिजली दौड़ गई। पूरा हॉल तालियों की गड़गड़ाहट से गूँज उठा। प्रिंसिपल के चेहरे पर भी मुस्कुराहट तैर गई। अतिथिगण गर्दन इधर-उधर घुमाकर देखने लगे जैसे पूछ रहे हों, ये कौन हैं जिसको सुनने के लिए लोग इतने उतावले हैं, और जिसके के लिए इतने उत्साह से ताली बजा रहे हैं?

इमरान भाई मंच पर आए। लेकिन उनका वह चिरपरिचित जोशीले वक्ता वाला अन्दाज़ जाने कहाँ चला गया था। उनके चेहरे की चमक ग़ायब थी और उस पर निराशा और हताशा के बादल तैर रहे थे। लेकिन श्रोताओं ने इस ओर ध्यान नहीं दिया और उत्साह में तब तक ताली बजाते रहे जब तक इमरान भाई ने बोलना शुरू कर नहीं कर दिया। "सम्मानीय प्रधानाचार्य, अतिथिगण और मेरे प्यारे साथियो", उन्होंने बोलना शुरू किया, "जैसा कि आप सभी जानते हैं इस प्रतियोगिता का विषय भारत में मुसलमानों की स्थिति है। यहाँ, इस समय, इस मंच पर इस विषय के पक्ष और विपक्ष, दोनों ओर के वक्ता मौजूद हैं। लेकिन मेरा मानना है कि इस विषय पर किसी पक्ष या विपक्ष की ज़रूरत नहीं है। भारत में मुसलमानों की जो स्थिति है वह सब आपके सामने है। मुझे लगता है कि एक मुसलमान यहाँ कुत्ते-बिल्ली से ज़्यादा हैसियत नहीं रखता। सच कहूँ तो उनकी हालात इन जानवरों से भी बदतर है। यहाँ उनका कोई ख़ैर-ख़्वाह नहीं है। कोई उन्हें पूछनेवाला या उनकी समस्याओं की ओर ध्यान देनेवाला नहीं है। राजनेता उनके वोट तो लेते हैं पर उनकी बस्तियों में स्कूल या अस्पताल नहीं खोलते। वो उन्हें चुनाव के दौरान आरक्षण, नौकरी और न जाने क्या क्या देने की बात करते हैं,

लेकिन चुनाव के बाद उन्हें इस तरह भुला दिया जाता है, जैसे उनका कोई अस्तित्व ही न हो। और चुनाव से पहले भी उनके साथ क्या किया जाता है? अभी आपने मुज़फ़्फ़रनगर देख ही लिया। इससे पहले भी, कभी गुजरात, कभी मध्य-प्रदेश, कभी राजस्थान, कभी अयोध्या तो कभी दरभंगा आप देख चुके हैं। उनके घरों को फूस के ढेर की तरह जला दिया गया। उनकी बेटियों के साथ खिलौने की तरह खेला गया। उनकी माँ-बहनों को बेआबरू किया गया। सिर्फ़ इसलिए कि वे मुसलमान हैं। और उनके साथ ये सब करना चुनाव में जीत की गारंटी है। मेरे ख़याल से हमारा ये तथाकथित प्यारा और महान भारत राष्ट्र, दुनिया का शायद ऐसा इकलौता देश है, जहाँ बलात्कारी और भ्रष्टाचारी लोग विधायक और सांसद बन जाते हैं। हत्यारों और फर्जी मुठभेड़ करनेवाले अधिकारियों को मंत्री और जाँच एजेंसियों का प्रमुख बना दिया जाता है। और अगर कोई मुसलमान के ख़िलाफ़ कुछ बोल दे, उन्हें गाली दे, उन्हें देश पर बोझ बताए और एक महान हिन्दू राष्ट्र का सपना दिखाते हुए उनका क़त्लेआम करा दे तो उसका राजनीतिक सितारा बुलन्दी पर पहुँच जाता है। मैं झूठ नहीं बोलता। मैं अभी मुज़फ़्फ़रनगर से लौटकर आया हूँ। मैंने वहाँ अपने घरों के लिए रोते लोगों को देखा है। एक बूढ़े बाप को सिकुड़ी और लटकी खाल वाले काँपते हाथों से अपने जवान बेटे की लाश को दफ़नाते देखा है। उन लोगों को देखा है, जिनकी बेटियों का पता नहीं कि वे कहाँ हैं? एक माँ को देखा है, जो मर चुके अपने बच्चे के लिए रो रही थी। एक दूसरी औरत अपने शौहर की मौत के बाद क़ब्रिस्तान में बनी झोंपड़ी में इद्दत के लिए बैठी थी। छुपकर बैठी बलात्कारित लड़कियों को देखा है। मैं जब अपनी खुली और तर आँखों से ये सब देख रहा था तो एक छोटे से मासूम बच्चे ने मेरे कुर्ते के पल्लू को पकड़कर पूछा, "मेरे अब्बू कहाँ हैं?" उसके अब्बू दंगे में मारे गए और अब वह अपनी विकलांग माँ और दो भाई-बहनों के साथ उस बदबू मारते शिविर में रह रहा है। अब मुझे बताओ कि मैं उससे क्या कहूँ? क्या जवाब दूँ मैं उसे? क्या कहूँ कि उसके अब्बू कहाँ हैं? या फिर उसे उन लोगों के सामने ले जाकर खड़ा कर दूँ जिन्होंने पड़ोसी होने के बावजूद उसके बाप का क़त्ल कर दिया।

उसे बताऊँ कि उसके अब्बू को सिर्फ़ इसलिए मार दिया गया कि वह मुसलमान था? कि उसने एक मुसलमान के रूप में जन्म लेकर एक गम्भीर जुर्म किया। कि उसे सिर्फ़ इसलिए मार दिया गया कि चुनावों में उनकी जीत सुनिश्चित हो जाए।"

यह कहते हुए वह रो पड़े। पूरे हॉल में ख़ामोशी छा गई। एक भयानक और हिला देनीवाली ख़ामोशी। ऐसी ख़ामोशी, जिसमें वहाँ सैकड़ों लोगों की साँसों की आवाज़ें भी सुनाई नहीं दे रही थीं। उन्होंने अपना चश्मा उतारा और हाथ से अपने आँसू साफ़ किये। उन्होंने फिर चश्मा पहना और एक लम्बी साँस लेकर दोबारा कहना शुरू किया, "माफ़ कीजिएगा, शायद मैं कुछ ज़्यादा ही भावुक हो गया।"

वह रुकते हैं, थोड़ा सँभलते हैं और फिर से बोलना शुरू करते हैं, "लेकिन मैं इस सबकी शिकायत आपसे क्यों कर रहा हूँ? क्यों आपके सामने अपने दुखड़े सुना रहा हूँ? क्यों? आप भी तो उनमें से ही एक हैं। भले ही आप यहाँ, राष्ट्रीय राजधानी के इस सुरक्षित इलाक़े में बैठकर ख़ुद को बुद्धिजीवी, कम्युनिस्ट, सोशलिस्ट, मानवतावादी या फिर कुछ भी कहते रहें, पर चुनावों के वक़्त आप भी उन्हें ही वोट देते हैं। उन्हें विधायक, सांसद, मुख्यमंत्री और प्रधानमंत्री बनाते हैं। आप भले ही बाहर से कुछ भी नज़र आते हों... पर आपकी अन्दर की दबी इच्छा यही है। इसीलिए तो आप ख़ामोश समर्थन करते हो उस आतंक का, जो मुसलमानों के ख़िलाफ़ बार-बार किया जाता रहा है, चुनाव में जीत के लिए। बहुमत के ध्रुवीकरण के लिए। उस वक़्त इससे कोई फ़र्क़ नहीं पड़ेगा कि देश को कौन चला रहा है—एक हत्यारा या फिर समझदार और नेक इनसान।"

वह एक बार फिर चुप हो गए। कुछ पल रुके और फिर बोलने लगे, "लेकिन मैं आपसे एक बात साफ़-साफ़ कह देना चाहता हूँ कि हम... हम भारतीय मुसलमान बांग्लादेशी हिन्दू नहीं हैं, जो अफ़वाहों या फिर महज़ झूठी धमकियों से डरकर अपना मुल्क छोड़ दें... और न ही हम जर्मन यहूदी हैं, जो चुपचाप मार खाते रहेंगे और क़त्ल होते रहेंगे, सिर्फ़ इसलिए कि हम अल्पसंख्यक हैं और बहुसंख्यकों को हमारे ऊपर ज़ुल्म करने का जन्मसिद्ध अधिकार है। हम हिन्दुस्तानी मुसलमान हैं। यदि हम अपने देश की आन के लिए अपने सिर कलम करवा सकते हैं। दुनिया की सबसे शक्तिशाली ब्रितानवी

हुकूमत के ख़िलाफ़ विद्रोह का बिगुल फूँक सकते है। 1857 की क्रान्ति में लाखों जानें क़ुर्बान कर सकते हैं तो फिर आज... इस समय... दहशत-भरे भयानक माहौल में, जब हमारे अपने ही देशवासी, भाई-बन्धु महज़ धर्म के नाम पर हमारे ख़िलाफ़ जनसंहार के सुनियोजित षड्यंत्र चला रहे हैं, तब हम अपनी सुरक्षा और सम्मान के लिए जंग-ए-बदर (इस्लामिक इसिहास की पहली लड़ाई, जिसमें महज़ 365 मुसलमानों ने हज़ारों सैनिकों की मक्कावासियों की फ़ौज को क़रारी शिकस्त दी थी।) को भी दोहरा सकते हैं।"

इमरान भाई ने बोलना बन्द किया। मंच से उतरे और हॉल से बाहर निकल गए। कहीं कोई आवाज़ नहीं। तालियों की कोई गूँज नहीं। सब एकदम चुप... ख़ामोश। ऐसा लगता था जैसे वहाँ कोई शोक सभा हो रही है, जिसमें बोलना वर्जित है। शायद यह इमरान भाई का पहला व्याख्यान था, जिसके ख़त्म होने पर तालियों की गड़गड़ाहट नहीं हुई थी। और शायद ऐसी पहली प्रतियोगिता, जिसमें उन्हें प्रथम पुरस्कार नहीं मिला था।

उस प्रतियोगिता के बाद इमरान भाई को कॉलेज में बहुत कम देखा जाने लगा। वह कभी-कभी ही कॉलेज आते। जब कभी आते भी तो बस एक-दो लेक्चर लेते या फिर लाइब्रेरी से किताबें बदल कर चले जाते। उन्होंने साज़ेब से भी मिलना छोड़ दिया। लेकिन साज़ेब उनका इन्तज़ार करता। कई बार वह उनसे मिला भी। लेकिन हर बार वह यह कहकर, "मैं अभी जल्दी में हूँ... फिर मिलेंगे", निकल जाते। लेकिन वह फिर मिलते नहीं थे। साज़ेब उनका नम्बर मिलाता तो वह ऑफ जाता।

इसी तरह दूसरा साल भी बीत गया और इमरान भाई ने कॉलेज को अलविदा कह दिया। विदाई समारोह से पहले साज़ेब ने सोचा था कि इमरान भाई फ़ेयरवेल पार्टी में शामिल होने आख़िरी बार तो कॉलेज आएँगे ही, तब वह उनसे ज़रूर मिलेगा। उनसे उनका नया मोबाइल नम्बर लेगा और घर का पता भी पूछेगा। मगर समारोह हो गया और इमरान भाई नहीं आए।

इमरान भाई के न आने से साज़ेब को बुरा लगा। दुख भी हुआ। वह उदास हो गया। लेकिन जल्दी ही वह इस सबको भूल गया और आनेवाले एग्ज़ाम्स और

उनसे सम्बन्धित एसाइनमेंट्स में व्यस्त हो गया। उसने सभी एसाइनमेंट्स बहुत अच्छे बनाए। क्लास में लगभग सबसे बेहतर। एग्ज़ाम भी उसके अच्छे ही हुए और वह अच्छे नम्बरों से पास भी हो गया। ग्रेजुएशन पूरी करने के बाद वह आगे पढ़ना चाहता था लेकिन घर की माली हालात उसे इस बात की इजाज़त नहीं देते थे, इसलिए उसने आगे पढ़ने की बजाय प्राइवेट कम्पनी में नौकरी पकड़ ली।

हालाँकि कॉलेज के आख़िरी दिनों में और उसके बाद नौकरी की भाग-दौड़ के दरमियान भी बार-बार उसका ध्यान इमरान भाई की ओर चला जाता था और वह उन्हें याद करके दुखी होता था। कॉलेज के अपने आख़िरी दिनों में कॉलेज आनेवाले हर पास आउट से, जो भी इमरान भाई को जानता था, वह उनसे उनके बारे में पूछता। लेकिन हर कोई यह कहकर इनकार कर देता कि कॉलेज से निकलने के बाद उसका इमरान से कोई सम्पर्क नहीं रहा।

नौकरी के दौरान भी वह किसी समारोह और दूसरी जगहों पर अकस्मात टकरा जानेवाले अपने और इमरान भाई के क्लासमेट्स, अन्य दोस्तों और जानने वालों से उनके बारे में पूछता, लेकिन हर कोई मना कर देता।

वह इतवार का दिन था। हर इतवार की तरह उस दिन भी वह देर से सोकर उठा। उठकर फ्रेश होने के बाद उसने चाय बनाई और कप लेकर बालकनी में जा बैठा। सामने सड़क पर देखते हुए उसने एक घूँट चाय पी। फिर उठा और अन्दर चला आया। दरवाज़े के पास पड़ा मुड़ा-तुड़ा अख़बार उठाया और बॉलकनी में आकर कुर्सी पर बैठ गया। अब वह चाय पीता हुआ सामने सड़क पर देखने की बजाय अख़बार में छपी ख़बरों पर सरसरी नज़रें दौड़ाने लगा। तभी उसकी नज़र एक ख़बर पर अटक गई। ख़बर का शीर्षक था, "सन्दिग्ध सिमी आतंकी मुठभेड़ में ढेर।"

ख़बर के साथ एक क्षत-विक्षत शव की फ़ोटो भी छपी थी।

ख़बर का इंट्रो था, "भारत-नेपाल बॉर्डर के पास शनिवार की रात सुरक्षाबलों ने एक सन्दिग्ध सिमी आतंकी को मुठभेड़ में मार गिराया। आतंकी की पहचान इमरान ख़ान के रूप में हुई है। इमरान ख़ान दिल्ली यूनिवर्सिटी (डीयू) का पूर्व छात्र रह चुका है।"

कर्फ़्यू की रात

सरकार को चुने हुए चार साल हो चुके थे और पाँचवाँ साल चल रहा था। जैसे-जैसे वह साल बीत रहा है वैसे-वैसे नये चुनाव और उनमें भाग ले रही राजनीतिक पार्टियों की गतिविधियों की चर्चा होने लगी। वह कभी नरम होती तो कभी गरम। इन्हीं नरम-गरम चर्चाओं के बीच शहर के लोगों के मिज़ाज भी बदलने लगे। वे चुनावों और इन चर्चाओं को पहले भी सुन चुके थे और इनके परिणाम भी भुगत चुके थे। लोगों को अन्दाज़ा हो गया था कि चुनाव होंगे तो दंगे भी होंगे। पर किसी को भी इस बात का अनुमान नहीं था कि वह इतना भयानक और इतने लम्बे समय तक चलनेवाला होगा।

छेड़छाड़ के एक मामूली से विवाद से पैदा हुआ दंगा सरकार की लापरवाही और प्रशासन की शिथिलता के कारण पूरे तीन दिन तक बिना रुके चलता रहा था। इसकी लपटें इतनी भयानक और तीव्र थीं कि देखते-ही-देखते इसने राज्य के दर्जनों जिलों और उनके सैकड़ों गाँवों को भी अपनी चपेट में ले लिया। गाँवों से लोग जान बचाने के लिए शहर की ओर आ रहे थे और शहर के लोग ख़ुद अपने पड़ोसियों के हाथों मारे जा रहे थे। हालात जब बिलकुल ही क़ाबू से बाहर हो गए तो सरकार ने गाँव से आनेवाले लोगों को शहर के बाहर ही रोकना शुरू कर दिया, क्योंकि उनका आना शहर के अग्नि की तरह जलते तनाव-भरे माहौल में, घी का काम कर रहा था। शहर में कर्फ़्यू की घोषणा कर दी गई। साथ ही टीवी, केबल और अख़बारों पर भी प्रतिबन्ध लगा दिया गया।

कर्फ़्यू की रात

कर्फ़्यू लगने की घोषणा होते ही शहर में एकदम ख़ामोशी छा गई। एक दहशत भरी ख़ामोशी। उसकी सड़कें, जो हमेशा ट्रैफिक जाम से पटी रहती थीं, अब सूखी नदी के समान सुनसान थीं। उसका बाज़ार, जो हमेशा ख़रीदारों से भरा रहता था, अब किसी खंडहर इमारत की तरह वीरान था। उसकी गलियाँ, जो हमेशा जाने-पहचाने और अनजान लोगों के दौड़ने-फिरने, बच्चों के खेलने और रोने-चिल्लाने और कपड़े और सब्ज़ी के फेरीवालों के चिल्लाने से गूँजती रहती थी, वे अब चुप्पी साधे पड़ी थीं। वह भी इतने भयानक तरीक़े से कि उनमें क़दम रखते हुए भी डर लगता था।

इन ख़ाली सड़कों और गलियों में हवा की सायँ-सायँ की आवाज़ के अलावा कहीं कुछ नहीं था। कुछ भी नहीं।

फ़साद हुए हफ़्ता बीत चुका है और शहर में लगे कर्फ़्यू को भी। पर हाल और हालात को देखते हुए ऐसे बिलकुल नहीं लग रहा कि आनेवाले दिनों में उसमें भी कुछ ढील दी जा सकेगी। चारों ओर भयानक और दहशत भरी वीरानी पसरी है। जिसने दिन-रात के अन्तर को ख़त्म कर दिया है। न काम और न आराम। सब एक समान।

इस वीरानी को अब दो ही चीज़ें तोड़ती थीं। रात में पुलिस की गाड़ी के सायरन की आवाज़ और दिन में गलियों-मोहल्लों में गश्त करते फ़ौजी जवानों के बूटों की ठक-ठक। कोई तीसरी आवाज़ नहीं।

ऐसे ही डर से कँपा देनेवाले माहौल में मस्जिद के पीछे वाली बन्द गली में एक छोटे लेकिन पक्के घर के छोटे से चबूतरे पर बैठे कुछ लोग बातें कर रहे हैं। उनमें से एक चबूतरे की दीवार से टेक लगाकर बैठा है। दो लोग उसके दाईं तरफ़ बैठे हैं। एक आदमी उसके बाईं ओर सिर नीचा किये ज़मीन पर माचिस की तीली से आड़ी-तिरछी रेखाएँ खींच रहा है। उसी की बगल में एक और आदमी चबूतरे पर न बैठकर उसके कन्धे पर हाथ रखे खड़ा है।

चबूतरे से टेक लगाकर बैठे व्यक्ति का नाम रिहान है। वह लम्बा-चौड़ा नौजवान है। थोड़ा पढ़ा-लिखा भी है। वह कारख़ाने में काम करता है।

तब्लीग़ी जमात में जाने के कारण उसके हल्के-भूरे चेहरे पर लम्बी-काली दाढ़ी उग आई है। सिर पर सफ़ेद टोपी रखी है और कुर्ता-पायजामा पहन रखा है। उसके दाईं तरफ़ बैठे पहले व्यक्ति का नाम अनीस है। अनीस पतला-दुबला अधेड़ उम्र का व्यक्ति है। वह अनपढ़ है और रिक्शा चलाता है। उसी के बगल में रहीस बैठा है। वह दसवीं तक पढ़ा है और अब राज-मिस्त्री का काम करता है। रिहान के बाएँ तरफ़ बैठकर ज़मीन कुरेदनेवाले लड़के का नाम उस्मान है। उसने पॉलिटिकल साइंस से एम.ए. किया है। लेकिन कहीं नौकरी न मिलने के कारण बेरोज़गार है। उसकी बगल में खड़े व्यक्ति का नाम सलीम है और वह मज़दूर है।

रहीस कह रहा है, "यार, ऐसे तो हम लोग भूखों मर जाएँगे।"

"इससे ज़्यादा और क्या मरेंगे", सलीम ने कहा, "घर में बच्चों के लायक़ भी खाना नहीं बचा। अगर एक-दो दिन में कर्फ़्यू नहीं खुला तो फाक़े की नौबत आ जाएगी।"

"तुम एक-दो दिन की बात करते हो", रहीस ने कहा, "यहाँ तो परसों रात से ही आटा ख़त्म है। टंकी में कई साल पुराना थोड़ा अनाज़ रखा था, जो सड़ गया था। सोचा था कि उसे भैंस को डलवा देंगे। लेकिन अब मेरी बीवी उसे ही धोकर, चक्की में पीसकर बच्चों को खिला रही है। सोचता हूँ जब वह भी ख़त्म हो जाएगा, तब क्या होगा?"

"तब की तब पर छोड़ दे", रिहान ने कहा, "अल्लाह पर यक़ीन रख। वह जो भी करेगा, अच्छा करेगा।"

रिहान की बातें सुनकर लगातार ज़मीन कुरेद रहा उस्मान मुस्कुरा दिया। उसकी मुस्कान में व्यंग्य था। जैसे पूछ रहा हो कि ये जो दंगा हुआ है, शायद ये भी तुम्हारे अल्लाह ने बेहतरी के लिए ही कराया होगा।

"यार, तुम लोगों के घर में तो एक-एक, दो-दो दिन का खाना तो है", अनीस ने हताश और उदासी भरी आवाज़ में कहा, "लेकिन मुझे देखो। बस आज के लिए आटा बचा हुआ है, और वह भी इतना कि बच्चों का ही किसी तरह काम चल पाएगा। हम दोनों मियाँ-बीवी को फाक़ा करना पड़ेगा।"

"मेरा हाल भी जुदा नहीं है मेरे भाई", सलीम ने कहा, "रात डलिया में बस तीन रोटियों का आटा था। मैंने बीवी से कहा कि एक रोटी ख़ुद खा ले और दो बच्चों को खिला दे। लेकिन उस अल्लाह की बन्दी ने अपनी रोटी भी सुबह में बच्चों को खिलाने के वास्ते रख दी। हम दोनों कल से ही फाक़े पर हैं।"

फाक़े की बात सुनकर उस्मान को अपने छोटे भाई का चेहरा याद हो आया। उसके घर की हालात भी इन लोगों से जुदा नहीं है। उसके घर भी पिछले दो दिनों से कुछ नहीं पका है। भूख से व्याकुल छोटा भाई कल कितना रो रहा था। रोते हुए जब उसने बार-बार अम्मी से रोटी के लिए ज़िद की तो अम्मी उस पर चिल्ला पड़ी थी और उन्होंने उसके दो तमाचे लगा दिये थे। वह रोता-रोता जब भूखा ही सो गया तो अम्मी ख़ुद सुबक-सुबक कर रोने लगी थी।

लेकिन, अब यहाँ, इन लोगों के सामने उस्मान ने अपने घर के हालात का ज़िक्र करना सही नहीं समझा। वह चुपचाप उनकी बातें सुनता रहा। कुछ नहीं बोला। उसे पता था कि अगर वह कुछ कहेगा भी तो कोई उसकी बात पर यक़ीन नहीं करेगा। मोहल्ले में उसका घर दूसरों से थोड़ा समृद्ध नज़र आता है। ऐसा लोगों का गुमान है। लेकिन कर्फ़्यू ने उनका भी तेल निकाल दिया।

उसकी बात का जवाब देते हुए अनीस ने कहा, "मुझे पहले से ही पता था कि ये दिन आनेवाले हैं", उसकी बात सुनकर उत्सुकतावश सबकी नज़रें उसकी ओर उठ गईं। सबकी नज़रों को अपने चेहरे पर जमा देख वह आगे बोला, "मेरे रिक्शा में बैठी सवारियाँ जब चुनाव के बारे में ज़्यादा बातें करती दिखीं तभी मैंने सोच लिया कि चुनाव हो रहे हैं तो दंगा भी होगा। और जब दंगा होगा तो कर्फ़्यू भी लगेगा। इसलिए मैंने पहले ही दस किलो आटा, तीन किलो चावल, एक किलो चीनी, आधा एक किलो दाल और कुछ और घरेलू सामान ख़रीद लिया था। लेकिन मुझे यह नहीं पता था कि यह कर्फ़्यू इतना लम्बा चलेगा। मैंने तो सोचा था कि दो-तीन दिन में सब निपट जाएगा। ज़िन्दगी फिर से पुराने ढर्रे पर आ जाएगी। पर यहाँ तो हफ़्ता गुज़रने के बाद भी सुकून और शान्ति की कोई रोशनी नज़र नहीं आती।"

"इस कर्फ़्यू ने तो हमारी ज़िन्दगी ही ठप कर दी", रहीस ने कहा, "मेरी तो अल्लाह से बस ये ही दुआ है कि जल्द-से-जल्द हालात ठीक हो जाएँ और हमें इस नरक से निज़ात मिले।"

अपनी बात ख़त्म करके रहीस ने रिहान की ओर देखा। वह आँखें बन्द किये चुपचाप बैठा था। उसे ऐसे आँखें बन्द किये ख़ामोश बैठे देखकर रहीस ने पूछा,"क्या सोच रहे हो रिहान भाई?"

उसी स्थिति में बैठे हुए आँखें खोलकर रिहान ने रहीस को देखा और जवाब दिया, "सोच रहा हूँ जब हमारा यह हाल है तो गाँव में रहनेवालों का क्या हाल होगा? भूखे ही सही पर हम ज़िन्दा तो हैं। पुलिस के आने और कर्फ़्यू लगने से दंगा भी कुछ हद तक क़ाबू में हो गया। लेकिन गाँवों का क्या? वहाँ तो अब भी मार-काट मची हुई है। घरों को जलाया जा रहा है। जानवरों को लूटा जा रहा है। उन पर क्या बीत रही होगी? ज़रा सोचो तो इतने ख़रतनाक और दहशत-भरे माहौल में वे लोग कैसे रह रहे होंगे?"

इतना कहते-कहते रिहान की आँखें भर आईं। उसने अपने कुर्ते के पल्लू से आँखें साफ़ की और फिर कहा, "अल्लाह हमारे मुसलमान भाइयों पर रहम करे।"

अपने मायूस और हताश चेहरों के साथ रिहान के ग़म में शरीक़ होते हुए सबने एक साथ कहा, "आमीन।"

फिर सब चुप हो गए।

अब वहाँ चुप्पी थी।

निराशा, हताशा, कमज़ोरी और अकेलेपन से भरी, चुभनेवाली चुप्पी।

काफ़ी देर तक जब कोई नहीं बोला और सब ज़मीन पर अपनी नज़रें गड़ाए बैठे और खड़े रहे तब सलीम ने उस ख़ामोशी को तोड़ते हुए कहा, "मेरे ख़याल से तो ये चुनाव ही नहीं होने चाहिए। ये सब इन चुनावों का ही किया-धरा है। न चुनाव होते न दंगे भड़कते और न हमारा ये हाल होता। अरे, अगर तुम्हें हमारा वोट नहीं चाहिए तो ऐसे ही मना कर दो? हम तो वैसे ही नहीं जाएँगे। हमें कौन सा शौक़ लगा है वोट डालने का। इस तरह हमें बर्बाद करने और क़त्ल करने की क्या ज़रूरत?"

"ये कोई पहली बार तो नहीं हो रहा है," रहीस ने हल्के तैश के साथ कहा, "आज़ादी के बाद से ही देश में दंगे होने शुरू हो गए थे। भले ही वे कम भड़काऊ और छोटे-मोटे स्तर पर होते थे। लेकिन होते रहे थे। इन्दिरा गांधी की मौत के बाद से तो देश में मानो दंगों की बाढ़ ही आ गई। एक के बाद एक। कभी मस्जिद के लिए, कभी ख़ुदा के लिए, कभी मन्दिर के लिए तो कभी जाति के लिए। हर चुनाव में दंगे। जैसे दंगों के लिए ही चुनाव कराए जाते हों। न जाने कितने लोग मरे होंगे अब तक?"

कुछ रुककर उसने फिर कहा, "चुनाव, मताधिकार सब बकवास की बात है। मेरे हिसाब से तो इन सबको होना ही नहीं चाहिए।"

रहीस के आख़िरी वाक्य को सुनकर माचिस की तीली से ज़मीन कुरेदता उस्मान का हाथ एकाएक रुक गया। उसने अपनी गर्दन उठाई और रहीस की ओर देखते हुए कहा, "ग़लत! एकदम ग़लत कह रहे हो तुम। आज दुनिया के लगभग हर देश में चुनाव होते हैं। क्या वह सब बकवास है? अगर चुनाव नहीं होंगे तो देश में तानाशाही आ जाएगी। आज़ादी और गुलामी का फ़र्क़ ख़त्म हो जाएगा। जनता के हितों की अनदेखी कर लोग मनमानी करने लगेंगे। एक तरह से देश में अराजकता का माहौल हो जाएगा," उस्मान ने कहना जारी रखा, "आज भी दुनिया के बहुत से मुल्कों में चुनाव नहीं होते। तानाशाही है। वहाँ एक ही बादशाह, पार्टी या सरकार का राज है। वहाँ के लोग आए दिन उनके ख़िलाफ़ सड़कों पर उतरते हैं। अगर सड़कों पर नहीं उतरते तो गुपचुप तरीक़े से अन्दर-ही-अन्दर उनके विरुद्ध अभियान चलाते हैं। उनके ख़िलाफ़ माहौल बनाते हैं। लोगों को आज़ादी और चुनाव के बारे में छुप-छुपकर बताते हैं। किसलिए? चुनाव के लिए ही तो। आज़ादी के लिए। अपने फ़ैसले ख़ुद लेने के लिए। ज़िन्दगी को अपने तरीक़े से जीने के लिए। अपनी पसन्द की सरकार चुनने के लिए। उसमें अपनी हिस्सेदारी के लिए। ये चुनाव ही हैं जो सरकार चुनने या बदलने में आम जन की भागीदारी को सुनिश्चित करते हैं। लोगों को मताधिकार इसीलिए दिया गया कि वो अपने तरीक़े से ज़िन्दगी जी सकें और इसके द्वारा अपनी पसन्द का, अपने ही बीच से अपना प्रतिनिधि चुन सकें।"

"अराजकता...! अराजकता का माहौल तो तुम ऐसे कह रहे हो जैसे अब बड़ी शान्ति है", रहीस ने व्यंग्य करते हुए कहा, "चुनाव में प्रतिनिधि चुने जाते हैं। और फिर वही प्रतिनिधि आएगा और अपनी जीत को दोबारा सुनिश्चित करने के लिए दंगे करा देगा। पड़ोसी को पड़ोसी का दुश्मन बना देगा। अगर तुम उसके धर्म, विचारधारा या नस्ल के नहीं हो तो तुम्हारा क़त्ल करवा देगा। वे घर जलाएँगे तुम्हारा। तुम्हारी माँ-बहनों की इज़्जत लूटेंगे। जहाँ तानाशाही है और लोकतंत्र नहीं है, अभी वहाँ लोगों को इसकी (चुनावों की) हक़ीक़त ही कहाँ पता है? वह कहते हैं ना, दूर के ढोल सुहावने लगते हैं। जब उन्हें पता चलेगा कि उनकी पसन्द के, उन्हीं के बीच के उनके प्रतिनिधि ख़ुद को जिताने के लिए किस तरह धर्म, चमड़ी के रंग और विचारधारा के नाम पर तिकड़म करते हैं और मौत का तांडव कराते हैं, तो वो ख़ुद ही चुनाव से तौबा कर लेंगे।"

"देखो", माचिस की तीली एक तरफ़ फेंक पालथी मारकर बैठते हुए उस्मान ने कहा, "ज़रूरी नहीं कि हर व्यक्ति या राष्ट्र-राज्य लोकतांत्रिक प्रक्रियाओं का इस्तेमाल रचनात्मक कार्यों के लिए ही करे। कुछ लोग या राष्ट्र-राज्य उनका प्रयोग विनाशकारी कार्यों के लिए भी करते हैं। और यह बात हमारे देश के वर्तमान हालात पर बिलकुल ठीक बैठती है। पर यह बात सब पर लागू नहीं होती।"

"जो इनसान ख़ुद दुखी हो उसे दूसरों की ख़ुशियों की क्या परवाह? चुनावों से चाहे किसी को कितना ही फ़ायदा हुआ हो लेकिन हमें तो इनसे कभी कुछ हासिल नहीं हुआ, सिवाय तबाही और बर्बादी के।"

"तुम्हारी बात दुरुस्त है। भारत में लोकतंत्र का उत्सव तो आया, मगर वह मुसलमानों के लिए मौत का पैग़ाम लाया", उस्मान ने दार्शनिक अन्दाज़ में अपनी बात ख़त्म की।

इसके बाद फिर कोई कुछ नहीं बोला। सब अपनी-अपनी वर्तमान हालात से परेशान ध्यानमग्न हो गए।

दिन का चौथा पहर बीत चुका है। सूरज अपनी रफ़्तार से पश्चिम की ओर दौड़ा जा रहा है। शाम ढलने को है। सलीम एक मैले से गमछे रूपी कपड़े को

झाड़कर अपने कन्धे पर रखता है और घर का रुख़ करता है। तभी उस शान्त फिज़ा में किसी के रोने की आवाज़ सुनकर उसके बढ़ते क़दम रुक जाते हैं। इस बात से बेपरवाह कि कोई बात को सुन रहा है या नहीं, उसने मानो ख़ुद से ही कहा, "कोई रो रहा है?"

"लगता है मेहरदीन का बेटा मर गया?" अनीस, जो मेहरदीन का पड़ोसी था, उसने कहा, "वह पिछले कई दिनों से बीमार था।"

"क्या हुआ था उसे?" रिहान ने पूछा।

"ये तो मुझे नहीं पता, लेकिन परसों जब मेरी बीवी उनके यहाँ नमक माँगने गई थी तो वह बता रही थी कि मेहरदीन का बेटा बहुत बीमार है। उनके पास इतने भी पैसे नहीं हैं कि वो उसे डॉक्टर को दिखा सके।"

"पैसे होते भी तो क्या होता? डॉक्टर को तो तभी दिखाएगा जब अस्पताल खुला होगा", रहीस ने कहा, "चलो, चलकर देखते हैं।"

चबूतरे पर से वे सब एक साथ उठे और मेहरदीन के घर की ओर चल दिये, जो मस्जिद वाली गली से अगली गली में था। रिहान चलते हुए बुदबुदाया, "इन्ना-लिल्लाही वा इन्ना अलैही राजिऊन (किसी की मौत की ख़बर सुनकर पढ़ी जानेवाली दुआ)।"

मेहरदीन के घर जाकर उन्होंने देखा कि मेहरदीन आँगन में सिर पकड़े बैठा रो रहा है और उसकी बीवी अपने मृत बेटे की चारपाई के पास बैठी सिसकियाँ भर रही है। रिहान मेहरदीन के पास बैठ गया और उसे दिलासा देने लगा। जब उसकी बीवी की सिसकियों की आवाज़ उभरने लगी तो उसने आहिस्ता से कहा, "ज़्यादा ज़ोर से नहीं। वरना पुलिस आ जाएगी।"

रिहान के पास जाते हुए रहीस ने पूछा, "अब इसके कफ़न-दफ़न का कैसे होगा?"

"मग़रिब के बाद दफ़नाना ठीक रहेगा", उस्मान ने कहा, "उस वक़्त अँधेरा हो चुका होगा। अगर अभी गए तो पुलिस को पता चल जाएगा, और वह हमें दंगा फैलाने के इल्जाम में पकड़ लेगी।"

"ठीक है", रिहान ने कहा।

क़ब्रिस्तान मोहल्ले से काफ़ी दूर मेन रोड के दूसरी तरफ़ था। उससे आगे खेत थे, जिनमें से अब कुछ में प्लॉट कट चुके थे और कई एक घर भी बन चुके थे। खेतों के आगे घना जंगल था। मग़रिब की नमाज़ के बाद काफ़ी अँधेरा घिर आया था। एक पुरानी चादर से मृतक को कफ़न दिया गया। सलीम और अनीस ने क़ब्र खोदने के लिए फावड़ा और खुर्पी उठाई। मृतक के बाप, रिहान, उस्मान और रहीस ने मैय्यत को कन्धा दिया और वे सब लोग क़ब्रिस्तान की ओर बढ़ चले।

उन लोगों ने सही-सलामत मोहल्ले की गलियाँ पार कीं और मेन रोड पर जा पहुँचे। उसे पार कर जब वे क़ब्रिस्तान के अन्दर पहुँचे तो कहीं बहुत दूर से पुलिस की गाड़ी के सायरन की आवाज़ आने लगी। भय के मारे उन सबके चेहरे पीले पड़ गए। जैसे-जैसे सायरन की आवाज़ क़रीब आती गई, उनके दिल भी मुँह को आते गए।

पैरों तले से ज़मीन खिसकती महसूस होने लगी। अभी वे ये सोच ही रहे थे कि सायरन की आवाज़ किस दिशा से आ रही है और किस ओर जा रही है। तभी एक साथ अनगिन आवाज़ों का शोर उठा, "मारो सालों मुल्लों को।"

इतना सुनते ही लाश को वहीं छोड़ वे पागलों की तरह अपने घरों की ओर दौड़ पड़े।

पुलिस की गाड़ी गुज़रने के बाद उस दिन भी कर्फ़्यू के कारण रात अपनी फ़ितरत के अनुसार पूरी तरह ख़ामोश थी। कहीं कुछ नहीं था। सिवाय ख़ामोशी के। हाँ, रह-रहकर पूरी रात क़ब्रिस्तान की ओर से कुत्तों और भूखे भेड़ियों के ग़ुर्राने की आवाज़ें आती रही थीं।

क़ुर्बान

उन दिनों मैं छठी कक्षा में पढ़ता था, जब अम्मी को बकरी पालने का शौक़ पैदा हुआ था। वह ईदगाह के पीछे वाली बस्ती में जाकर एक बकरी देख भी आई थी और फिर मुझसे बार-बार उसे देख आने का इसरार करने लगी थी। ताकि मैं जाकर उसे देख लूँ और उसे ख़रीदने के बारे में उन्हें अपनी राय बता सकूँ। लेकिन स्कूल, ट्यूशन और फिर आलस की वजह से मैं जा नहीं पाया। अम्मी ने भी इस पर कोई ऐतराज़ नहीं किया और एक दिन वह पड़ोस की एक औरत के साथ जाकर ख़ुद ही सात सौ रुपये में उसे ख़रीद लाई। वह हल्के कत्थई रंग की बकरी थी। उसके माथे पर सफ़ेद रंग का एक निशान था। कान छोटे-छोटे और नुकीले थे। उसके सींग नहीं थे। इसलिए अम्मी उसे 'मुंडी' बकरी कहती थीं। जब वह आई थी तो बहुत दुबली-पतली थी। इतनी दुबली कि उसकी पसलियाँ तक गिनी जा सकती थीं। लेकिन अम्मी की देखभाल से वह जल्दी ही गोल-मटोल हो गई। अम्मी जब उसे घास खाने के लिए बुलातीं तो कहतीं, "आजा है मुंडी... आ, घास खा ले...," तो वह भी अम्मी की आवाज़ सुनते ही उनके पास दौड़ जाती।

हमारे घर आने के दो महीने बाद ही वह नये-दूध हुई थी। तब अम्मी ने कहा था, "अगर हमारी बकरी ने पहला बकरा दिया तो वह अल्लाह का नाम होगा।" यानी आनेवाली ईद-उल-अज़हा (बकरा-ईद) पर हम उसकी क़ुर्बानी करेंगे।

और फिर अगले पाँच महीनों तक वह हर नमाज़ में उस सास की तरह जिसकी बहू पहली बार हामला (गर्भवती) हो और वह अल्लाह से दुआ करती हो कि तू उसकी बहू को पहला बेटा ही देना... दुआ करती रही थीं, "ऐ अल्लाह तू हमारी बकरी को बकरा दियो। चाहे एक देना... लेकिन बकरा ही देना...।"

साथ ही वह उसके खाने-पीने का भी बहुत ख़याल करती। वह सुबह ही उसके सामने ताज़ी और हरी घास खाने को रख देती, जिसे छोटा भाई घास मंडी से ख़रीदकर लाया करता। दोपहर में वह उसके लिए भुस की 'सानी' किया करती और रात को मौसमी का गुद्दा खाने को देती, जिसे वह मोहल्ले के उन बच्चों को दो-पाँच रुपये देकर मँगवा लिया करती थीं जो बाज़ार में ढाबों, दुकानों और ठेलियों पर काम करने जाया करते थे।

ठीक पाँच महीने बाद जुमे के दिन बकरी बिआ गई और उसने बकरा ही दिया। काले रंग का। उस पर जगह-जगह सफ़ेद रंग के चित्तीदार धब्बे थे। अपनी माँ की तरह उसके भी नुकीले कान और माथे पर सफ़ेद निशान था। अकेला होने के कारण वह काफ़ी मोटा और स्वस्थ था। अम्मी उसे देखकर बहुत ख़ुश हुई थीं। होने के पाँच मिनट बाद ही उसने चलना शुरू कर दिया। अम्मी ने हाथ के नाख़ूनों से उसके खुरों को चूट दिया ताकि बड़े होने पर वे लम्बे और बेतरतीब न निकल आएँ। साथ ही उन्होंने उसका नाम भी रख दिया, 'क़ुर्बान'।

अब वे दो हो गए थे। इसलिए अम्मी ने उन्हें घर में बाँधने की बजाय बैठक के आगे बनी एक छोटी-सी कोठरी में, जिसे हम लोग दुकान कहते थे, बाँधना शुरू कर दिया। वह उसे सारा दिन खुला रखतीं। रात को इशा की नमाज़ के बहुत बाद में जाकर उन्हें बाँधतीं। फिर सुबह फज्र की नमाज़ के वक़्त खोल देतीं। दुकान का दरवाज़ा बाहर सड़क पर खुलता। इसलिए जब सुबह में हममें से कोई एक उसे जाकर खोलता तो दरवाज़ा खुलते ही क़ुर्बान सड़क पर एक लम्बी दौड़ लगा देता। वह उछलता-कूदता दूर नहर तक जाता और फिर वापस आकर अपनी माँ की पिछली टाँगों के बीच घुस जाता। दूध पीते वक़्त वह अपनी छोटी-सी पूँछ को हाई-स्पीड से चलते पंखे की तरह फर-फर हिलाता रहता। बकरी के थनों में इतना दूध होता कि पीते-पीते उसके मुँह के

दोनों ओर से सफ़ेद झाग निकलने लगते और फिर जब उसका पेट भर जाता तो वह छिंकता-धसकता इधर-उधर गर्दन हिलाने लगता।

नमाज़ पढ़कर अपने घरों को जाते लोग जब उसको दूध पीते हुए पूँछ हिलाते देखते तो वे हँसने लगते। हम भी उनसे मज़ाक में कहते, "आ जाओ ताऊजी... हवा खा लो...।"

स्कूल से आने के बाद शाम को हम दोनों भाई उसे और उसकी माँ को चराने ले जाया करते। कभी नहर पर तो कभी बाग़ में। कभी सड़क के इस तरफ़ तो कभी नहर के उस तरफ़। जहाँ वह चरता तो कुछ नहीं था बस सारा वक़्त हमारे पीछे भागता रहता। कभी हमें टक्कर मारता तो कभी हमारे पास आकर बैठ जाता। फिर मुँह के इशारे से हमें पीठ पर खुजाने को कहता। उसकी माँ की तरह उसके भी सींग नहीं निकले थे। अम्मी की ज़बान में वह मुंडा बकरा था।

क़ुर्बान अम्मी से कुछ ज़्यादा ही हिलमिल गया था। वह सारा दिन उनके पीछे-पीछे घूमता रहता। अगर वह बाहर तो बाहर और घर के अन्दर होतीं तो अन्दर। और जब वह नमाज़ पढ़तीं तो वो उनके मुसल्ले के सामने आकर बैठ जाता। फिर जब वह नमाज़ ख़त्म करके मुसल्ला उठाकर उसे अन्दर रखने जातीं तो वह भी उनके पीछे-पीछे अन्दर चला जाता। जहाँ वह उसे कभी मुट्ठी-भर गेहूँ, कभी मक्का तो कभी चने खाने को दे दिया करतीं। यह उसका रोज़ का काम था। हालाँकि वह हमेशा अन्दर कमरे में नहीं जाता था। बिजली के चले जाने पर जब कमरे में अँधेरा होता तो वह दरवाज़े पर ही रुक जाता और अम्मी के आने का इन्तज़ार करता। जब किसी दिन वह नहीं आता तो अम्मी बाहर गली के दरवाज़े पर खड़ी होकर कहती, "आ जा रे क़ुर्बान... ले... किटुउ-किटुउ..." और वह जहाँ कहीं भी होता अम्मी की आवाज़ सुनते ही फौरन दौड़ा चला आता।

कुछ ही महीनों में वह काफ़ी बड़ा हो गया। भारी और बलशाली भी। एक बार अब्बू जी उसे नहर पर घुमाने ले गए थे। वापसी में आते वक़्त पता नहीं उसे क्या सूझा कि एकाएक दौड़ पड़ा। उसका रस्सा हाथ में पकड़े अब्बू जी उसे पूरी जान लगाकर रोकने की कोशिश करते रहे। लेकिन वह रुका नहीं।

उन्हें भी अपने साथ खींचता चला गया। जब उनसे उसके साथ भागा नहीं गया और उसका रस्सा उनके हाथ से फिसलता चला गया तो उन्होंने उसे छोड़ दिया। छूटते ही वह इतना तेज़ भागा कि घर आकर ही रुका। उसके पीछे-पीछे हाँफते हुए अब्बू जी आए, "इसमें तो मेरे से भी ज़्यादा जान है... साला बहुत तेज़ भागता है... आज इसने मुझे गिरा ही दिया होता...। माशाअल्लाह तुम्हारा बकरा बहुत अच्छा हो गया है तंज़ीला...", उन्होंने अम्मी से कहा।

अम्मी उस वक़्त नमाज़ पढ़ने के बाद मुसल्ले पर बैठी हुई उँगलियों के पोरों पर तस्बीह पढ़ रही थीं। क़ुर्बान उनकी बगल में ही आ खड़ा हुआ। अब्बू जी की बात सुनकर उन्होंने मुस्कुराते हुए अपने दोनों हाथ उसकी गर्दन में डाल दिये और उसका लाड़ करते हुए कहा, "हे... आज तू इन्हें गिरा देता क़ुर्बान...", फिर उसके मुँह पर अपनी नाक रगड़ते हुए बोली, "मेरा सोना बच्चा।"

रमज़ान के दिनों में वह और भी ठाड़ा (मोटा) हो गया था। उन दिनों दौड़ना तो दूर ज़ीने पर चढ़ते हुए भी वह हाँफने लगता। एक-एक पैड़ी पर बड़े आराम से और सुस्ता-सुस्ताकर चढ़ता। रमज़ान का महीना था। ईद आनेवाली थी और फिर उसके बाद बकरा-ईद। इसलिए शहर में उन दिनों चोरों का बड़ा शोर मचा हुआ था। पठानकोट में तो एक ही रात में कई घरों से बकरे चोरी हो गए थे। ख़ुद हमारे मोहल्ले में भी दिन में ही एक बकरी चोरी हो गई थी। इसलिए अम्मी ने अब उसे घर में ही बाँधना शुरू कर दिया था। वह भी अपनी चारपाई के पाये में। तो भी उन्हें सुकून नहीं था। वह रात को कई दफ़ा उठकर उसे देखतीं और उसकी पीठ पर हाथ फेरती रहतीं।

ईद से दो दिन पहले जब कोहरे की परत कुछ छँट गई और आसमान पर सूरज चमकने लगा और तेज़ धूप निकल आई तो अम्मी ने उसे नहला दिया। फिर अगले दिन शाम को जब उन्होंने अपने हाथों पर मेहँदी लगाई तो उसके पेट के सफ़ेद हिस्से पर भी मेहँदी से चाँद-तारा बना दिया।

ईद वाले दिन भी जब तेज़ धूप निकली तो उन्होंने उसे फिर नहला दिया। इस बार नहाने से उसकी हरे रंग की मेहँदी छूट गई और उसके नीचे से लाल रंग का चाँद-तारा निकल आया। नहलाने के बाद अम्मी ने एक पुराने शॉल से

उसे पोंछ दिया और अपने साथ ऊपर धूप में ले गई, जहाँ वह सीर (सेवैयाँ) बना रही थीं। वहाँ उन्होंने उसे पिसी हुई मक्का और थोड़े भुने हुए चने खाने को दिये। फिर वह सारा दिन छत पर ही बैठा रहा।

दिन गुज़रते गए और फिर बकरा ईद का चाँद भी दिख गया। अम्मी क़ुर्बान का और भी ज़्यादा ख़याल करनी लगी थी। वह भी अब रात-दिन उन्हीं के इर्द-गिर्द मँडराता रहता। चाहे वह उसे कुछ खाने के लिए दे या न दे।

चाँद रात वाले दिन हम दोनों भाई बड़े ख़ुश थे। शाम को मग़रिब की नमाज़ के बाद जब चाँद दिख गया तो मोहल्ले के दूसरे बच्चों के साथ हमने भी पूरे मोहल्ले में घर-घर जाकर लोगों को ईद का सलाम किया और उनको ईद की मुबारकबाद दी। मोहल्ले में ख़ासी चहल-पहल थी और हर कोई क़ुर्बानी के बारे में बातचीत कर रहा था। जब लोग हमसे पूछते, "इस बार तुम किसकी क़ुर्बानी करोगे...?"

तो हम बड़े शान से जवाब देते, "हम तो बकरे की क़ुर्बानी करेंगे... आपने वो हमारा क़ुर्बान देखा है ना... उसी की...।" इस शान के पीछे भी एक राज़ था। क़ुर्बानी के जानवर से आपकी आर्थिक हैसियत का पता चलता है। वह समाज में आपके रुतबे और रसूख को प्रदर्शित करता है। जो लोग बकरे की क़ुर्बानी देते हैं वे ज़्यादा अमीर समझे जाते हैं और समाज में उनका रुतबा भी बढ़ता है।

हमारा जवाब सुनकर वो कहते, "माशाअल्लाह... माशाअल्लाह... तुम्हारा बकरा तो बहोत ठाडा है... उसमें तो ख़ूब गोश्त निकलेगा... हमें भी खिलाओगे या नहीं...।"

"हाँ-हाँ, क्यों नहीं...? आप तो हमारे पड़ोसी हैं... आपका हक़ तो पहले बनता है...।"

घर से बाहर जितनी चहल-पहल और ख़ुशी थी, घर के अन्दर उतनी ही ख़ामोशी और उदासी पसरी थी। अब्बू जी मस्जिद गए और अम्मी अन्दर कमरे में पलँग पर बैठी हुई थीं। क़ुर्बान उनके पैरों के पास बैठा हुआ था। वह गुमसुम था। उसने पिछले दो दिनों में लगभग ना के बराबर ही खाया था। बल्कि कुछ खाया ही नहीं था। अम्मी के हाथ से भी नहीं।

अल-सुबह उठकर हम दोनों भाई अब्बू जी के साथ मस्जिद में नमाज़ पढ़ने गए। मस्जिद, जो आम दिनों में अन्दर के हिस्से को छोड़कर पूरी ख़ाली पड़ी रहती थी वह आज ऊपर से लेकर नीचे तक और अन्दर से लेकर बाहर तक नमाज़ पढ़नेवालों से ठसाठस भरी हुई थी।

मस्जिद से आकर हम लोग तैयार हुए और ईदगाह चले गए। वहाँ से आने पर देखा तो पूरे मोहल्ले में गेंदे के फूलों की माला पहने क़ुर्बानी के जानवरों और उन्हें घेरकर चलते टोपी पहने हिस्सेदार (बकरे को छोड़कर हर बड़े जानवर में सात हिस्सेदार होते हैं।) लोगों की बहार थी। उनके सिवा वहाँ और कोई दिखाई ही नहीं दे रहा था।

हमने भी क़ुर्बान को अच्छी तरह तैयार किया हुआ था। उसके गले में गेंदे और गुलाब के फूलों की माला पहनाई हुई थी। उसके माथे पर मेहँदी से चाँद-तारा बना था। वह बहुत अच्छा लगा रहा था। साथ ही उदास भी। अब्बू जी जब उसे क़ुर्बानी के लिए ले जाने लगे तो बहनें रोने लगी और अम्मी तो अन्दर वाले कमरे से बाहर ही नहीं निकली। उन्होंने मुझसे कहा, "चलो... इसे करवाना नहीं है क्या...?"

"आप जाएँ... मैं नहीं जाऊँगा... मुझे तो डर लगता है...", यह कहकर मैं अन्दर चला गया। फिर उन्होंने तौहीद, जो छोटे होने के कारण भी बड़ा सख़्त दिल था, उससे कहा—"चल भई... जब वो नहीं जा रहा है तू चल...।"

तौहीद ने अब्बू जी के कहते ही क़ुर्बान की रस्सी पकड़ ली और उसे क़ुर्बानी के लिए लेकर चल दिया। लेकिन तभी अन्दर से छोटी बहन आई और क़ुर्बान के गले लगकर रोने लगी। उसने अब्बू जी से कहा, "अब्बू जी रहने दो... आप इसे न ले जाओ... हमें इसकी क़ुर्बानी नहीं देनी, आप किसी और की क़ुर्बानी दे दे...।"

"नहीं बेटा... हमने इसे बोल रखा... इसकी पैदाइश से भी पहले... और अल्लाह ने हमें यह क़ुर्बानी के लिए ही दिया... अब अगर हम पीछे हट गए तो अल्लाह नाराज़ हो जाएगा...।"

"अल्लाह इसकी क़ुर्बानी से कैसे ख़ुश होगा अब्बू जी...? वह तो अपने हर एक बन्दे से सात माँओं से भी ज़्यादा प्यार करता है... फिर यह तो बेचारा बेज़ुबान जानवर है... उसे इसकी क़ुर्बानी से क्या ख़ुशी मिलेगी...?"

"मुझे नहीं पता बेटा... लेकिन क़ुर्बानी अल्लाह का हुक़्म है... अब तुम अन्दर जाओ...।"

वह अन्दर आ गई और अम्मी के गले लगकर रोने लगी। साथ ही वह कह रही थी, "अम्मी, अब्बू जी क़ुर्बान को ले जा रहे हैं... आप उन्हें रोकती क्यों नहीं... वह उसकी क़ुर्बानी दे देंगे... फिर हम उसे कभी नहीं देख पाएँगे...।"

लेकिन अम्मी ने उसकी किसी बात का कोई जवाब नहीं दिया। वह सारा वक़्त ख़ामोश बैठी रही।

अब्बू जी और तौहीद के जाने के बाद मैं भी उनके पीछे-पीछे क़ुर्बानी वाली जगह चला गया। पर अब्बू जी वहाँ नहीं थे। बस तौहीद और मोहल्ले के चार-पाँच जवान लड़कों ने क़ुर्बान को ज़मीन पर लिटाकर उसे पकड़ा हुआ था। क़साई उसे क़ुर्बान करने के लिए अपनी छुरियाँ तेज़ कर रहा था। फिर जब उसने बिस्मिल्लाह पढ़कर उसकी गर्दन पर छुरी चलाई तो मैंने अपना मुँह दूसरी तरफ़ फेर लिया। मैंने देखा कि अब्बू जी दरवाज़े के पीछे छुपे हुए ग़मगीन खड़े थे और जब उन्होंने दर्द से कराहते क़ुर्बान की आवाज़ सुनी तो उनकी आँखों में आँसू आ गए थे। यह पहली और शायद आख़िरी बार था, जब मैंने अपने बाप को रोते हुए देखा था।

लोहे के एक बहुत बड़े टप में भरकर उसका गोश्त घर आया। लेकिन हममें से किसी ने भी उसका गोश्त चखा तक नहीं। अम्मी ने सारा-का-सारा मोहल्ले और रिश्तेदारों में बँटवा दिया। काम ख़त्म करने के बाद शाम को वह चारपाई पर लेट गई, पर रात को उन्हें बहुत तेज़ बुख़ार हो गया। बुख़ार की हालत में ही वह बार-बार अपनी चारपाई से नीचे झाँकतीं और कहतीं, "क़ुर्बान कहाँ चला गया... वह तो यहाँ है ही नहीं... देखना तो ज़रा... कहीं ऊपर तो नहीं चला गया।"

फिर जब वह नमाज़ पढ़तीं और सलाम फेरने के बाद क़ुर्बान को अपने पास न पातीं तो कहतीं, "क़ुर्बान तो आज आया ही नहीं... देखियो... बाहर तो नहीं बैठा कहीं...?" इसके बाद वह उठकर ख़ुद बाहर गली के दरवाज़े पर आ खड़ी होतीं और कहतीं, "आ-जा रे क़ुर्बान... ले... किटुउ-किटुअ...।" पर क़ुर्बान नहीं आता। वह तो अल्लाह के पास चला गया था, उसको ख़ुश करने।

अम्मी को जब इस बात का एहसास होता तो वह अपने मुँह पर दुपट्टा डालकर सुबक-सुबककर रोने लगतीं और कहतीं, "आ-जा रे क़ुर्बान... ले... किटुउ-किटुउ...।"

इसके बाद अम्मी ने फिर कभी कोई बकरी नहीं पाली। जो थी उसे भी बेच दिया था।

क्रिकेट और हम हिन्दुस्तानी

किसी भी आम हिन्दुस्तानी की तरह अब्दुल भी क्रिकेट का बड़ा फैन था। क्रिकेट तो जैसे उसकी रगों में ख़ून बनकर बहता था। बचपन में मोहल्ले की गलियों में लड़कों के साथ क्रिकेट खेलते और फिर जवानी में टीवी पर देखते हुए वह उसे किसी माशूक़ा की तरह प्यार करने लगा था। ऑफ़िस से आने के बाद और छुट्टी के दिनों में वह टीवी स्क्रीन पर नज़रें गड़ाए पूरा दिन बिता देता। कभी-कभी उसके इस क्रिकेट प्रेम से उसकी बीवी इतनी ख़फ़ा होती कि उसे बाहर भेजने के लिए वह टीवी का प्लक हटा देती। लेकिन वह उसकी इस हरकत पर कभी खफ़ा नहीं होता, क्योंकि वह अपनी बीवी से भी बहुत मुहब्बत करता था। अभी तक उसकी ज़िन्दगी इन्हीं दोनों, माशूक़ा और बीवी के बीच ख़ुशहाल बीत रही थी।

वह टीम इंडिया का इतना बड़ा समर्थक था कि उसका एक भी मैच नहीं छोड़ता था। हर मैच देखता था। चाहे वह दिन में हो या रात में। पूरा-का-पूरा। अगर कोई मैच काम वाले दिन होता तो उस दिन दफ़्तर से छुट्टी ले लेता। और अगर रात में होता तो उसे देखने के लिए रात-भर जागता। उसका क्रिकेट प्रेम टीवी पर देखने तक ही सीमित नहीं था। वह क्रिकेट से सम्बन्धित ख़बरों को भी बड़े ध्यान से पढ़ता था। सुबह ही वह सबसे पहले इलाक़े के तीनों मशहूर अख़बारों के खेल पृष्ठ पढ़ डालता। जब कभी बाज़ार जाता तो 'क्रिकेट सम्राट' मैगज़ीन ख़रीदना न भूलता।

इसलिए उसे भारतीय टीम के वर्तमान और भूतपूर्व खिलाड़ियों के साथ-साथ विश्व की अन्य टीमों के बेहतरीन बल्लेबाजों और बॉलरों के बारे में बहुत अच्छी जानकारी थी। इसलिए जब कभी दफ़्तर में साथियों के बीच, पार्टी में दोस्तों के साथ या मोहल्ले के लौंडों में क्रिकेट को लेकर चर्चा होती तो उसके केन्द्र में अब्दुल ही होता। वह उनके हर सवाल का धड़ल्ले से जवाब देता। अपनी टीम की पूरी शिद्दत के साथ तारीफ़ करता। अगर कभी किसी मैच या सीरीज में टीम इंडिया हार जाती तो उसे अपनी टीम के खिलाड़ियों का बचाव करना भी आता।

वह कहता, "खेल का नियम ही हार जीत होता है। अगर कोई एक बार हारता तो वह उससे अगले दस बार जीतने का हुनर सीखता। इस बार हम हार गए तो क्या हुआ। इंशाअल्लाह, अगली बार ज़रूर जीतेंगे।"

हालाँकि वह जानता था कि इस्लाम घरों में मूर्ति रखने या किसी जानदार मख़लूक की तसवीर लगाने की इजाज़त नहीं देता। वह इसकी सख़्ती से मनाही करता है। फिर भी उसने अपने कमरे में बेड के ठीक सामने सचिन तेंदुलकर का बड़ा-सा पोस्टर लगा रखा था, जिसमें वह किसी वनडे मैच में शतक लगाने के बाद ख़ुशी से अपनी दोनों बाँहें हवा में फैलाए बल्ला ऊपर उठाए था।

2011 वर्ल्ड कप के सेमीफाइनल मैच में जब टीम इंडिया ने पाकिस्तान को हरा दिया तो वह ख़ुशी से उछल पड़ा और उसने घुटनों के बल बैठकर सज्दा करके अल्लाह का शुक्र अदा किया। इस मैच की जीत पर पूरे देश में दीपावली जैसा माहौल था। देश के दूसरे शहरों की तरह उसके अपने शहर में भी पटाखे और अनार बम फोड़े जा रहे थे। इस जीत की ख़ुशी मनाने में अब्दुल भी पीछे नहीं रहा। उनसे पूरी मोहल्ले में मिठाई बँटवाई। मदरसे के बच्चों की दावत की और घर में क़ुरान ख़ुवानी भी करवाई। उस दिन वह इतना ख़ुश था कि ख़ुशी के मारे वह फूला नहीं समा रहा था। बार-बार उसकी आँखों से आँसू छलक पड़ रहे थे।

मिठाई बाँटने के दौरान जब एक शख़्स ने उससे कहा, "अरे भाई, सेमीफाइनल ही तो जीता है। अभी वर्ल्ड कप बाक़ी है। कहीं ऐसा न हो कि तुम्हारी मिठाई का मज़ा ही किरकिरा हो जाए।"

इस पर उसने फटाक से जवाब दिया, "अरे, कैसी बात करते हो यार! पाकिस्तान को जीत लिया तो समझो वर्ल्ड कप जीत लिया। हमारे लिए यही वर्ल्ड कप है। अब चाहे टीम वर्ल्ड कप हार भी जाए, हालाँकि ऐसा होगा नहीं, तो हमें गम न होगा।"

सुबह में जब वह दफ़्तर गया तो वहाँ भी वह अपने साथ मिठाई का डिब्बा ले गया। दफ़्तर पहुँचकर उसने सबसे पहले अपने सभी साथियों को टीम की पाक़िस्तान पर जीत की मुबारकबाद दी। फिर उन सबका मुँह मीठा कराया। इसी दरमियान उसके बॉस भी आ गए, जो पिछले दिनों ही इस सरकारी विभाग में तबादला होकर आए थे। अपने मातहतों से परिचय लेने और देने की रस्म के बाद उन्होंने उनसे ज़्यादा राब्ता नहीं रखा था। बस काम पड़ने पर ही उनसे बातें करते। अब्दुल ने सोचा कि चलो इसी बहाने बॉस से अकेले में मिलने का मौक़ा मिलेगा। वह दोस्तों को मिठाई खिलाने के बाद डिब्बे लेकर बॉस के केबिन में जा घुसा। बॉस के सामने मिठाई का डिब्बा करते हुए उसने कहा, "ये लीजिए सर, मुँह मीठा कीजिए।"

"किस ख़ुशी में?" डिब्बे से मिठाई का टुकड़ा उठाते हुए उन्होंने पूछा।

"सर, सेमीफाइनल में टीम इंडिया की जीत की ख़ुशी में।"

"तो तुम्हें किस बात की ख़ुशी? तुम्हें तो दुखी होना चाहिए।"

"किसलिए?" उसने बॉस के तंज़ को न समझते हैरान-परेशान होते हुए पूछा।

"पाकिस्तान की हार पर!"

यह सुनते ही अब्दुल्ला अवाक् रह गया। उसका मुँह खुला-का-खुला रह गया। लेकिन अगले ही पल उसने ख़ुद को सँभाल लिया और कहा, "नहीं सर, मुझे पाकिस्तान की हार पर कोई दुख नहीं है। उसमें टीम इंडिया के जीतने की ख़ुशी है।"

बॉस ने कोई जवाब नहीं दिया और मिठाई के टुकड़े को डस्टबीन में डाल दिया।

अब्दुल को बॉस का यह व्यवहार बिलकुल भी अच्छा नहीं लगा। वह उनके केबिन से निकल आया। क्षुब्ध होकर अपनी कुर्सी पर बैठ गया और विचारों में खो गया। इस एक घटना से उसके दिमाग़ में सवालों का ज्वार-भाटा उफ़न पड़ा था।

सवाल, अनगिनत सवाल। तरह-तरह के सवाल... लाजवाब सवाल। सवाल था कि क्या वह दूसरे लोगों की तरह अपने देश से प्यार नहीं करता? क्या उसका बचपन यहाँ नहीं बीता? क्या उसका घर यहाँ नहीं है? क्या वह यहाँ की मिट्टी में पला-बढ़ा नहीं? उसके माँ-बाप, दादा-दादी और उसके बाक़ी अज़्दाद इसी मिट्टी में दफ़न नहीं हैं? क्या मुसलमान होने के चलते उसे अपने देश की टीम पर ख़ुशी मनाने का भी अधिकार नहीं है? क्या बस इसीलिए उसे पाकिस्तान का समर्थक मान लिया जाएगा कि वह मुसलमान है? भले ही पाकिस्तान मुसलमान देश हो, लेकिन इसका यह मतलब तो नहीं कि हम उसका समर्थन करेंगे? पाकिस्तान के अलावा भी तो दुनिया में इतने मुसलमान देश हैं। जब हम उनका समर्थन नहीं करते तो फिर पाकिस्तान का क्यों करेंगे? वो भी अपने विरोधी देश की टीम का समर्थन? कभी नहीं। हम उसका बिलकुल भी समर्थन नहीं करेंगे। किसी क़ीमत पर भी नहीं। हम सच्चे हिन्दुस्तानी हैं, जो अपने देश को अपनी जान से भी ज़्यादा प्यार करते हैं। उसी तरह जैसे बाक़ी दूसरे लोग करते हैं। और वह यह बात अपने बॉस को भी समझाकर रहेगा।

वह छुट्टी होने से पहले एक बार फिर बॉस के केबिन में गया। वह बैठे चाय पी रहे थे। अब्दुल को अपने सामने खड़ा देख उन्होंने स्वाभाविक प्रतिक्रिया भी नहीं की। चुपचाप चाय पीते रहे। अब्दुल ने कहा,

"सर, मुझे पाकिस्तान के हारने पर बिलकुल भी ख़ुशी नहीं है। बल्कि मैं ख़ुश हूँ, ख़ुश क्या... बहुत ख़ुश हूँ कि हमारा देश, हमारा भारत देश सेमीफाइनल में दुश्मन देश की टीम से जीत गया। उस देश से जिसने हमेशा हमारा बुरा चाहा है", यह कहते हुए ख़ुशी और गर्व के भाव उसके चेहरे पर नमूदार हो रहे थे। लेकिन बॉस ने चाय ख़त्म करके उसकी तरफ़ ऐसे देखा जैसे कि उनके सामने खड़ा व्यक्ति झूठ बोल रहा हो और जबकि वह उसकी सच्चाई जानते हों। उसकी इन बातों को सुनकर वह हँस दिये। एक घृणित हँसी, जिससे नफ़रत और हिंसा की बू आ रही थी।

उन्होंने चाय के ख़ाली कप को सामने मेज़ पर रखी प्याली में रखा और अपना बैग उठाकर केबिन से निकल गए।

बॉस की इस तरह की हँसी और यूँ चुपचाप चले जाने से अब्दुल वहाँ मूर्तिवत-सा खड़ा रह गया। मानो किसी ने उसके प्राण निकाल लिये हों। मगर अगले ही पल वह भी उनके पीछे-पीछे केबिन से निकल गया और घर चला गया। घर आकर वह फिर सोच-विचार में डूब गया। उसने सोचा कि शायद वह अपनी बात को ठीक ढंग से नहीं कह पाया। उसे अपनी बात और अच्छी तरह से कहनी चाहिए थी। महज़ मुसलमान हो जाने से ही तो हम पाकिस्तानी नहीं हो सकते? उसने फ़ैसला किया कि वह कल फिर बॉस के केबिन में जाएगा और उन्हें ठीक से बताएगा कि वह मुसलमान है तो क्या हुआ? वह भी हर आम भारतीय की तरह सच्चा हिन्दुस्तानी है।

अगले दिन वह समय पर ऑफ़िस जा पहुँचा। पहुँचते ही वह अपनी कुर्सी के पास गया और उस पर जमकर बैठ गया। उसने सामने मेज़ पर रखी फ़ाइलों का उलटा-पलटा और बॉस के आने की प्रतीक्षा करने लगा। बॉस बारह बजे के बाद आए। वह लंच के बाद दो बजे उनके केबिन में दाख़िल हुआ। बॉस दाएँ हाथ में पेन लिये फ़ाइलों में नज़रें गड़ाए बैठे थे। उन्होंने केबिन में जब जूतों की आवाज़ सुनी तो नज़रें उठाकर देखा, लेकिन जैसे उन्हें अपने सामने अब्दुल खड़ा दिखाई दिया, उन्होंने फिर से अपनी नज़रें फ़ाइल में खड़ा लीं। अब्दुल ने अदब और तहज़ीब के साथ उनके सामने खड़े होकर फिर से कहा,

"देखिए सर, आप ग़लत समझ रहे हैं। मैं पाकिस्तान के हारने पर बिलकुल भी दुखी नहीं हूँ। बल्कि मुझे ख़ुशी है भारत की जीत पर, किसी भी आम हिन्दुस्तानी की तरह।"

इस बार बॉस ने उसकी बात को एकदम अनसुना कर दिया। उन्होंने एक बार भी उसकी तरफ़ देखा नहीं। बस चुपचाप फ़ाइल में लगे रहे। उन्होंने घंटी बजाई। चपरासी आया। उन्होंने उसे वह फ़ाइल दी और दूसरी फ़ाइलें लाने के लिए कहा। अपनी इस उपेक्षा पर अब्दुल को दुख हुआ, लेकिन उसे लगा शायद वह ग़लत वक़्त पर आ गया। बॉस जब इतने व्यस्त हैं तो उसे नहीं आना चाहिए था। लेकिन वह इस बात से बहुत परेशान था कि वह मुसलमान होने के चलते उसे पाकिस्तान समर्थक समझ रहे हैं।

उसके मन पर उदासी और निराशा के बादल छा गए। इसके बाद उसका काम में बिलकुल भी दिल नहीं लगा। शाम को ऐसे ही हताशा, निराशा और परेशानी के आलम में वह घर पहुँचा। घर पहुँचकर उसने किसी से कुछ नहीं कहा। चुपचाप सोफ़े पर बैठा रहा। उसकी बीवी ने चाय को पूछा तो उसने मना कर दिया। फिर उसने खाने के लिए पूछा तो खाने के लिए भी मना कर दिया। इस पर उसे कुछ शंका हुई। वह रसोई से निकली और उसके पास जाकर बैठ गई। उसने उसे इस तरह परेशान बैठा देखकर पूछा,

"क्या बात है? आप बहुत परेशान लग रहे हैं। सब ठीक तो है?"

"नहीं, कुछ भी ठीक नहीं है", और यह कहकर उसने पूरा मामला अपनी बीवी से कह दिया। उसकी बात सुनकर उसकी बीवी भी तैश में आ गई और बोली, "ये भी कोई बात हुई भला। अगर हम मुसलमान हैं तो क्या हमें अपने वतन से मुहब्बत नहीं है? क्या हमें उससे प्यार नहीं है? क्या बस मुसलमान होने के कारण हमसे अपने वतन से मुहब्बत करने का अधिकार छीन लिया जाएगा? तुम्हें अपने बॉस को फिर से समझाना चाहिए। उन्हें बताना चाहिए कि भले ही हम मुसलमान हैं लेकिन बाक़ी सबकी तरह हम भी अपने वतन से प्यार करते हैं। और हाँ, इस बार तुम उनसे ऑफ़िस में कुछ मत कहना। हो सकता है वह इस तरह की बातें ऑफ़िस में करना पसन्द न करें। इस बार तुम उनके घर जाना। उन्हें आराम से अपनी बात समझाना। ताकि वह आइन्दा फिर किसी से ऐसी बातें न कह सकें।"

अब्दुल को अपनी बीवी की बात जँच गई। उसने सोचा कि ऑफ़िस के माहौल में ऐसे बात करना ठीक नहीं है। शायद इसीलिए बॉस ने उसकी बातों का कोई जवाब नहीं दिया हो। इस बार वह उनके घर जाएगा। इसके लिए उसे अपनी या उनकी छुट्टी लेने की भी प्रतीक्षा नहीं करनी पड़ेगी, क्योंकि दो दिन बाद इतवार था।

अपनी प्यारी बीवी का यह सुझाव अब्दुल को अच्छा लगा। उसके चेहरे से कुछ पहले तक छाए परेशानी और दुख के भाव हट गए। उनसे ऐसे एक गहरी और लम्बी साँस ली, मानो किसी घुप्प अँधेरे भुतहे घर में खड़े एकाएक उसे कोई रोशनी दिख गई हो।

इतवार के दिन वह अच्छे से नहाया-धोया। बेहतरीन टाई-सूट पहना। बालों को सँवारा। पॉलिश से चमचमाते जूते पहने। इत्र छिड़का। कोट की बाईं तरफ़ अपने दिल के ठीक ऊपर एक छोटा-सा तिरंगे का बिल्ला लगाया और दस बजतेही वह बॉस के घर पहुँच गया।

बॉस बाहर लॉन में बैठे हुए गर्म चाय की चुस्कियों के साथ अख़बार पढ़ रहे थे। उन्हें देखकर ऐसा लग रहा था जैसे वह कुछ देर पहले ही सोकर उठे हैं। उन्होंने सफ़ेद कुर्ता-पायजामा पहना हुआ था। कन्धों पर शॉल लपेट रखी थी। पैरों में बाटा की चप्पलें और बाल बिखरे हुए थे। अब्दुल उनके सामने जा खड़ा हुआ। उनसे हाथ जोड़कर प्रणाम करते हुए कहा, "नमस्ते सर।"

बॉस ने अख़बार से निगाहें हटाकर सामने खड़े शख़्स पर डाली तो क्रोध से उनका चेहरा लाल हो उठा। आँखों में चिनगारियाँ फूटने लगीं। पूरे शरीर में ख़ून खौल उठा। उन्होंने अख़बार रखा और एक झटके में खड़े हुए, उन्होंने चिल्लाते हुए कहा, "दफ़ा हो जा सूअर की औलाद। तेरी हिम्मत कैसे हुई मेरे घर आने की। साले पाकिस्तानी! कठ-मुल्ले! तू क्या समझता है... मैं तेरी चिकनी-चुपड़ी बातों में आ जाऊँगा। आतंकवादी कहीं के। निकल जा मेरे घर से... मुल्ले। निकल... अभी... साले... निकल... इसी वक़्त।"

यह कहते वक़्त उनकी निगाह अब्दुल के सीने पर लगे तिरंगे पर गई। जो धूप की रोशनी पड़ने से चमक रहा था। उन्होंने एक झटके में उस बिल्ले को नोंचा और ज़मीन पर फेंक दिया। उसे अपने पैरों से कुचलते हुए उन्होंने एक बार फिर चीखते हुए कहा, "निकल मुल्ले। वरना अभी तुझे पुलिस में दे दूँगा। पाकिस्तानी कहीं के। मेरे घर से निकल जा... कटुए सूअर।"

अपनी उम्मीदों के विपरीत बॉस का इतना नफ़रत भरा व्यवहार देखकर अब्दुल किंकर्तव्यविमूढ़-सा रह गया। अचानक और अप्रत्याशित हुए इस हमले से उसे लगा जैसे किसी ने एकाएक उसके सीने में खंज़र घोंप दिया हो। उसकी साँसें रुकने लगीं। उसके क़दम जैसे जम गए। वह चाहकर भी उन्हें उठा नहीं पा रहा था। उसने अपनी सारी बची-खुची ताक़त समेटी और डगमगाते क़दमों से घर की ओर चल दिया। वह किसी गम्भीर रूप से घायल सैनिक की तरह,

जिसे उसकी की ही रेंज के अफ़सर ने अपनी बन्दूक की गोली से लहूलुहान कर दिया हो, घर पहुँचा और बेड पर गिर पड़ा।

वह बीमार पड़ गया। उसे तेज़ बुख़ार हो गया। बुख़ार में ही वह कभी ख़ुद से ही बड़बड़ाने लगता तो कभी चीख़ने लगता। कभी कुछ बोलता तो कभी कुछ कहता। लेकिन समझ कुछ नहीं आता कि वह कह क्या रहा है। उसके होंठ तो हिलते थे, सिसकारियाँ भी सुनाई देती थीं, लेकिन ज़रा साफ़ आवाज़ न आती थी। उसकी आवाज़ जैसे गुम हो गई थी। सुनाई देता भी तो बस हाँ, हूँ या फिर हा हा, इसके अलावा कुछ नहीं। यह क्रिया कई दिनों तक चलती रही। उसकी असहाय और दुखी बीवी उसके पास बैठी आँसू बहाती रहती। वह चाहकर भी उसके लिए कुछ नहीं कर पा रही थी। डॉक्टर-हकीम की दवाई भी उसके ऊपर कुछ असर नहीं कर रही थी। फिर एक दिन जब वह अपना आँसुओं से भीगा चेहरा लिये उसके क़रीब खड़ी उसका बड़बड़ाना सुन रही थी तो वह अचानक ख़ामोश हो गया... वह उसका चेहरा ध्यान से देखने लगी। लेकिन उसे उस पर किसी तरह के कोई भाव नज़र नहीं आए। चेहरे का रंग बदलने लगा। वह पीला पड़ने लगा। उसने जब काँपते हाथों से उसे छुआ तो उसके शरीर की गरमाहट ख़त्म हो गई थी और वह ठंडा पड़ गया था।

उसे क़त्ल कर दिया गया था।

तलाश

यूनिवर्सिटी के ज़माने में हाकिम की बहुत-सी लड़कियों से दोस्ती थी। बहुत-सी। जिनके साथ वह पढ़ता था, घूमता था और बातें करता था। लेकिन उसे अभी तक किसी से मुहब्बत नहीं हुई थी। ऐसा नहीं था कि साथ वाली लड़कियाँ उसे पसन्द नहीं थीं। पसन्द तो थीं लेकिन उनमें से किसी को भी वह अपनी मुहब्बत के क़ाबिल नहीं समझता था।

वैसे ये तो उसे भी नहीं पता था कि उसे किस तरह की लड़की पसन्द थी। लेकिन जैसी पसन्द थी, उसका ख़याल था कि वैसी लड़की उसे अभी तक मिली नहीं।

फिर अचानक ही उसे एक लड़की से मुहब्बत हो गई। वह भी ऐसी लड़की से, जिसे न तो उसने पहले कभी देखा था और न ही वह उसे जानता था। लेकिन वह उससे मुहब्बत करने लगा था। इतनी मुहब्बत कि उसे ख़ुद नहीं पता था कि वह उसे कितनी मुहब्बत करता है।

सबसे पहले उसने उसे किताबों वाली गली में देखा। देखा क्या था... बस देखता ही रह गया था।

वह कोई ख़ूबसूरत या हसीन लड़की नहीं थी। दरमियानी शक़्ल-सूरत की साधारण-सी लड़की। कपड़े भी साधारण थे। फिर भी वह उसे उन सभी लड़कियों से मुख़्तलिफ़ लगी, जिनसे वह अभी तक मिलता रहा था।

उसे लगा कि उसमें कुछ ख़ास है... कुछ ऐसा जो शायद ही उसने उससे पहले किसी लड़की में देखा हो...।

अगले दिन कॉलेज जाते उसने उसे बीस फुटा रोड पर देखा और उसके बाद खत्री गढ़ी में। इसके बाद तो वह उसे अगले एक हफ़्ते तक कभी बीस फुटा रोड पर, कभी किताबों वाली गली में तो कभी खत्री गढ़ी में मिलती रही थी। उसने इन अचानक होनेवाली मिलन की घटनाओं को इस रूप में लिया कि अगर किसी से मुहब्बत की जा सकती है तो बस यही है... यही है... यही है...।

लेकिन फिर जितनी तेज़ी से वह उसे यहाँ-वहाँ चौक-चौराहे पर मिलती रही थी, उतनी ही तेज़ी वह उसकी नज़रों के सामने से ग़ायब भी हो गई। कई दिनों तक जब वह उसे कहीं भी दिखाई न दी तो वह पागल-सा हो गया। सारा-सारा दिन शहर में उसकी तलाश में यहाँ-वहाँ भटकता फिरता। कभी किताबों वाली गली में तो कभी बीस फुटे पर। लेकिन वह उसे कहीं दिखाई न दी।

फिर एक दिन जब वह अपने दोस्त के घर बैठा हुआ था तो उसने उसे वहाँ देखा। देखते ही वह चौंक गया। उसने कहा, "अरे! ये यहाँ कैसे...?"

"ये... ये अफ़रोज बाज़ी की सहेली है नगमा...", उसके दोस्त ने बताया, "उनके साथ स्कूल में पढ़ाती है...।"

"यार ये तो वही लड़की जिसका मैं तेरे से ज़िक्र कर रहा था... किताबों वाली गली वाली...।"

"अच्छा... तुमने पहले क्यों नहीं बताया...?"

"बताता कैसे... मुझे तो इसका नाम तक नहीं पता।"

"अब पता चल जाएगा... चलो अफ़रोज बाज़ी से बात करके तुम्हारी उससे मुलाक़ात कराते हैं...।"

स्कूल में लंच के दौरान स्टाफ़ रूम में बैठे जब अफ़रोज ने नग़मा को हाकिम के बारे में बताया तो उसे वह सब मज़ाक लगा। ख़ासतौर से तलाश करनेवाली बात। भला कोई बन्दा बिना जान-पहचान के किसी को ऐसे तलाश कर सकता है। वो भी तब जब उसे तुम्हारा नाम-पता तक मालूम न हो। लेकिन जब अफ़रोज ने क़सम खाकर कहा तो उसे उसकी बात पर यक़ीन करना पड़ा। वह उससे मुलाक़ात करने के लिए भी राज़ी हो गई।

मुलाक़ात के लिए खत्री गढ़ी के पीछे वाले रेस्टोरेंट में दो बजे का वक़्त तय किया गया। मुलाक़ात का यह वक़्त तय करने के दो कारण थे। एक तो नग़मा का स्कूल खत्री गढ़ी में था और उसकी छुट्टी डेढ़ बजे होती थी। दूसरा, उस तरफ़ उन दोनों में से किसी के भी जाननेवाले के मिलने की उम्मीद कम ही थी। मुलाक़ात के दिन हाकिम एक घंटा पहले ही रेस्टोरेंट पहुँच गया। नग़मा भी ठीक दो बजे आ गई।

उस दिन उसने अपने सबसे अच्छे कपड़े पहन रखे थे और वह विशेष तौर से तैयार होकर आई थी। लेकिन जब उसने हाकिम को देखा तो उसे इस बात पर यक़ीन नहीं हुआ कि इतना ख़ूबसूरत और हैंडसम लड़का उस जैसी साधारण और ग़रीब परिवार से आनेवाली लड़की से मुहब्बत कर सकता है। वह भी इतनी मुहब्बत कि उसका नाम-पता जाने बिना उसे इस तरह तलाश करता फिर सकता है, जैसे भँवरा अपने पसन्दीदा फूल को सारे चमन में तलाश करता फिरता है।

हाकिम ने उसे बताया कि वह उसे तभी से मुहब्बत करता है जब उसने उसे पहली बार किताबों वाली गली में देखा था। हालाँकि उसे नहीं पता कि वह उससे क्यों मुहब्बत करता है...? लेकिन वह उससे मुहब्बत करता है और इतनी करता है कि वह ख़ुद भी नहीं जानता है कि वह उससे कितनी मुहब्बत करता है...?

ज़िन्दगी में पहली बार नग़मा ने किसी को अपने लिए तड़पता देखा था। ख़ुद से मुहब्बत करता देखा था। उस वक़्त उसकी क्या कैफ़ियत हो रही थी यह तो वह ख़ुद भी नहीं जानती थी...? उसने जब से होश सँभाला था ख़ुद को ज़रूरतें पूरा करनेवाली मशीन के रूप में ही पाया था। जिसका काम सिर्फ़ घर और घरवालों की ज़रूरतों को पूरा करना था। उसे पहली बार पता चला कि वह भी किसी के लिए अहम है। उसकी चाहत में भी कोई ख्वार हो सकता है और उसके लिए तड़प सकता है। पर उसने सोचा कि हो सकता है यह उसकी ख़ुशफ़हमी हो या वह कोई ख़्वाब देख रही हो। लेकिन अगर यह ख़ुशफ़हमी है तो उसकी क्यों है...? और अगर यह कोई ख़्वाब है तो वह क्यों देख रही है...? लेकिन न तो यह कोई ख़ुशफ़हमी थी और न वह कोई ख़्वाब ही देख रही थी। यह हक़ीक़त थी। एकदम हक़ीक़त।

नग़मा का घर बीस फुटा रोड पर था। जहाँ वह अपनी माँ, छोटी बहन और एक भाई के साथ रहती थी। उसके पिता की बहुत पहले एक्सीडेंट में मौत हो गई थी। बड़ी औलाद होने के कारण घर की सारी ज़िम्मेदारी उसी के कन्धों पर थी। उसने बारहवीं के बाद ही बच्चों को घर पर ट्यूशन पढ़ाना शुरू कर दिया था। फिर एक जाननेवाले की मदद से उसे एक प्राइवेट स्कूल में नौकरी मिल गई। वहाँ से मिलनेवाली तनख़्वाह से वह न केवल अपना घर चलाती थी, साथ ही अपनी आगे की पढ़ाई भी जारी रखे हुए थी।

हाकिम से मिलकर उसे अजीब-सी ख़ुशी हुई। ऐसी ख़ुशी, जो शायद ही उसने पहले कभी महसूस की थी।

उस मुलाक़ात के बाद वह अकसर हाकिम से मिलने लगी। हाकिम भी उसकी एक झलक देखने के लिए यहाँ-वहाँ खड़ा रहता। कई बार वह स्कूल से छुट्टी लेकर उसके साथ मेरठ घूमने गई। वहाँ उसने पहली बार सिनेमा हॉल में फ़िल्म देखी। पर वह हाकिम से रोज़ नहीं मिल सकती थी। न तो वह ऐसा चाहती थी और न शहर का माहौल ही उन्हें इसकी इजाज़त देता था।

मिलने की बजाय उन लोगों ने फ़ोन पर बात करने की सोची। इसके लिए हाकिम ने खत्री गढ़ी के ही एक एसटीडी वाले से बात करके उसे इसके लिए तैयार कर लिया कि एक लड़की रोज़ दो से ढाई बजे के दरमियान उसके यहाँ से फ़ोन किया करेगी। जिसका बिल वह ख़ुद दिया करेगा। एक महीने का एडवांस उसने एसटीडी वाले को उसी दिन दे दिया।

अब वे ज़्यादा नहीं मिलते थे। फ़ोन पर ही बात कर लिया करते थे। जब कभी मिलने का दिल करता तो मिल भी लिया करते। लेकिन एक बार ऐसा इत्तेफ़ाक़ हुआ कि उन लोगों को मिले काफ़ी अर्सा हो गया। मिलने की जब कोई सूरत नज़र नहीं आई तो नग़मा ने हाकिम को अफ़रोज के झूठे जन्मदिन पर उसके घर आने की दावत दी। अफ़रोज की अम्मी उन दिनों अपने मायके गई हुई थी। वहाँ मिलने में कोई मसला नहीं था।

लेकिन जिस दिन अपने कमरे में खड़ा हाकिम अफ़रोज के घर जाने के लिए तैयार हो रहा था उसी समय बाहर किसी ने चिल्लाते हुए कहा, "शहर में दंगा भड़क गया है। उन लोगों ने सारे बाज़ार में आग लगा दी है।"

दंगा सिर्फ़ उनके शहर में ही नहीं, बल्कि पूरे इलाक़े में भड़का था। उसकी चपेट में अनगिनत ज़िले, शहर, कस्बे और गाँव थे। वह भी इतने ज़बरदस्त तरीक़े से कि लगभग सभी जगह मुसलमानों का सफ़ाया हो गया था और उनमें जो कुछ बचे थे, वे भी पलक झपकते ही अपने घरों से राहत शिविर में जा पहुँचे। दंगों में हाकिम की अम्मी और छोटा भाई मारे गए। पूरा मोहल्ला जलकर खाक़ हो गया। दंगों के बाद वहाँ बचा था तो सिर्फ़ जले हुए घरों का मलबा और बेबस, मजबूर और लाचार लोगों का हुजूम।

हर पल प्यार करनेवाली माँ और लाड़ले भाई की मौत ने हाकिम को मानसिक रूप से तोड़ दिया। कई दिनों तक वह बेसुध-सा पड़ा रहा। फिर जब उसे नग़मा का ख़याल आया तो वह बीस फुट रोड की ओर दौड़ पड़ा। पर अब वहाँ कुछ नहीं था। सिवाय वीरान गलियों और जले हुए घरों के खंडहरों के। वह नग़मा की गली में गया और उसके घर में घुस गया। घर के आँगन में बर्तन और कपड़े बिखरे पड़े थे। मिट्टी का चूल्हा पूरी तरह टूटा हुआ था और उसमें कुत्ता सो रहा था। कुत्ता उसके आने की आहट सुनते ही दुम दबाकर वहाँ से निकल गया। वह अन्दर गया। घर की पूरी छत जली हुई थी। उसका मलबा नीचे चारपाई और पलँग पर पड़ा था। मलबे के बोझ से चारपाई की दोनों बाँहें और बान टूट गए थे। उसकी बगल में रखी अलमारी खुली थी और उसमें रखा सामान जलकर आसपास बिखरा पड़ा था। उसे देखकर लगता था जैसे दंगाइयों ने पहले उसके क़ीमती सामान को लूटा और फिर उसमें आग लगा दी। इसके बाद उसने धुएँ से काली दीवारों को देखा। उसकी निगाहें पश्चिमी दीवार पर रुक गईं। जहाँ अभी भी वह पेंटिंग लगी थी, जिसे उसने नग़मा को उसके जन्मदिन पर तोहफ़े में दी थी। पेंटिंग में नीले रंग का दिल बना हुआ था। दिल में इंग्लिश में 'विद लव' लिखा था। उसके नीचे लाल रंग से 'ऑनली फ़ॉर यू' लिखा था। पेंटिंग का काँच टूट गया था और 'ऑनली फॉर यू' का "यू" ग़ायब था। उसने पेंटिंग को उतारा और उसे ग़ौर से देखने लगा। वह काफ़ी देर तक उस टूटी पेंटिंग को देखता रहा। फिर जब वह वहाँ से चलने लगा तो वह लड़खड़ा गया। उसने नीचे फ़र्श पर देखा।

वहाँ बहुत-सी किताबें और पेन-पेंसिल बिखरी पड़ी थीं। उनमें से उनसे एक किताब उठाई। वह एक उपन्यास था। उसे नग़मा ने हाकिम के लिए ख़रीदा था। लेकिन उसने उसे दिया नहीं था। वह पहले ख़ुद उसे पढ़ना चाहती थी।

हाकिम ने उपन्यास उठा लिया। उसने उसे पलटा और पीछे से खोला। उपन्यास के आख़िरी पन्नें पर दो नाम लिखे थे, जिन्हें उन्होंने एक-दूसरे की लिखाई में लिखा था। यह सुझाव नग़मा का था। उस दिन वे दोनों गांधी पार्क में बैठे बातें कर रहे थे। बात कुछ ऐसी चल रही थी जिसका जवाब नग़मा दे नहीं पा रही थी। उसने बात के पहलू को बदलने के लिए कहा था कि चलो हम इस किताब के आख़िरी पन्ने पर अपनी-अपनी लिखाई में एक-दूसरे का नाम लिखते हैं। यह हमारे मिलन की निशानी रहेगा।

नग़मा की बात याद आते ही हाकिम की आँखों में पानी भर आया। उसने किताब को बन्द किया और घर चला आया। घर आकर उसने किताब अलमारी में सबसे महफ़ूज़ जगह पर रखी और बिना किसी को बताए नग़मा की तलाश में निकल गया।

उसने शहर के आसपास बने सारे राहत शिविरों को छान मारा। पर वह उसे कहीं नहीं मिली। फिर वह उन शहरों, कस्बों और गाँवों की ओर निकल गया, जिनके खेतों में, क़ब्रिस्तानों में और सड़क के किनारे दंगों में बर्बाद हुए मुसलमान रह रहे थे। वह शिविर-दर-शिविर भटकता रहा। हर किसी को उसका फ़ोटो दिखाता और उसके बारे में पूछता। जो जिधर को बता देता उधर ही निकल जाता। कई जगह तो उसके साथ झगड़ा भी हुआ, क्योंकि कई लड़कियों को देखकर उसे भ्रम हुआ कि वह नग़मा है और उसने उन्हें छू लिया। लेकिन नग़मा कहीं नहीं थी।

दो महीने! पूरे दो महीने बाद जब वह घर लौटा तो उसका हाल 'लैला मजनू' फ़िल्म के 'लैला' के लिए रेगिस्तान में भटकते 'मजनू' से भी बुरा था। उसके कपड़े इतने मैले, गन्दे और फटे-पुराने हो गए थे कि उनमें से बू आ रही थी। मगर उसने जब घर देखा तो वह हैरान रह गया। घर लगभग अपनी पुरानी अवस्था में पहुँच चुका था। उसकी मरम्मत हो चुकी थी और नया रंग भी करा दिया गया था।

घर में मेहमानों की चहल-पहल थी और उसके लगभग सभी क़रीबी रिश्तेदार आए हुए थे। जल्दी ही उसे पता चला कि वे सब लोग उसके बाप की दूसरी शादी में शामिल होने के लिए आए थे।

हाकिम चुपचाप ऊपर अपने कमरे में चला गया। वहाँ जाकर वह उस सारस की तरह, जो अपने साथी के वियोग में बिलकुल मरणासन्न हालत में पहुँच चुका हो, पलँग पर ढह पड़ा। फिर वह किसी बच्चे की तरह सुबक-सुबक कर रोने लगा। तभी किसी ने आकर कमरे की बत्ती जला दी। वह उसकी फुप्पो हलीमन थी, जो अपने भाई की शादी में शामिल होने के लिए आई थी। हाकिम को इस तरह रोता देखकर वह घबरा गई। घबराहट में तेज़ क़दमों से उसके पास आते हुए उसने कहा, "क्या हुआ मेरे बच्चे... तू इस तरह रो क्यों रहा है...? और ये क्या हालत बना रखी है तूने अपनी...?"

हाकिम आँसुओं को पोंछता हुआ उठ बैठा। हलीमन उसके बगल में आ बैठी। लेकिन जब उसे उसके कपड़ों से तीखी गन्ध आई तो वह छिटककर अलग हो गई। उसने कहा, "कहाँ चला गया था तू... ऐसे बिना बताए भी कोई घर से जाता है... वो भी महीनों के लिए... तुझे पता है तेरे इस तरह चले जाने से भाई कितने परेशान हैं... पागल की तरह तुझे ढूँढ़ते फिरते हैं... बार-बार तेरे यार-दोस्तों से पूछते हैं... रिश्तेदारी में फ़ोन करके पता करते हैं... कि शायद कोई तेरे बारे में बता दे... लेकिन तेरा कहीं पता नहीं... कहाँ चला गया था बिन बताए मेरे लाल....।"

हाकिम ने कोई जवाब नहीं दिया। हलीमन ने फिर बोलना शुरू किया, "ख़ैर, अच्छा हुआ तू आ गया... मुझे तुझसे एक बात कहनी है...", हाकिम ने आँसुओं से भीगी आँखों से हलीमन को देखा।

हलीमन ने कुछ सोचते हुए बोलना शुरू किया, "अपने बाप से नाराज़ मत होना... वह यह सब तुम्हारे लिए ही कर रहा है... तुम्हें माँ की कमी का एहसास न हो... और फिर मेरे बच्चे, तू तो जानता ही है कि इनसान को जवानी से ज़्यादा बुढ़ापे में साथी की ज़रूरत होती है... औरत तो मर्द के बिना घर बना भी सकती है और चला भी सकती है... लेकिन मर्द औरत के बिना कुछ

नहीं कर सकता... न घर बना सकता है और न चला सकता है... मुझे उम्मीद है कि उसके आ जाने के बाद यह घर फिर से घर हो जाएगा... बस, तू अपने बाप से नाराज़ मत होना...।"

दूल्हे के सिर सेहरा बँध चुका है। सब लोग तैयार हैं। बस बारात के चलने की देर है। लेकिन हाकिम ने यह कहकर शादी से दूरी बना ली कि उसे इस शादी से कोई एतराज़ नहीं है। लेकिन वह शादी में शामिल नहीं होगा। बारात चली गई। हाकिम अपने कमरे में बैठा उपन्यास के आख़िरी पन्ने पर लिखे नग़मा और अपने नाम को देखता और रोता रहा। तभी उसने किसी के क़दमों की आहट सुनी। उसने आँखें पोंछी और ऊपर देखा। उसके सामने अफ़रोज का भाई और उसका दोस्त खड़ा था। वह आकर उसकी बगल में बैठ गया। पहले तो वह काफ़ी देर तक कुछ बोला नहीं। फिर उसके कन्धे पर हाथ रखकर बोला,

"अफ़रोज बाज़ी बता रही हैं कि नग़मा ने एक बार बताया था कि उसके एक मामू भोपाल में रहते हैं। अगर तुम चाहो तो उसे वहाँ तलाश कर सकते हैं...?"

उसके इतना कहते ही हाकिम भोपाल के लिए निकल गया। इस बार जाने से पहले वह अपनी फुप्पो को बता गया कि वह किसी काम से भोपाल जा रहा है। हफ़्ते-भर में लौट आएगा।

नई बहू आ चुकी है। सभी मेहमान भी रुख़्सत हो चुके हैं। कल उसकी फुप्पो भी चली गई। हाकिम जब लौटा तो घर बिलकुल ख़ाली था। वह ऊपर जाने के बजाय बैठकखाने में ही बैठ गया। उसे बैठे कुछ देर ही हुई थी कि कहीं जा रहे उसके वालिद साहब ने उसे वहाँ बैठे देख लिया। वह बैठक में आए और उसके पास आकर बैठ गए।

"तुम कब आए...?" उन्होंने पूछा।

"अभी कुछ देर पहले...", हाकिम ने जवाब दिया।

"जिस काम के लिए गए थे वह हो गया...।"

"...", हाकिम का गला रुँध गया। उसने कोई जवाब नहीं दिया।

हाकिम के चेहरे को देखकर उसके वालिद ने ज़ोर से आवाज़ लगाते हुए कहा, "अरे सुनती हो... पानी लेकर आओ। हमारा बेटा आया है।"

शौहर की आवाज़ सुनते ही हाकिम की नई माँ मेहँदी रचे हाथों में पानी का गिलास लिये आई। हाकिम नीचे सिर झुकाए बैठा था। उसके वालिद साहब अपनी बीवी के हाथ से गिलास लेकर उसके सामने करते हुए बोले, "लो बेटा... पानी पियो...",

गिलास लेने के लिए जब हाकिम ने नज़रें उठाकर ऊपर देखा तो उसकी आँखों के सामने अँधेरा छा गया। उसे ज़मीन घूमती हुई दिखाई दी। उसे सब कुछ रुकता हुआ महसूस हुआ। उसने चाहा कि धरती फट जाए और वह उसमें समा जाए। उसे लगा कि अब बस उसकी साँसें रुकीं और वह मरा। लेकिन मौत भी बहुत जालिमशै है, वह मौत उस वक़्त कभी नहीं आती जब इनसान को उसकी सबसे ज़्यादा ज़रूरत होती है।

हाकिम की नई माँ कोई और नहीं... नग़मा थी।

हाकिम ने पानी का गिलास नहीं लिया। वह उठा और घर से निकल गया। लेकिन इस बार उसकी तलाश में नहीं... ख़ुद की तलाश में।

दूसरी शादी

सभी धर्मों की अपनी-अपनी मान्यताएँ हैं। लेकिन सभी धर्म-गुरुओं के चरित्र कमोबेश एक जैसे हैं।

वह दिन भी आम दिनों की तरह ही शुरू हुआ था। लोग सूरज निकलने से पहले उठ गए। जिन्हें खेतों पर जाना था, वे भैंसों को सानी-पानी करके खेतों पर चले गए और जिन्हें मज़दूरी पर जाना था, वे टट्टी-पख़ाना से फ़ारिग़ होकर, खाना खाकर और दोपहर का खाना साथ लेकर मज़दूरी पर चले गए। औरतें भी मर्दों के काम पर और बच्चों के स्कूल जाने के बाद घर के कामों में लग गईं। वहाँ से फ़ारिग़ हुईं तो गलियों में निकल आईं और जो यहाँ-वहाँ गई हुई थीं या फिर अभी तक अपने कामों से फ़ारिग़ नहीं हुई थीं, उनकी चुग़ली करने लगीं। लेकिन तभी एक ऐसा धमाका हुआ, जिसकी किसी को उम्मीद भी नहीं थी। उस ख़बरनुमा धमाके के सुनते ही औरतें अपनी बातें भूल गईं और उसकी तस्दीक में लग गईं। जो औरतें अभी तक घरों में ही थीं या फिर यहाँ-वहाँ गई हुई थीं, वे भी लौट आईं और उस ख़बर को जानने के लिए उतावली हो उठीं। फिर बात जैसे-जैसे आगे बढ़ी लोग आपस में बातें करने लगे,

"अरे, रफ़ीक़ ने दूसरी शादी कर ली।"

"उसी औरत के साथ जिसके यहाँ वह पिछले सात महीनों से जा रहा था।"

"वही, जो गाँव से अपने शौहर को पीटकर भाग आई थी।"

"ईदगाह के पीछे रहती है।"

"वो तो ऐसी ही औरत है। उसका चाल-चलन कभी ठीक नहीं रहा। इसीलिए उसके शौहर ने उसे छोड़ दिया।"

"मैंने सुना है उसके शौहर ने उसे नहीं, बल्कि उसने अपने शौहर को छोड़ा। और यहाँ, शहर में किराये के घर में रहकर चूड़ी बेचती है।"

"कल वह उसे उसके घर से ले भागा और अब उसे मोहल्ले में ही लिये आ रहा है।"

"मुझे ऐसा नहीं लगता। फिर भी देखते हैं।"

लोगों में खलबली मच गई। माहौल हंगामेदार हो गया। अब किसकी बात का यक़ीन करें। जितने मुँह उतनी बातें। किसी को भी पूरी बात नहीं पता है। हालाँकि रफ़ीक़ के घर में पिछले कुछ दिनों से हर रोज़ हो रहे झगड़ों के बारे में सब जानते थे। और ये भी कि उन झगड़ों की वजह कोई और नहीं बल्कि वही ईदगाह के पीछे रहनेवाली औरत है। दबे-छुपे यह बात भी सुनाई देती कि वह उससे शादी कर लेगा। पर पहले से ही एक बीवी और चार बच्चों के होने के बाद दूसरी शादी करने का क्या तुक था? अब ये तो मुझे नहीं पता। चलो वहीं चलकर देखते हैं।

और लोग चींटियों की तरह रेंग-रेंगकर उसके मकान के सामने इकट्ठा हो गए। उसके सातों भाई, जो बाप की मौत के बाद अपने-अपने हिस्से का मकान बेचकर शहर के अलग-अलग मोहल्लों में किराए के घरों में फैल गए थे, वे भी वहाँ आ जमा हुए। एक बीवी के होते हुए इस तरह बिना बताए रफ़ीक़ के दूसरी शादी कर लेने से वे लोग बहुत ग़ुस्से में थे। लोग रफ़ीक़ को घर में घुसने से रोकने और उसके किये की सजा देने के लिए हाथों में लाठी-डंडे उठाए हुए थे। वे ग़ुस्से से उफ़न रहे थे। दहाड़ रहे थे, चीख़ रहे थे और चिल्ला रहे थे।

रफ़ीक़ की पहली बीवी बानो! बानो शरीर से किसी सूमो पहलवान से कम नहीं थी। उसकी आवाज़ इतनी महीन थी कि अगर वह छत से नीचे खड़े किसी बच्चे को आवाज़ लगाए तो उस आवाज़ को पूरे मोहल्ले में सुना जा सकता था।

दस साल पहले उसकी रफ़ीक़ से शादी हुई थी। अब वह चार बच्चों की माँ है। दो लड़की और दो लड़के। वह ऊपर बैठी रो रही है और नीचे लोगों का हुजूम तरह-तरह की बातें कर रहा है, "लोगों के अन्दर ख़ौफ़-ए-ख़ुदा तो जरा भी नहीं रहा... शादी-शुदा होते हुए इस तरह किसी दूसरी को लेकर भाग जाना... तौबा-जौबा", एक ने कहा।

"लोगों ने किस तरह नबी की सुन्नतों का ग़लत इस्तेमाल करना शुरू कर दिया है", दूसरे ने जवाब दिया।

"इस्लाम तो इस बात की हरगिज़ इजाज़त नहीं देता कि एक बीवी के होते दूसरी बीवी रखे... तब तक तो हरगिज़ नहीं जब तक कि कोई मुसीबत न आन पड़े या फिर बेहद ज़रूरी न हो। वरना जहाँ तक हो सके इनसान को दूसरी शादी से बचना चाहिए", दूसरे ने ख़ुद के दीन का जानकार होने की गवाही दी।

"लोगों को अब सुन्नत-शरियत का पता ही कहाँ है? उन्होंने उसके नियमों और क़ायदों को मज़ाक बनाना और अपने मन-मुताबिक इस्तेमाल करना शुरू कर दिया। ज़रूरत पड़ी तो इस्लाम का सहारा ले लिया वरना भाड़ में जाए", इसके लिए किसी और ने लोगों की नासमझी को दोष दिया।

"अरे वह तो शुरू से है ही ऐसा... एक बार और पठानकोट से एक लड़की को भगा लाया था...", किसी ने मुख्य मुद्दे पर आते हुए कहा।

"और अब पिछले सात-आठ महीनों से उसका इसके साथ चक्कर चल रहा है...।"

"मैंने उसे कई बार ईदगाह की ओर जाते देखा है...।"

"वहीं तो रहती है...।"

"वह औरत भी कम नहीं... अपने शौहर को पीटकर यहाँ भाग आई...।"

"सुना है उसके कई बच्चे भी हैं...।"

"तीन बेटे...।"

"चलो अच्छा है... चार इसके... तीन उसके... रफ़ीक़ को तो कमाने की ज़रूरत भी नहीं...", किसी ने मज़ाक उड़ाते हुए कहा।

सुबह से दोपहर हुई और फिर दोपहर भी ढलनी शुरू हो गई। तब भी लोग रफ़ीक़ के मकान के आगे से टस-से-मस न हुए। बल्कि और बड़ी संख्या में वहाँ जमा होते रहे। कुछ चारपाई और कुर्सियों पर बैठ गए। कुछ इधर-उधर जाकर चार-चार, सात-सात लोगों के समूह में खड़े हो गए। एक भारी मजमा उसके घर के सामने जमा रहा। तीसरे पहर के बाद रफ़ीक़ अपनी नई-नवेली दुल्हन को लिये नहर की ओर से मोहल्ले में आता दिखाई दिया। जब वह आ रहा था तो लोग एकटक गर्दन उठाकर उसकी ओर देखने लगे। जैसे ही वह अपने घर के क़रीब आया, उसके भाइयों ने उसे ताबड़तोड़ पीटना शुरू कर दिया। उनकी चपेट में नई दुल्हन भी आ गई। लेकिन उसे रफ़ीक़ की बहन ने पीछे खींच लिया और बगल के घर में लेकर घुस गई। लोग पहले तो रफ़ीक़ को पिटते देखते रहे। फिर जब उन्होंने देखा कि मार ज़्यादा पड़ रही है और अगर उसकी इसी तरह पिटाई होती रही तो वह मर भी सकता है, तो उन्होंने बीच-बचाव कराया। उन्हें समझाते हुए कहा कि इस तरह लड़ाई-झगड़ों से कुछ हासिल नहीं होगा। मौलाना को आने दो, उनसे मशवरा करके इस मसले का हल निकाला जाएगा।

मौलाना, जिन्हें मस्जिद में इमामत के लिए आए अभी एक साल भी नहीं हुआ था, अपने कुछ उदारवादी विचारों और सहयोग-पूर्ण रवैये से पूरे कस्बे में मशहूर हो गए थे। उनके उन उदारवादी रवैयों में लड़कों के साथ लड़कियों को भी स्कूल भेजने, उनके साइकिल चलाने की पैरवी करने और औरतों के पर्दे के बारे में उनकी तक़रीर शामिल थी। नक़ाब के बारे में उन्होंने कहा था कि क़ुरान में कहीं भी अल्लाह औरतों को चेहरा ढँकने के लिए नहीं कहता। क़ुरान पर्दे के बारे में सिर्फ़ इतना कहता है कि औरतों को इतना ढीला लिबास पहनना चाहिए कि उनके जिस्म का उतार-चढ़ाव नज़र न आए। न ही उन्हें पैरों या हाथों में ऐसी बजनेवाली चीज़ें पहननी चाहिए, जिससे ग़ैर-मर्द को उनकी मौजूदगी के बारे में पता चले।

उन्होंने कहा था कि जिस तरह के बुर्क़े आज की औरतें पहनती हैं उन्हें किसी भी सूरत में इस्लामिक लिबास नहीं कहा जा सकता। सबसे अहम आँखों का पर्दा होता है, और ये हैं कि पूरा चेहरा ढँककर उन्हें ही खोले फिरती हैं।

शुरू में उनके ये विचार सिर्फ़ मोहल्ले तक ही सीमित रहे थे। लेकिन तलाक़ के एक फ़ैसले ने उन्हें मोहल्ले के साथ पूरे कस्बे में मशहूर कर दिया था।

मस्जिद के बराबर में रहनेवाले इमरान ने एक दिन किसी बात पर अपनी बीवी गुलिस्ता से झगड़ा होने के बाद उसे तीन बार तलाक़ कहकर तलाक़ दे दिया। तलाक़ के बाद जब गुलिस्ता अपने घर जाने लगी तो लोगों ने उसे रोक लिया और मौलाना से इस मामले में दखल देने की गुज़ारिश की। मौलाना ने तीन बार तलाक़, तलाक़, तलाक़ कहकर तलाक़ देने की रवायत को पूरी तरह ग़लत ठहराया, क्योंकि क़ुरान और हदीस में ऐसा कहीं नहीं लिखा है।

उन्होंने कहा कि अगर इमरान का अपनी बीवी से किसी बात पर झगड़ा हो गया या वह उससे नाराज़ है तो इस्लाम उसे तीन महीने तक अपनी बीवी से अलग रहने की इजाज़त देता है। इस दरमियान वह अपने फ़ैसले पर सोच-विचार कर सकता है। अगर उसे लगता है कि यह फ़ैसला जल्दबाजी में लिया गया है तो अपनी बीवी को फिर से वापस रख सकता है। लेकिन अगर वह अपने फ़ैसले पर क़ायम रहता है तो जिन लोगों की मौज़ूदगी में उनका निकाह हुआ था, उन्हीं की मौज़ूदगी में उनका तलाक़ भी होगा। लेकिन इस तरह एक ही साँस में तीन बार तलाक़ कह देना तलाक़ नहीं माना जा सकता।

हालाँकि, इसके बाद गुलिस्ता अपने मायके चली गई थी और इमरान घर में अकेला रह गया था। पर दो महीने बीते-ना बीते वह अपनी बीवी को वापस ले आया था।

मौलाना की इसी साहसिकता ने उन्हें कस्बे का हीरो बना दिया और कस्बे के अमीर लोगों से लेकर पढ़े-लिखे लोगों तक ने उन्हें 'रहबर-ए-इस्लाम' के ख़िताब से नवाज दिया।

अब रफ़ीक़ के मामले में भी अधिकांश लोगों की यही राय थी कि इस्लाम एक बीवी के होते हुए, ज़रूरी न होने तक दूसरी शादी की इजाज़त नहीं देता। साथ ही उन्हें मौलाना से भी उम्मीद थी कि वह गुलिस्ता की तरह बानो का घर भी टूटने से बचा लेंगे।

मौलाना, जो शाम तक आने का कहकर आज सुबह ही अपने किसी रिश्तेदार की शादी में शामिल होने के लिए गए थे, अभी तक नहीं लौटे थे। शाम ढल चुकी थी और सूरज डूब रहा था। काम पर गए लोगों के आ जाने से रफ़ीक़ के घर के सामने जमा लोगों की भीड़ में और भी ज़्यादा इज़ाफ़ा हो गया।

लोग आते-जाते, पास खड़े आदमी से सवाल करते, "क्या हुआ...? यहाँ इतनी भीड़ क्यों...? कोई मर गया क्या...?"

और फिर वह उसे शुरू से लेकर आख़िर तक के सारे वाकिये को बड़ी तफ़्सील से सुना देता।

मग़रिब के वक़्त भीड़ कुछ कम हुई। लेकिन नमाज़ के बाद लोग फिर वहीं आकर जमा हो गए। मौलाना अभी तक नहीं आए थे। इशा की नमाज़ भी हो गई। तो भी, लोगों की भीड़ जस की तस जमी रही। सबकी निगाहें रास्ते पर टिकी मौलाना के आने का इन्तज़ार कर रही थी।

कोई रात दस बजे मौलाना आए। आते ही लोगों ने उन्हें घेर लिया। उनके लिए कुर्सी मँगवाई गई और एक गिलास पानी भी। मौलाना कुर्सी पर बैठ गए, लेकिन उन्होंने पानी पीने से इनकार कर दिया। फिर उन्हें रफ़ीक़ के बड़े भाई शब्बीर ने पूरी बात बताते हुए पूछा, "मौलाना आप ही बताएँ... क्या एक बीवी के होते हुए इनसान को दूसरी शादी करनी चाहिए... जबकि उसकी कोई ज़रूरत न हो...? वो भी अपनी पहली बीवी की बिना इजाज़त के...?"

"आप ठीक कहते हैं...", मौलना ने बेहद थकी हुई आवाज़ में कहा। लम्बे सफ़र की थकान से वह निढाल दिखाई पड़ रहे थे। उनका शरीर झूल रहा था। उन्हें आराम की ज़रूरत थी। वह पूरे रास्ते सड़कों के कई-कई फुट लम्बे और गहरे गड्ढों में उछलती बस में बैठकर आए थे, जिससे उनका पूरा शरीर दुखने और चीसने लगा था। उन्होंने सोचा था कि वह जाएँगे और नहाकर सो जाएँगे। खाना खाने की ज़रूरत नहीं थी। लेकिन जब वह आए और आते ही लोगों ने उन्हें घेर लिए तो उनका मन चिढ़ गया। उनका जी चाहा कि वे ज़ोर से चिल्लाकर कहें कि सब लोग यहाँ से चले जाएँ और उन्हें अकेला छोड़ दें।

पर वह ऐसा नहीं कर सकते थे। उनकी रोज़ी उन्हीं लोगों के सहयोग पर निर्भर थी। इसलिए न चाहते हुए भी मौलाना लोगों की भिनभिनाती आवाज़ों में से होते हुए ख़ुद के लिए लाई गई कुर्सी पर बैठ गए और शब्बीर की बात सुनने लगे।

उसी बात के जवाब में उन्होंने लगभग अपने ही होंठों में बुदबुदाते हुए पहला जुमला कहा और फिर पूरी हिम्मत से सभी को सुनाते हुए कहने लगे, "मैं अभी बहुत थका हुआ हूँ और मेरी तबीयत भी कुछ ठीक नहीं है... मैं अभी आराम करना चाहता हूँ। सुबह मैं आपको इस मसले पर तफ़्सीली मालूमात देता हूँ...।"

मौलाना मस्जिद में बने अपने हुजरे में चले गए। उनके जाने के साथ ही लोग भी अपने-अपने घरों में चले गए।

मार से ज़ख़्मी रफ़ीक़ और उसकी नई बीवी को जब उसके भाइयों ने उसके ख़ुद के घर में ही घुसने नहीं दिया तो उसका एक दोस्त, जिसका घर मस्जिद के सामनेवाली गली के नुक्कड़ पर था, उसे रात बिताने के लिए अपने घर ले गया। वहाँ उसने उसकी मरहम-पट्टी कराई और उसके और उसकी नई बीवी के लिए खाना मँगवाया।

खाने खाते हुए उसने रफ़ीक़ से पूछने के अन्दाज़ में कहा, "तुम्हें लगता है कि मौलाना इस शादी को अपनी रज़ामन्दी देंगे? उनकी बातें सुनकर मुझे ऐसा नहीं लगता। और जब वह इजाज़त नहीं देंगे तो ये शादी, शादी नहीं मानी जाएगी? फिर भी अगर तुम मौलाना की रज़ामन्दी के ख़िलाफ़ जाकर फ़रजाना (दूसरी बीवी) को अपने साथ रखते हो तो, हो सकता है कि लोग तुम्हारा बायकाट कर दें? इससे आगे चलकर तुम्हारे बच्चों की शादी में भी अड़चन होगी। लोग तुम्हारे बेटों को अपनी बेटियाँ देने और अपने बेटों के लिए तुम्हारी बेटियाँ लेने से मना कर देंगे?"

अपनी बात ख़त्म करके उसने रफ़ीक़ की ओर देखा, जो उसे नाग़वारी से देख रहा था। उसने खाना ख़त्म किया और लेट गया। उसने अपनी दोस्त की बात का कोई जवाब नहीं दिया। उसका दोस्त कुछ देर उसके पास बैठा रहा और फिर अपने बीवी-बच्चों के पास अन्दर चल गया।

रात के दो पहर बीत चुके हैं। कँपकँपी वाली शीतलहर चल रही है और हल्का कोहरा भी छाया हुआ है। दूर आसमान में तारे टिमटिमा रहे हैं और कहीं कुछ नहीं है... कुछ भी नहीं...। सब निस्तब्ध और ख़ामोश हैं। ऐसे में बिना छाया की एक परछाई सामने से लहराती हुई आई और सड़क पार करके मस्जिद में खो गई।

अगले दिन फज़र की नमाज़ के वक़्त मस्जिद में और दिनों से ज़्यादा भीड़ थी। लेकिन नमाज़ ख़त्म होने के बाद लोग मस्जिद में रुके नहीं। रफ़ीक़ के घर के बाहर आकर जमा हो गए। काफ़ी देर बाद मौलाना मस्जिद से निकले। उनके निकलते ही भीड़ में गहमागहमी शुरू हो गई। वह आए और रात की तरह कुर्सी पर बैठ गए। लोग मौलाना की बातें सुनने और उनके क़रीब जाने के लिए धक्का-मुक्की करने लगे।

इन लोगों से लापरवाह मौलाना ने बोलना शुरू किया, "एक बीवी के होते हुए भी इनसान दूसरी शादी कर सकता है... हमारा मज़हब मर्द को चार शादियों तक की इजाज़त देता है। और अगर इत्तेफ़ाक़ से दूसरी शादी के लिए पहली बीवी इजाज़त न दे तो वह मर्द क़ुरान में बताए तरीक़े से उसे तलाक़ देकर दूसरी शादी कर सकता है...।"

मौलाना की बात सुनकर लोगों के मुँह खुले-के-खुले रह गए। कुछ लोगों को तो यक़ीन ही नहीं हुआ। लेकिन कोई कुछ नहीं कर सकता था। मौलाना का कहा पत्थर की लकीर थी। अगर कोई उनके फ़ैसले के ख़िलाफ़ जाएगा तो दीन (धर्म) की मुख़ालफ़त करेगा। और किसी में भी दीन की मुख़ालफ़त करने की हिम्मत नहीं थी।

रफ़ीक़ की दूसरी शादी को मान्यता मिल गई। साथ ही उसने पहली बीवी को एक साथ तीन बार 'तलाक़' कहकर, तलाक़ दे दिया।

रफ़ीक़ जिस फैक्ट्री में काम करता था, वहाँ दिन-रात दोनों पालियों में काम होता था। हर इतवार को इन पालियों के कर्मचारियों की ड्यूटी बदल जाया करती थी। यानी दिन वाले कर्मचारी अगले एक हफ़्ता तक रात में काम करते और रात वाले दिन में।

दूसरी शादी

जिस दिन रफ़ीक़ की दूसरी शादी पर मौलाना ने अपनी मोहर लगाई थी, वह इतवार का दिन था। रफ़ीक़ अभी तक दिन की पाली में काम करता आया था। इसलिए अब उसकी रात की पाली शुरू हो गई थी।

शाम को जब वह फैक्ट्री में गया तो अपने साथ मिठाई के दो डिब्बे भी ले गया। वहाँ उसने अपनी नई शादी की ख़ुशी में सबको मिठाई बाँटा। उसने फैक्ट्री में घुसते ही लोगों को मिठाई देनी शुरू की और सबको बर्फी का एक-एक पीस देता हुआ अन्दर चला गया।

जब वह अन्दर बचे लोगों को मिठाई बाँट रहा था तो पहले मिठाई पा चुके लोगों में से कुछ लोग फैक्ट्री के गेट के पास खड़े उसी के बारे में बातें कर रहे थे। उनमें से एक कह रहा था, "साला हमारे से अच्छा तो रफ़ीक़ है। यहाँ गधे की तरह दिन-रात मेहनत करने के बावजूद हमारी एक भी शादी नहीं हुई, और वह दूसरी भी ले आया...।"

रफ़ीक़ का वह दोस्त, जो उसे अपने घर रात बिताने के लिए ले गया था, वह भी उसी फैक्ट्री में काम भी करता था। उसने मुस्कुराते हुए कहा, "लेकिन सुहागरात तो पहले मौलाना ने मनाई है...।"

चुनाव और प्रत्याशी

अप्रैल का महीना बीत रहा है और हर बीतते दिन के साथ मानो जैसे गर्मी भी अपना पारा बढ़ाती जा रही है। सारा दिन पसीने में नहला देने और चुभन पैदा करनेवाली किरणों के साथ सूरज दहकता रहता है। रात में मच्छरों की भनभनाहट और उमस परेशान किये रहती है। चारपाई पर लेटते ही कमर पसीने से ऐसे भीग जाती है जैसे पीछे से किसी ने बाल्टी-भर पानी उड़ेल दिया हो। गर्म और चिपचिपा पानी। थकान से चीसता शरीर और नींद से बोझिल आँखें बन्द होने को तरसती रहती हैं पर मच्छर, गर्मी, पसीना और इन सबसे पैदा होनेवाली बेचैनी उन्हें बन्द नहीं होने देती। ऐसे आलम में लोग चारपाइयाँ छोड़ देते। घरों से बाहर निकल आते। यहाँ-वहाँ खड़े होते और पहले से खड़े लोगों के साथ समय बिताने के लिए बातचीत शुरू कर देते। फिर जब आधी रात बीत जाती और लगता कि उसके बीतने के साथ उमस कम हो रही है, तो वे दोबारा जाकर चारपाइयों पर लेट जाते। लेटते ही वे इस तरह चित्त हो जाते मानो दोबारा जागेंगे नहीं। पर फिर जैसे ही सुबह में सूरज अपनी सुनहरी चमकदार किरणों के साथ दस्तक देना शुरू करता है वे उठ जाते... एकदम तरोताज़ा, ऊर्जा से भरे हुए। सारा दिन जीवन की समस्याओं से जूझने के लिए तैयार।

सर्दियाँ बीतने के बाद और उसके दोबारा आने से पहले साल के आठ महीने मोहल्ले के लोगों की रातें इसी तरह बीतती हैं। काम पर से आकर, खाने के बाद

इशा की नमाज़ पढ़ते ही वे मस्जिद के सामने चौक में, गलियों के नुक्कड़ पर और अपने घरों के सामने चारपाई बिछाकर बैठ जाते। उनके एक-दो पड़ोसी, साथ काम करनेवाले लोग या फिर यार-दोस्त भी इधर-उधर की गलियों से निकलकर उनके पास बैठने चले आते। फिर मजलिस जम जाती, जो रात गए देर तक, कभी-कभी तो आधी रात के बाद तक भी जमी रहती। वे आपस में गप्प हाँकते, एक-दूसरे का मज़ाक उड़ाते, कमियाँ गिनाते, अतीत में किये ग़लत कामों को गिना-गिनाकर तंज करते। कुछ लूडो खेलते तो कुछ ताश खेलते हुए अपना वक़्त काटते।

हर साल ऐसा ही होता। कुछ भी तब्दील नहीं होता। हाँ, चुनाव के दिनों में लोगों की ये गोष्ठियाँ कुछ और ज़्यादा सघन हो जातीं। उन दिनों ये जल्दी जम जातीं और कभी-कभी तो रात के तीन पहर बीतने के बाद तक चलती रहतीं। तब इनके विषय भी बदल जाते। लोग एक-दूसरे की ग़लतियों, कमियों और मज़ाक की बातें भूल जाते। उनके सामने चुनाव में खड़े होनेवाले प्रत्याशी, उनके धर्म, उनकी कमियाँ, उनकी ख़ूबियाँ और उनकी मोहल्ले वालों के प्रति भावना जैसे विषय प्रमुख हो जाते। वे प्रत्याशी के हर मौज़ूँ पर बात करते, तो भी बात आख़िर में आकर उसके धर्म पर ही टिकती। उसी पर वे लम्बी-लम्बी बहसें करते और उसी के हिसाब से अपना वोट किसे देना है, उसका भी फ़ैसला करते।

ये साल भी चुनाव का साल है। राज्य विधानसभा के चुनाव हो चुके हैं और अब नई-नवेली सरकार ने नगर निगमों और नगर पालिका के चुनाव कराने का फ़ैसला किया है। इन्हीं चुनाव को लेकर मोहल्ले में सरगर्मियाँ तेज़ हैं। जहाँ भी दो-चार लोग जमा होते, वहीं चुनाव की बात शुरू हो जाती।

अभी भी जब आधी रात बीतने को है, दर्जनों लोग मस्जिद के सामने के चौक में बिछे तख़्त और चारपाइयों पर जमे बैठे हैं। वे वार्ड मेम्बर के लिए खड़े होनेवाले प्रत्याशियों के बारे में बात कर रहे हैं,

"अरे हाँ! हम उस कंदूदू को वोट देंगे...? इससे तो बेहतर है कि हम वोट ही न दें", बबलू ने कहा।

"क्यों...?" बबलू की बात से कुछ-कुछ नाराज़ होते हुए हसनी ने पूछा, "इसमें वोट न देनेवाली क्या बात है? और ये कंद्दू क्या है? वह पंडित जी हैं", उसने कहा।

असल में तो उसका नाम हसन था। लेकिन उसके नरम स्वभाव के कारण लोग उसे 'हसनी' कहते थे।

"पंडित है तो क्या...? है तो वह हिन्दू ही। और मैं किसी हिन्दू को अपना वोट देना पसन्द नहीं करूँगा", बबलू ने जवाब दिया।

"क्यों...?" हसनी फिर बोल पड़ा, "क्या वह हममें से एक नहीं हैं। कितने सालों से वह मोहल्ले में रह रहे हैं। यहीं उनकी दुकान है। फिर उन्हें वोट न देने की क्या वजह है। मोहल्ले में ऐसा कोई घर नहीं, जिसने उनसे क़र्ज़ न लिया हो। और कोई ऐसा दूधिया नहीं जिसने उनकी दुकान से उधार समान न लिया हो।"

"उधार लिया है तो क्या वह चुकाया नहीं", इस बार समद ने हसनी की बात का जवाब देते हुए कहा। साथ ही उसने पूछा, "और क़र्ज़ क्या वह बिना ब्याज के देता है?"

"बिना ब्याज का दे या ब्याज पर... बात ये नहीं है। बात है वक़्त पर काम आने की। मुसीबत में मदद करने की...", रहमू ने हसनी का साथ देते हुए कहा, "और जो इनसान वक़्त पर काम आ जाए उससे बेहतर कोई नहीं। इसलिए मैं मानता हूँ कि इस बार चुनाव में खड़ा होने के लिए उनसे अच्छा दूसरा प्रत्याशी नहीं होगा। हम सबको उनका समर्थन करना चाहिए।"

"क्यों करें उसका समर्थन...?" पीछे से कोई तैश में बोला, "वह लोगों के काम आता है... हाँ? ब्याज पर पैसे देता है और फिर उसके लिए भी जमानत रखवाता है... कभी किसी पैसेवाली की जबान तो, कभी किसी के घर के काग़ज़। और तुम कहते हो कि उससे बेहतर कोई नहीं?"

"हर कोई अपने पैसे को सुरक्षित देखना चाहता है", हसनी ने जवाब दिया, "चाहे वह उधारी पर ही क्यों न दिया गया हो। बैंक भी तो जमानत रखवाते हैं। फिर वह तो एक मामूली दुकानदार है। अगर वह जमानत न रखवाए तो लोग उसके रुपये दबाकर बैठ जाएँ। तब वह क्या करेगा?"

"ये सब बकवास की बात है...", उसके बगल वाला बोलने लगा। इसका नाम अकील था। उसने कहा, "तुम्हें लगता है कि वह किसी को अपने रुपये दबाने देगा? वह उसके हलक में हाथ डालकर रुपये निकाल लेनेवालों में से है। अभी पिछले हफ़्ते नहीं देखा तुमने कैसे वह नूरी के घर के सामने खड़ा होकर उस पर रुपये के लिए तगादा कर रहा था। कह रहा था कि अगर दो दिन में रुपये नहीं लौटाए तो वह उसकी भैंस खोल ले जाएगा।"

"तो यार तुम्हें नूरी को भी देखना चाहिए। उसने कुल दो महीने के लिए दस हज़ार रुपये लिये थे। अब उन बातों को साल-भर होने का आया है। कोई बन्दा कहाँ तक बर्दाश्त करेगा? तुम्हीं बताओ", किसी दूसरे ने जवाब दिया।

तभी पीछे से कोई दूसरा बोल पड़ा, "देखो उधार लेने या दबाने की बात नहीं है", वह कुछ देर पहले ही उनके लोगों में आकर बैठा था। उसने उनकी बातों में शामिल होते हुए आगे कहा, "बात है मुसीबत में काम आने की। जब कोई इनसान मुश्किल वक़्त में साथ देता है तो उस पर शक नहीं किया जाता। पंडित जी अच्छे इनसान हैं। अगर वह जीतते हैं तो इस बार हमारे यहाँ मेम्बरी आ जाएगी और वह काफ़ी काम भी करेंगे। जिसके बारे में वो कह भी रहे हैं।"

"कहने और करने में बहुत फ़र्क़ होता है मेरे भाई", बबलू फिर बोल पड़ा, "कहने को तो हर कोई कहता है, लेकिन तुमने कभी यहाँ, इस मोहल्ले में या इसके जैसे दूसरे मोहल्लों में कोई काम होते हुए देखा है? नहीं ना। ये मुसलमानों के मोहल्ले हैं, यहाँ कभी काम नहीं होगा। चाहे तुम किसी को ही वोट दे लो, जिता लो," उसने आगे कहा, "आज तक मुझे एक भी ऐसा आदमी बताओ जो चुनाव जीतने के बाद यहाँ आकर फटका हो... काम करना तो दूर। वह यहाँ सिर्फ़ दुकान करता है... उसका घर दूसरी पट्टी में है। जीतते ही वह अपने घर चला जाएगा और तुम उसकी दुकान के आगे बैठकर ढोल बजाना।"

"तुम लोग झगड़ क्यों रहे हो", सबके बीच में मुखिया की तरह बैठे मुन्ने ने कहा, "दो दिन बाद पंचायत है। उसमें फ़ैसला हो जाएगा कि इस बार चुनाव में कौन खड़ा होगा। ठीक है। अगर मोहल्ले का कोई बन्दा लड़ना चाहे तो ठीक है। नहीं तो फिर अपने पंडित जी ही सही।"

यह वार्ड नगर के तीन मुसलमान बहुल वार्डों में से एक है। वैसे तो इसकी आबादी तीन हज़ार के आसपास है पर इसमें अकेले मुसलमानों की संख्या ही एक हज़ार के लगभग है। पहले यह कुछ सौ ही थी पर जब से यह बड़ा-सा गाँव कस्बे में बदला है और यहाँ ग्राम पंचायत की जगह नगरपालिका के चुनाव होने शुरू हुए हैं तो कुछ तो इसकी ख़ुद की आबादी और कुछ आसपास के गाँवों से आकर बसनेवाले नये लोगों के कारण यह जल्दी ही एक अच्छे-ख़ासे नगर में बदल गया। इसके साथ ही उस वार्ड में मुसलमानों की जनसंख्या भी दिन दोगुनी और रात चौगुनी गति से बढ़ने लगी। जो अब बढ़ते-बढ़ते एक हज़ार के क़रीब पहुँच चुकी थी। लेकिन बहुमत में होने के बाद भी वहाँ अभी तक कोई मुसलमान प्रत्याशी चुनाव नहीं जीत सका था। इसके भी अपने कारण थे। शुरू में तो उन लोगों ने चुनाव में कोई दिलचस्पी नहीं दिखाई। बाद में जब उनमें कुछ राजनीतिक चेतना जागी और वह भी नगर के दूसरे वार्डों की तरह अपने मोहल्ले के लिए सुविधाओं की माँग करने लगे और उनके सभासद ने उनकी माँगों को अनसुना कर दिया तो उनमें से कइयों ने, जो आर्थिक रूप से समृद्ध थे, चुनाव लड़े। लेकिन कोई जीत न सका। किसी का पर्चा सही नहीं भरा गया तो किसी को बोलना ही नहीं आता था। और जिसके पास ये दोनों हुनर होते तो उसको लोग गली-मोहल्ले में ज़रा-ज़रा सी बात पर दादागिरी दिखाने, बड़ा बनने के लिए उतावला रहने और कहीं भी किसी को भी गाली बक देने के कारण वैसे ही पसन्द नहीं करते थे...। इसलिए वे उसे वोट नहीं देते। और अगर कोई प्रत्याशी इन सबसे अलग ख़ुद को एक बेहतर और मददगार प्रतिनिधि के रूप में पेश करता और लोग उसे वोट देते तो भी इस तरह का प्रत्याशी भी कभी पचास तो कभी सौ वोटों से चुनाव हार जाता। इसके भी कई कारण थे। सबसे बड़ा तो यही कि कुछ समझदार मुसलमान बन्द मुट्ठी गरम होने के कारण अन्दरुनी तौर पर उसके मुख़ालिफ़ हो जाते और दूसरे प्रत्याशी को अपना और अपनी टोली का वोट दिलवा देते।

इन सब बुराइयों से बचने के लिए तीन पंचवर्षीय योजना पहले मोहल्ले के कुछ ज़्यादा ही समझदार लोगों ने चुनाव से पहले पंचायत करने का फ़ैसला किया।

इस पंचायत में लोगों को उनके वोट की अहमियत बताने, वोट देने के लिए उत्साहित करने और सर्वसम्मति से चुनाव के लिए प्रत्याशी चुनने जैसे अहम फ़ैसला किया जाता।

पहली पंचायत में उम्मीद के मुताबिक ख़ूब लोग जमा हुए। उन्हें चुनाव और वोट के बारे में अच्छे से समझाया गया और उन्होंने समझ भी लिया। लेकिन जब प्रत्याशी चुनने की बारी आई तो कुछ अमीर और प्रभावशाली लोगों ने अपनी पसन्द का प्रत्याशी खड़ा कर दिया, जो आम लोगों को बिलकुल पसन्द नहीं था। इसलिए वह हार गया। दूसरी पंचायत के वक़्त लोग और समझदार और उदार हो गए। इसलिए प्रत्याशी चुनने में आम आदमियों की पसन्द का भी ख़याल रखा गया। लेकिन मतदान से कुछ दिन पहले सड़क की तरफ़ का एक हिन्दू प्रत्याशी मोहल्ले के हर घर में दो लड्डू और स्टील का गिलास बाँट गया। उसके वे लड्डू इतने मीठे और गिलास का पानी इतना ठंडा था कि वह मिठास और ठंडापन मतदान के दिन तक लोगों के मुँह में बरकरार रहा। उस मिठास और ठंडेपन को न भूलते हुए उन्होंने जमकर मतदान किया। परिणाम में उनका ख़ुद का प्रत्याशी हार गया।

पाँच साल बाद फिर से जब पंचायत बुलाने की चर्चा शुरू हुई तो लोगों ने अपनी पिछली भूलों को सुधारते हुए इस बार किसी के भी लड्डू खाने और गिलास से पानी पीने से साफ़ मना कर दिया। वे चुनाव और अपने प्रत्याशी को जिताने के लिए इतने उत्साहित हुए कि सबने एक सिरे से अपने प्रत्याशी को ही वोट दिया। लेकिन जब मतगणना हुई तो उसमें पाँच दर्जन से ज़्यादा वोट कंडम निकले और उनका प्रत्याशी फिर हार गया। उस बार सरकारी अस्पताल की ओर का कोई जाट प्रत्याशी चुनाव जीत गया।

उस हार से लोगों को बहुत धक्का लगा। सब मायूस हो गए। लेकिन उन्होंने उससे एक सीख भी ली कि कभी भी अतिउत्साह में कोई काम नहीं करना चाहिए। उत्साह में अगर कोई काम आप सही ढंग से करते हैं तो अतिउत्साह में आप उसे पूरी तरह से बिगाड़ भी देते हैं। यह सीख लोगों ने अपने पल्लू से बाँध ली। और अगली बार पूरी समझदारी और होशियारी के साथ वोट करने की सोची।

साथ ही यह भी तय हुआ कि अगली बार जो भी चुनाव लड़ने का इच्छुक हो वह पहले से ही अपनी तैयारी शुरू कर दे, जिससे पंचायत में उसके चुने जाने पर किसी को कोई परेशानी न हो।

इसलिए जब फिर से चुनाव की बारी आई तो मोहल्ले के लोगों में चर्चा होने लगी। लोग जगह-जगह समूह में खड़े होकर चुनाव और इस बार उसमें खड़े होनेवाले सम्भावित प्रत्याशी की बात करने लगे। इसी बीच पंडित जी की दुकान पर भी लोगों की भीड़ बढ़ने लगी। हालाँकि रोजाना के ग्राहकों और अख़बार पढ़नेवालों के कारण पहले से ही उनके यहाँ हर वक़्त लोगों की आर-ज़ार लगी रहती थी। पर जब लोगों को पंडित के चुनाव लड़ने के बारे में पता चला था तो वे और भी ज़्यादा उनके पास आकर बैठने लगे।

पंडित जी ने भी एक दिन अपनी दुकान के सामने जमा लोगों के एक छोटे से समूह को सम्बोधित करते हुए, लगभग अपने-आपको आगामी चुनाव का प्रत्याशी घोषित करने के अन्दाज़ में घोषणा करते हुए कहा, "अगर मैं जीतता हूँ तो सबसे पहले मैं मोहल्ले में राशन की दुकान लेकर आऊँगा... आप जानते हैं कि औरतों और बच्चों को पूरा शहर पार करके रेलवे स्टेशन पर राशन लेने जाना पड़ता है। दूसरा यहाँ झाड़ू लगानेवाले को बुलाऊँगा... सारे शहर में मोहल्ले की सड़कों पर झाड़ू लगानेवाले जाते हैं, लेकिन यहाँ नहीं आते। मैं उन्हें यहाँ लेकर आऊँगा... ताकि मोहल्ले को साफ़-सुथरा रखा जा सके। इसके साथ ही मैं बच्चों के लिए एक सरकारी प्राइमरी स्कूल खुलवाऊँगा, जिससे वे सारा दिन गलियों में भटकने के बजाय कुछ लिख-पढ़ सकें। और अगर आप सबने चाहा तो मैं जीत ही जाऊँगा... एक तो आप लोग वोट देंगे और दूसरा मैं अपने हिन्दू ग्राहकों और जाननेवालों को भी कह दूँगा। वे भी मुझे वोट देंगे। आप तो जानते हैं कि एक मुसलमान हिन्दू को वोट दे सकता है... पर एक हिन्दू, ख़ासतौर से पढ़ा-लिखा हिन्दू कभी मुसलमान को वोट नहीं देगा। वे लोग मुसलमानों से डरते हैं। मैं आपको यक़ीन दिलाता हूँ... अगर आप लोगों ने मेरा साथ दिया तो इस बार मैं आपके यहाँ मेम्बरी लेकर आऊँगा।"

पंडित जी की भूस की टाल है। टाल के साथ ही उन्होंने खल-चोकर की दुकान भी खोल रखी है, जो वार्ड के उस मुसलमान मोहल्ले के साथ-साथ उससे लगे दूसरे मोहल्लों में भी काफ़ी मशहूर है। जिन लोगों ने गाय-भैंस पाल रखी है और खेतों में काम करते हैं, सब उन्हीं की दुकान से सामान ख़रीदते हैं। इसके साथ ही वे (पंडित जी) लोगों को ब्याज पर रुपये भी देते हैं।

उस दिन लोगों को पंडित जी के सारे वादे बहुत पसन्द आए। उन्होंने वार्ड से पंडित जी के चुनाव लड़ने का खुले दिल से स्वागत किया। लेकिन कुछ लोग थे, जिनको पंडित का मोहल्ले की ओर से मेम्बरी का प्रत्याशी बनाना स्वीकार नहीं था। इसके दो कारण थे। एक तो पंडित जी का हिन्दू होना और दूसरा उनका मोहल्ले में घर न होना। इसमें भी पहला कारण ज़्यादा प्रबल था।

ऐसे लोग कुछ मतों या ख़ुद की ग़लती से हारनेवाले मुसलमान प्रत्याशी को तो अपना वोट देकर उसे (मत) ख़राब कर सकते थे। पर जिताऊ हिन्दू प्रत्याशी को, (जबकि वह रात-दिन उनके साथ रहता है, उनके काम आता है) अपने यहाँ से चुनाव लड़ना उन्हें मंजूर न था।

हालाँकि वह जगह, जिस पर पंडित जी की दुकान सहित लगभग आधा मोहल्ला बसा था, किसी ज़माने में वह पूरी ज़मीन पंडित जी के पूर्वजों की हुआ करती थी। पर जब नगर बढ़ा और उसी के साथ मोहल्ले की आबादी भी तो उन्होंने वहाँ खेती करना बन्द कर दिया और उसमें छोटे-छोटे प्लॉट काटकर बेच दिये। उनमें से मोहल्ले की मुख्य पटरी का एक सौ गज का प्लॉट उन्होंने अपने लिए रख लिया। जिसमें बाद में उन्होंने सरकारी नौकरी पाने में नाकाम अपने बड़े बेटे (पंडित जी) की खल, चोकर, रत्तब और भूस की दुकान खुलवा दी। मोहल्ले में बड़ी संख्या में खेतिहर मज़दूरों, गाय-भैंस पालनेवालों और उनका दूध बेचकर गुज़ारा करनेवालों की थी। इसलिए पंडित जी की दुकान चल निकली। साथ ही उन्होंने उधारी का कारोबार भी शुरू कर दिया। कोई भी आकर उनसे रुपये उधार माँग लेता और वह भी बेहिचक हर किसी को रुपये देते (मयब्याज और गारंटी के साथ)। इससे दो ही साल में पंडित जी पूरे वार्ड के महाजन बन बैठे।

बाहर से आकर किसी इनसान का यूँ मोहल्ले में जम जाना, और वह भी मुसलमानों के बीच हिन्दू का, कुछ लोगों को यह पसन्द नहीं था। यही पंडित जी के विरोध का मुख्य कारण भी था। पर पंडित जी के चुनाव लड़ने की इच्छा जताए जाने के बाद उनकी दुकान पर जमा होनेवाली लोगों की भीड़ इस बात का एहसास दिलाती थी कि वह उनके बीच मक़बूल भी हैं।

पंचायत वाले दिन भी उनकी दुकान पर अच्छी-ख़ासी भीड़ जमा थी। पिछली बार की तरह इस बार भी आम-ओ-ख़ास के साथ लगभग पूरा मोहल्ला पंचायत में शामिल हुआ।

पंचायत में सबसे आगे मोहल्ले के बड़े-बुज़ुर्ग बैठे और उनके पीछे बाक़ी लोग अपनी हैसियत के अनुसार बैठते चले गए।

पहले तो काफ़ी देर तक लोग आपस में मच्छरों की तरह भुनभुनाहट भरी आवाज़ों में पिछले चुनावों और उनमें मिली हारों का ज़िक्र करते रहे। लेकिन जब सामने बैठे बुज़ुर्गों में से एक बोलने के लिए खड़ा हुआ तो सब उसे सुनने के लिए एकाएक चुप हो गए। बुज़ुर्ग ने कहना शुरू किया, "जैसा कि आप सब लोग जानते हैं कि हम यहाँ आनेवाले चुनाव में खड़े होनेवाले प्रत्याशी को चुनने के लिए जमा हुए हैं। इसलिए जो भाई चुनाव लड़ने के इच्छुक हों वे बता दें...", इतना कहकर बुज़ुर्ग ख़ामोश हो गए और एक नज़र उस मजमें की ओर डाली, जो उन्हें टकटकी लगाए सुन रहा था। पल-भर बाद उन्होंने फिर बोलना शुरू किया, "अगर आपमें से कोई चुनाव लड़ने का इच्छुक है तो बता दे। नहीं तो फिर पंडित जी यहाँ से पर्चा दाख़िल करने के लिए कह रहे हैं..."

बुज़ुर्ग अपनी बात पूरी भी नहीं कर पाए थे कि एक साहब खड़े होकर बोले, "पंडित जी क्यों...? हम ख़ुद अपने मोहल्ले से चुनाव लड़ेंगे।"

"जाबिर रिज़वी इस बार तुम चुनाव लड़ोगे...", बुज़ुर्ग ने खड़े हुए साहब की ओर देखते हुए कहा, "जबकि पिछली बार तुम्हारा भाई साबिर लड़कर हार चुका है।"

"हाँ... वह हार चुका है... और इस बार मैं खड़ा होऊँगा। दूसरों से तो बेहतर है कि हम अपने लोगों का ख़ुद नेतृत्व करें।"

"क्या अपने लोगों का नेतृत्व करने के लिए सिर्फ़ तुम्हारा ख़ानदान ही रह गया है...?" पीछे से लम्बे-चौड़े रिज़वान ठेकेदार ने खड़े होकर कहा, "और कोई मोहल्ले में नहीं रहता...?"

"मैंने कब मना किया। मोहल्ले में तो सभी रहते हैं। पर जब कोई नहीं खड़ा हो रहा है तो मैं खड़ा हो रहा हूँ।"

"दूसरा तो तभी खड़ा होगा जब तुम उसके लिए जगह छोड़ोगे...", रिज़वान ठेकेदार ने विरोध करते हुए कहा, "जब तुम ख़ुद ही साँप की तरह कुंडली मारकर बैठ जाओगे तो दूसरा कैसे खड़ा होगा? इस बार मैं चुनाव लड़ूँगा।"

"तुम...? तुम कैसे खड़े हो सकते हो...? दावेदारी तो पहले मैंने पेश की है।"

"कैसी दावेदारी...? पिछली बार तुम्हारा भाई खड़ा हुआ था और इस बार तुम... चुनाव तुम्हारी निज़ी जागीर नहीं कि हर बार बस तुम्हारे ख़ानदान के लोग ही लड़ते रहें?"

"मैंने कब कहा कि यह हमारी जागीर है... लेकिन मैंने पहले दावेदारी पेश की है और अब मैं पीछे नहीं हटूँगा।"

"तुम पीछे हटो या न हटो... लेकिन इस बार मैं चुनाव लड़ूँगा", और इतना कहकर रिज़वान ठेकेदार अपने समर्थकों के साथ पंचायत छोड़कर चला गया।

रिज़वी ख़ानदान मोहल्ले का सबसे अमीर ख़ानदान था। धर्म से लेकर राजनीति तक में सब जगह उसी के लोग अगुआ बने रहते थे। लेकिन पिछले कुछ सालों में मोहल्ले में और भी कई लोग अमीर बनकर उभरे थे। उनमें से एक रिज़वान ठेकेदार भी था। ये लोग हर जगह रिज़वी ख़ानदान के वर्चस्व को पसन्द नहीं करते थे। इसलिए इन लोगों ने अपना ख़ुद का ग्रुप बना लिया और रिज़वान को अघोषित रूप से उसका मुखिया बना दिया।

रिज़वान ठेकेदार के जाते ही पंचायत ख़ुद-ब-ख़ुद ख़त्म हो गई।

अगले दिन सुबह जब लोग उठे तो पूरा मोहल्ला दो हिस्सों में बँट चुका था। मस्जिद के इस तरफ़ का हिस्सा जाबिर रिज़वी का समर्थक बना तो दूसरी तरफ़ का हिस्सा रिज़वान समर्थक कहलाया। दोनों हिस्सों के लोग अपने-अपने

प्रत्याशी के घर जाकर जमा होने लगे और प्रचार की नीतियाँ और जीत की रणनीतियाँ बनाने लगे। इस पूरे घटनाक्रम का असर यह हुआ कि पंडित जी, जिन्होंने सबसे पहले चुनाव लड़ने की दावेदारी पेश की थी, उन्हें लोग पूरी तरह भूल गए।

चुनाव की घोषणा के साथ ही दोनों प्रत्याशियों ने अपने-अपने समर्थकों के साथ पूरे ज़ोर-शोर से पर्चा दाख़िल किया। फिर पूरे उत्साह और लगन के साथ प्रचार किया। हालाँकि, इन दोनों के अलावा वार्ड के दूसरे हिस्सों से भी कई और उम्मीदवार चुनाव मैदान में थे। लेकिन मुसलमानों के उस इलाक़े में उनकी उतनी चर्चा नहीं थी। मुख्य मुकाबला इन दोनों के बीच ही माना जा रहा था।

मतदान के दिन लोगों ने अपना निर्णय दिया। पूरे 1298 वोट पड़े। अगले दिन मतगणना हुई। इनमें दो सौ बावन वोट रिज़वान को पड़े और दो सौ पैंतीस वोट जाबिर रिज़वी को। एक सौ पाँच वोट एक महिला उम्मीदवार को और एक सौ नौ वोट एक दूसरे उम्मीदवार को। एक सौ अट्ठासी वोट एक और उम्मीदवार को मिले। और बाक़ी बचे चार सौ सात वोट लेकर एक ऐसा प्रत्याशी विजयी हुआ, जिसे जानना तो दूर मोहल्ले में किसी ने उसका नाम तक नहीं सुना था।

पत्नी और प्रेमिका

हारून ऊँचे डील-डौल का हट्टा-कट्टा नौजवान था। गेहुँआ रंग, खुरदरा चेहरा, छोटी खड़ी नाक, सिगरेट के धुएँ से सँवलाए होंठ और इस पर तरतीब से कटी लम्बी दाढ़ी उसके व्यक्तित्व को प्रभावशाली और आकर्षक बनाते थे। इस तरह कि अगर कोई एक नज़र देख ले तो शायद ही उसे अपने ज़हन से निकाल पाए। वह शादी-शुदा था। फिर भी दूसरी औरत से प्यार करता था। गहरा और सच्चा प्यार। उसकी प्रेमिका तलाक़-शुदा जवान औरत थी, जो अपने बाप के साथ रहती थी।

हारून की उससे पहली मुलाक़ात अपनी शादी से पहले ही एक दोस्त के घर हुई थी, जहाँ वह अपनी शादी का कार्ड देने गया था। उस पहली मुलाक़ात में उन्होंने बस एक-दूसरे को देखा और यही एक नज़र उनके दिलों का सौदा करा बैठी। हारून की शादी हो गई, फिर भी वह अपनी प्रेमिका से बदस्तूर मिलता रहा। किसी-न-किसी बहाने वे लोग महीने में चार-पाँच बार मिल ही लेते। शहर में कोई उन्हें देख न ले, इस डर से कभी-कभी वे शहर से बाहर भी चले जाते। वो भी पूरे-पूरे दिन के लिए।

पर, कहते हैं कि सौ दिन चोर के तो एक दिन पुलिस का भी होता है। यह कहावत उन दोनों पर उस वक़्त बिलकुल सही बैठी, जब एक दिन हारून हाजरा को फ़िल्म दिखाने मेरठ ले गया और वहाँ हाजरा के किसी रिश्तेदार ने उन्हें देख लिया।

उसने इसकी ख़बर हाजरा के बाप को दी और उसके बाप ने उसके कहीं भी आने-जाने पर पाबन्दी लगा दी। इस पाबन्दी ने हाजरा के पैरों में तो बेड़ियाँ डाल ही दीं, हारून को भी उदास, परेशान और तन्हा कर दिया। वह हर वक़्त हाजरा के बारे में सोचता रहता। बार-बार उससे मिलने की कोशिश करता। पर हर बार नाकाम रहता। वह लगातार उसकी गली के चक्कर लगाता, लेकिन उसके खड़ूस बाप को रास्ते में बैठा देख वापस मुड़ आता। ऐसे ही महीना बीत गया और उन दोनों की कोई मुलाक़ात न हो सकी।

इस एक महीने ने हारून को इतना बेचैन और परेशान कर दिया कि उसने फ़ैसला किया कि इस बार जब वह हाजरा से मिलेगा तो उसे भाग चलने के लिए कहेगा। वह उसके सामने अपना दिल चीरकर रख देगा। उसे बताएगा कि वह उससे कितनी मुहब्बत करता है और उसके बिना उसकी ज़िन्दगी कितनी अधूरी और वीरान है। वह उसके बिना एक पल भी नहीं जी सकता। वह उसे समझाएगा कि इस तरह छिपकर मिलने से वह उकता गया है। उसे अपने दिल में हर वक़्त किसी के देख लेने के डर को लेकर मिलना बिलकुल भी अच्छा नहीं लगता। अब वह अपने प्यार को अंज़ाम तक पहुँचाना चाहता है। वह हमेशा के लिए उसका हो जाना चाहता है और उसे अपना कर लेना चाहता है। वह भी जल्द-से-जल्द। उसे अपने साथ कहीं बहुत दूर ले जाना चाहता है। वहाँ, जहाँ इन सामाजिक बन्धनों से दूर आज़ाद ज़िन्दगी बाँहें फैलाकर उनका इस्तक़बाल करेगी।

पिछले कुछ दिनों से उसके दिमाग़ में ऐसे ही ख़यालात उमड़-घुमड़ रहे थे, शोर मचा रहे थे और उसकी बेचैनी बढ़ा रहे थे। दिमाग़ में हर वक़्त तरह-तरह के विचारों, ख़यालों और सवालों का सिलसिला चलता रहता। वह अपने इन सब सवालों, ख़यालों और विचारों को तरतीब से लगाता, उनकी सीढ़ी बनाता और उस पर चढ़कर अपनी ख़याली दुनिया में पहुँच जाता। एक ऐसी दुनिया, जिसमें बस वह और उसकी प्रेमिका थी, तीसरा कोई नहीं। वह सिर्फ़ उन दोनों की दुनिया थी। ख़ुशहाल और पुर-कशिश दुनिया। उसमें छोटा... लेकिन प्यारा घर था। घर में प्यार था, सुकून था और था आराम।

इसी तरह की सोच में गुम वह अपने सपनों के संसार को सजाता रहता, हर पल उससे मिलने की राह खोजता और उसके पैग़ाम का इन्तज़ार करता। उसका दिमाग़ जब इस तरह के विचारों की उधेड़बुन में लगा रहता तो वह अपने आसपास की हर चीज़ को भूल जाता। उसे इतना भी ध्यान न रहता कि वह कहाँ है और क्या कर रहा है? जब उसे अपनी वास्तविक स्थिति का एहसास होता तो वह उस ख़्वाबी दुनिया को सच करने के लिए और उतावला हो उठता। उसका दिल इन ख्वाबों को हक़ीक़त में बदलने के लिए बेचैन हो जाता। उस वक़्त वह हाजरा को याद करता और उसे अपनी बाँहों में भरने के लिए कसमसाने लगता।

उस दिन भी वह रोज़ की तरह अपनी कपड़े की दुकान पर बैठा उसके पैग़ाम का इन्तज़ार कर रहा था। थोड़ी देर पहले ही एक ग्राहक कपड़े के मूल्य को लेकर काफ़ी मोल-भाव करने के बाद भी कपड़ा लिये बिना ही चला गया था। उसके व्यवहार से भी वह चिढ़ गया था और अन्दर से उठकर बाहर स्टूल पर आकर बैठ गया। बाज़ार में काफ़ी भीड़ थी। उसकी दुकान के सामने की सड़क पर बच्चे, जवान, बूढ़े, भरी-ख़ाली ऑटो और तरह-तरह के औरत-मर्द आ-जा रहे थे। इन्हीं में पहले उसकी नज़र एक औरत पर पड़ी, जो अपने बच्चे का हाथ पकड़ फ़ोन पर बात करती, मुस्कुराती जा रही थी। सामने की दुकान में रेमिडेंट गारमेंट्स वाला कुछ लड़कों को जींस-पैंट दिखा रहा था। उसके बगल में मोबाइल वाले की दुकान थी, जिस पर खड़ी लड़की दुकानदार को अपना मोबाइल दिखा रही थी। बाएँ हाथ की तरफ़ की बर्तनोंवाली दुकान में तीन औरतें बैठी थीं। उनमें से एक अपने बनियान से बटुवा निकालकर रुपये गिन रही थी और दुकानदार तराज़ू में बर्तन तौल रहा था। उससे अगली दुकान साइकिल वाले की थी। उस दुकान के आगे खड़ा परिवार अपने बेटे को साइकिल पसन्द करने के लिए कह रहा था। तभी ऑटो वाले के हॉर्न ने उसका ध्यान भंग कर दिया और फिर उसकी नज़र एक जोड़े पर जा पड़ी, जो बाज़ार की भीड़ में चलते हुए भी उससे बहुत दूर, एक-दूसरे की बातों में खोया चला जा रहा था। उन्हें देखते ही उसे हाजरा का ख़याल आया और वह उसकी यादों से व्याकुल होकर सोच में डूब गया।

तभी एक बच्चा दौड़ता हुआ आया। उसने हाथ लगाकर उसे जगाया। हारून ने अपनी बन्द आँखें खोलीं और सामने खड़े बच्चे को देखा। उसे देखते ही हारून मुस्कुरा उठा। बच्चा हाजरा की गली में रहता था और वह उसे जानता था। बच्चे ने अपना एक हाथ बढ़ाकर उसमें पकड़ा काग़ज़ का पुर्जा उसकी ओर बढ़ा दिया। उसे देखते ही हारून की उदास आँखें ख़ुशी से चमकी उठीं और उसने बच्चे को गोद में उठाकर चूम लिया। उसके हाथ से काग़ज़ का वह पुर्जा लिया। बदले में अपनी ऊपर वाली जेब से दस का नोट निकाला, उसे दिया और घर की ओर रवाना कर दिया।

काग़ज़ का पुर्जा हाजरा का पैग़ाम था। उसने लिखा था कि उसके अब्बा जान कल तक के लिए अपने भाई के यहाँ गए हुए हैं। अगर वह चाहे तो मिलने आ सकता है। वह उसका इन्तज़ार कर रही है।

पैग़ाम पढ़ते ही हारून को इस बात का यक़ीन हो गया कि इस एक महीने में हाजरा से न मिल पाने के कारण जितना बेचैन वह रहा था, उतना ही वह भी उससे न मिलने के कारण बेचैन रही थी। उसकी इस सोच ने उसके 'भाग' चलने के विचार को और पुख़्ता कर दिया। उसने सोचा कि अब उसे उसकी उस प्यारी दुनिया को, जो अभी तक उसके ख़्वाब-ओ-ख़यालों के दरिया में हाउस-बोट की तरह घूम रही थी, हक़ीक़त में बदलने से कोई नहीं रोक सकता।

उसने जल्दी से सामान समेटा। दुकान बन्द की और ख़ुशी से झूमता हुआ हाजरा के घर की ओर चल दिया। जब वह चला तो दिन के दो पहर बीत चुके थे और परछाइयाँ पूर्व की ओर तिरछी होनी शुरू हो गई थीं। हालाँकि, जगह-जगह खड़े विशालकाय पीपल के पेड़ों की छाया में वे छुप-सी जातीं और उनकी तरफ़ किसी का ध्यान न जाता। जिससे समय का भी पता न चलता। वह मुख्य बाज़ार की सड़क से निकला और उस चौड़े रास्ते पर बढ़कर दाएँ तरफ़ मुड़ गया, जो हाजरा की घर की गली की तरफ़ जाता था। जहाँ वह उसका इन्तज़ार कर रही थी। हल्की-हल्की, नमी भरी ठंडी हवा चल रही थी, जो इस बात का आभास दिला रही थी कि गर्मियाँ बीत रही हैं और एक-दो बारिश के बाद सर्दी शुरू हो जाएगी।

अपने आसपास की चीज़ों से अनजान रास्ते पर चलते हुए उसका दिमाग़ फिर सक्रिय हो गया। इस बार उसने उस तक़रीर को तैयार करना शुरू किया, जो उसे हाजरा के सामने कहनी थी। वह उससे कहेगा कि वह अब उससे दूर नहीं रह सकता। न ही उससे छुपकर मिलेगा। वे साथ रहेंगे। एक साथ। एक ही छत के नीचे। जब वे एक-दूसरे के लिए बने हैं तो फिर इस तरह अलग-अलग रहने में कोई तुक नहीं है। बगुले के जैसी निगाह रखनेवाले लोगों की नज़रों से बचते-बचते वह तंग आ गया है। ऊब गया है वह, चोर की तरह उसके घर में घुसते हुए। उसने प्यार ही तो किया। प्यार करना कोई गुनाह नहीं है। और जब प्यार करना गुनाह नहीं है तो फिर उसे दुनिया से छुपाने का भी कोई मतलब नहीं बनता। ऐसे ही ख़यालों में गुम वह हाजरा के घर जा पहुँचा।

हमेशा की तरह उसके घर का दरवाज़ा आधा खुला और आधा बन्द था। वह घर में घुसा और दरवाज़े को पूरा बन्द करके कुंडी लगा दी। उसने दालान पार किया, फिर बैठकखाने को और उसके बाद गैलरी से होकर हॉल और उसके बाप के कमरे को पार कर हाजरा के कमरे में जा पहुँचा। हाजरा सामने उस खिड़की के पास विचारमग्न मुद्रा में खड़ी थी, जो उसके घर में बने छोटे से बग़ीचे की ओर खुलती थी। बग़ीचे में खिड़की के सामने लोहे की छोटी-सी बेंच रखी थी, जिसे हाजरा के बाप ने अपने लोहार दोस्त से बनवाया था। बग़ीचे में तीन ओर दीवार से लगती फूलों की क्यारियाँ थीं। इन क्यारियों में तरह-तरह की सुगन्ध वाले फूलों के पौधे लगे थे। बिलकुल सामने, बेंच के पीछे पीले कनेर का पेड़ खड़ा था। हवा के झोंके से गिर रहे पीले फूल बेंच और उसके आसपास जमा हो रहे थे। बग़ीचे में बस एक वही बेंच रखी थी। दरअसल, बग़ीचा इतना छोटा था कि यदि उसमें कुछ और रख दिया जाता तो वह पूरी जगह घेर लेता और फिर चलने-फिरने के लिए जगह न बचती। हारून ने कई शाम हाजरा के बाप की ग़ैर-मौजूदगी में उसके साथ उसी बेंच पर बैठकर गुजारी हैं। वहाँ बैठना उसे अच्छा लगता है। उसने उससे कहा भी था, "मुझे तुम्हारा ये बग़ीचा और इसकी ये बेंच बहुत प्यारी लगती हैं। दिल चाहता है कि अपना पूरा जीवन यहीं, इसी बेंच पर तुम्हारे साथ बैठकर बिता दूँ।"

"तो बिता दो", हाजरा ने जवाब दिया, "मैंने तो मना नहीं किया।"

"जीवन चाहे कितना ही सुखमय क्यों हो", हारून ने कहा था, "पर उसकी गति नहीं रुकती।"

अब बग़ीचे की उसी जगह को निहारती, खिड़की से लगकर खड़ी हाजरा को देखकर वह मुस्कुरा दिया। वह दबे पाँव चुपके से गया और पीछे से उसे दबोच लिया। हाजरा ने कोई प्रतिक्रिया नहीं की। मानो उसे पहले से ही पता था कि यह हारून ही है। हारून ने पूछा, "क्या देख रही हो?"

"देख तो कुछ नहीं रही, अलबत्ता सोच ज़रूर रही हूँ।"

"क्या?"

"ये ही कि", हाजरा हारून के पास से हटी और पलँग पर जाकर बैठते हुए बोली, "कब तक हम इस तरह छुप-छुपकर मिलते रहेंगे?"

हाजरा के मुँह से ये सुनते ही हारून का दिल उछल पड़ा। ये तो वही बात है, जो वह पिछले कई दिनों से सोच रहा था। लेकिन उसने अपनी इस ख़ुशी को ज़ाहिर नहीं किया। उसने हाजरा की सोच को जानने के लिए बात आगे बढ़ाई, "कब तक मतलब?"

"मतलब ये कि क्या हम हमेशा ऐसे ही लोगों की नज़रों से छुप-छुपकर डरते हुए मिलते रहेंगे?"

"नहीं", हारून ने जवाब दिया, "ये किसने कहा?"

"कहा तो किसी ने नहीं। लेकिन मैं सोचती हूँ कि आख़िर ये खेल कब तक चलेगा? क्या हम हमेशा ऐसे ही एक-होकर भी अधूरे रहेंगे... साथ रहकर भी अकेले... एक-दूसरे के लिए आहें भरेंगे, लेकिन कभी खुलकर मिल नहीं सकेंगे... प्यार करने के सपने देखेंगे, लेकिन जी भरकर एक-दूसरे को प्यार नहीं कर सकेंगे... क्या हम ऐसे ही वक़्त गुज़ारने के लिए मिलते रहेंगे? मिलकर भी तन्हा-तन्हा।"

हारून, जो हाजरा के चेहरे पर नज़रे गड़ाए उसके हर पल बदलते भावों को देखते हुए उसकी बातें सुन रहा था, उसने कहा, "तुम इसे वक़्त गुज़ारना कहती हो?"

"और नहीं तो क्या, ये वक़्त गुज़ारना ही तो है। मेरी ज़िन्दगी का गुज़रने वाला सबसे हसीन वक्त। जो मेरा होकर भी मेरा नहीं है। मैं इसे खोना नहीं चाहती। अपने साथ रखना चाहती हूँ। हमेशा के लिए... अपनी यादों में।"

"तो रखो ना। किसने मना किया।"

"कैसे रखूँ? जब इस पर मेरा कोई हक़ ही नहीं है।"

"किसने कहा कि तुम्हारा मुझ पर हक़ नहीं? मैं तो हमेशा से तुम्हारा ही हूँ। अगर तुम्हें फिर भी शक है तो बताओ मैं ऐसा क्या करूँ, जिससे तुम्हें यक़ीन आ जाए?"

"कुछ नहीं... मैं तुम्हें कुछ करने के लिए नहीं कहती। तुम बस मुझे इतना बताओ कि हमारे इस प्यार की कोई मंज़िल है भी या नहीं।"

"किसने कहा कि नहीं है?"

"अच्छा, और वो क्या?"

"भाग चलते हैं। लोगों की नज़रों से दूर। बहुत दूर। जहाँ सिर्फ़ मैं और तुम हों। तीसरा कोई नहीं। जहाँ हमारा प्यारा-सा घर हो और उसकी मालकिन तुम हो।"

इस बार हाजरा ख़ुश हुई। ये वही बात थी, जो वह हारून से कहना चाहती थी। पर औरतों की, पहल मर्दों को करनी चाहिए, वाली कहावत के अनुसार वह ख़ुद से कहना नहीं चाहती थी। हाजरा ने बनावटी हैरानी भरे भाव में चौंकते हुए कहा, "क्या...? भाग चलें?"

"हाँ मेरी जान", हारून ने उसके दिखावटी ग़ुस्से पर प्यार की थपकियाँ मारते कहा, "हम भाग चलते हैं। मैं अब उस औरत के साथ अपना एक पल भी बर्बाद नहीं करूँगा। न ही तुमसे एक पल के लिए दूर रहूँगा। मैं तुमसे बहुत मुहब्बत करता हूँ।"

"मुहब्बत तो मैं भी तुमसे बहुत करती हूँ। मैं भी तुम्हारे बिना एक पल नहीं रहना चाहती। लेकिन ये तो बताओ कि हम जाएँगे कहाँ?"

"कहाँ? इतनी बड़ी दुनिया है, कहीं भी चले जाएँगे।"

"कहीं भी का मतलब?"

"मतलब ये कि कहीं भी। देखो मेरी जान इस तरह छुप-छुपकर मिलने से मैं ऊब गया हूँ। मुझे इससे घुटन होती है। मैं तुमसे खुलकर मिलना चाहता हूँ। तुम पर बिना किसी डर के प्यार लुटाना चाहता हूँ। इसलिए मैंने फ़ैसला किया है कि अब हम इस तरह नहीं मिलेंगे। और न ही अलग-अलग रहेंगे। हम यहाँ से भाग चलेंगे। दूर, बहुत दूर। जहाँ हमें कोई न जानता हो।"

"ठीक है...", हाजरा ने कहा। पर अगले ही पल उसने सवाल किया, "चलना कब है?"

"उसकी तुम फ़िक्र न करो। मैंने सब कुछ सोच रखा है," यह कहते हुए हारून का ध्यान अलमारी में रखे रुपयों और बीवी के गहनों पर गया, जो कम-से-कम पाँच लाख की पूँजी थी। उसने हाजरा के हाथों को अपने हाथों में लिया और उन्हें चूमते हुए कहा, "समझो कि सब तैयार है। तुम बताओ कि तुम कब चलने को तैयार हो?"

"मेरे तैयार होने में क्या रखा है? जब तुम कहो।"

"तो ठीक है। आज रात हम दस बजे वाली ट्रेन से निकलेंगे। इशा की अज़ान होते ही तुम स्टेशन के लिए निकल जाना। नमाज़ के बाद मैं भी पहुँच जाऊँगा।"

"ठीक है।"

हाजरा के मुँह से "ठीक है" सुनते ही हारून इतना ख़ुश हुआ कि उसने उसे खींचकर अपनी बाँहों में भर लिया। उसकी बाँहों में आते ही हाजरा की पलकें झुक गईं और उसके लाल सुर्ख होंठ थरथराने लगे। हारून ने फूल की पंखुड़ियों की तरह नरम होंठों पर अपने होंठ रखे और उन्हें चूम लिया।

हारून जब हाजरा के घर से निकला तो सारा दिन अपनी गर्मी और रोशनी से क़ुदरत को रोशन करता सूरज ढल रहा था और कस्बे से दूर क्षितिज में फैली लालिमा दिन के ख़त्म होने का ऐलान कर रही थी। वह अल्हड़ चाल से चला जा रहा था। गलियों में घूमता हुआ, ख़ुद को तरोताज़ा, बन्धनों से मुक्त और दिन के मुकाबले कहीं ज़्यादा आज़ाद महसूस करता हुआ। उसे लगा जैसे उसने माउंट एवरेस्ट फतह कर लिया हो और अब बस उस पर झंडा फहराना बाक़ी हो। जाने से पहले उसने फिर से हाजरा को याद दिलाया था

कि वह इशा की अजान होते ही घर से निकल जाए। उसके कुछ ही देर बाद वह भी आ जाएगा।

घर की ओर जाते हुए हारून ने सोचना शुरू किया कि घर पहुँचने पर वह कैसे रुपये-गहने लेगा? उन्हें नमाज़ तक कहाँ छुपाएगा? फिर कैसे उन्हें स्टेशन लेकर पहुँचेगा? वहाँ उसे हाजरा मिलेगी। वे दोनों ट्रेन में सवार होंगे। ट्रेन चल पड़ेगी। ट्रेन उन्हें आख़िरी स्टेशन पर उतार देगी। वे उस शहर में कुछ दिन ठहरेंगे। फिर वहाँ से कहीं दूर चले जाएँगे। वहाँ भी कुछ दिन रुकेंगे और फिर वहाँ से भी कूचकर जाएँगे। इसके बाद वे जहाँ भी जाएँगे, बस वहीं के होकर रह जाएँगे। वहीं उनकी प्यार भरी सपनों की दुनिया हक़ीक़त में तब्दील होगी।

इसी तरह के मनसूबों में डूबता-तैरता वह अपने घर की ओर चला जा रहा था।

घर तक आने में शाम पूरी तरह ढल चुकी थी और कुछ ही देर में मग़रिब की अजान होनेवाली थी। जैसे ही वह अपनी गली में मुड़ा तो उसे अपने घर के बाहर लोगों की भारी भीड़ दिखाई दी। घर के बाहर एक साथ इतने लोगों को जमा देखकर उसे हैरानी हुई। 'एक साथ इतने सारे लोग हमारे घर के आगे क्या कर रहे हैं?' उसने सोचा और फिर तेज़ी से चलता हुआ घर के दरवाज़े पर जा पहुँचा। वहाँ पहुँचते ही लोगों ने उसे चारों ओर से घेर लिया। पर वह वहाँ रुका नहीं। लोगों के बीच से रास्ता बनाता हुआ बरामदे के बाहर खुले आँगन में जा पहुँचा। बरामदे में मोहल्ले की औरतों से घिरी उसकी अम्मी अपनी छाती पीट-पीटकर रो रही थी, "अरे लोगों... मैं लुट गई... बर्बाद हो गई... उस करमजली ने मुझे बर्बाद कर दिया... किसी को मुँह दिखाने लायक़ नहीं छोड़ा... किस मनहूस घड़ी में उससे मैंने रिश्ता जोड़ा। अरे लोगों... देखो कैसे वह कमबख़्त... नासपीटी... कुजात... डायन मेरा घर खा गई... बर्बाद करके चली गई। अब लोगों से क्या कहूँगी? हाय अल्लाह... अब मैं क्या करूँगी... मेरा बच्चा... उस मनहूस पर ख़ुदा की मार पड़े... जिसने मेरे बेटे का उस चुड़ैल से रिश्ता कराया... क्या खाने को उसे मेरा ही घर मिला था। अरे बचाओ मुझे... मैं लुट गई... बर्बाद हो गई।"

अम्मी को इस तरह सीने पर हाथ मारकर रोते, चीखते-चिल्लाते देख हारून किंकर्तव्यविमूढ़-सा खड़ा रहा। अचानक जैसे उसे करंट लगा हो, वह दौड़कर अम्मी के पास गया और उनसे पूछा, "क्या हुआ अम्मीजान? तुम इस तरह रो क्यों रही हो?"

"अरे बेटा हम लुट गए... बर्बाद हो गए... उसने हमें तबाह कर दिया... उस कुल-कलंकिनी ने हमें किसी को मुँह दिखाने लायक़ नहीं छोड़ा... हाय अल्लाह रहम कर... हमें अपनी इस मार से बचा। ऐ मेरे ख़ुदा!"

"अम्मी बताओ तो सही हुआ क्या है?"

"अरे बेटा तेरी बीवी... तेरी बीवी भाग गई। साथ में सारा गहना-पैसा भी ले गई... हाय अल्लाह", अम्मी ने अपनी रोने और साथ में बद्दुआएँ देने की लय बदस्तूर जारी रखते हुए कहा, "तेरी बीवी भाग गई रे बेटा... तुझे बर्बाद कर गई... हमें किसी को मुँह दिखाने के क़ाबिल नहीं छोड़ा... उस बाप भाइयों की जाई ने...।"

"क्या?" हारून के मुँह से बस ये 'क्या' ही निकल सका।

अम्मी की बात सुनकर उसे अपने शरीर में एक ठंडी सिरहन दौड़ती महसूस हुई, मानो किसी ने एकाएक धोखे से उसकी पीठ में छुरा घोंप दिया हो। उसे अपनी आँखों के आगे अँधेरा घिरता नज़र आया। सब कुछ धुँधला-धुँधला... और फिर अचानक सब ख़त्म। भुरभुरी मिट्टी के टीले की तरह। ना-मालूम हवा के एक झोंके ने उसके सपनों का पूरा किला तरह-नहस कर दिया था।

"हाँ", उसकी माँ ने विस्तार से बताते हुए कहा, "दोपहर में बाज़ार जाने का कहकर घर से निकली थी। लेकिन अभी तक नहीं लौटी। मैं तेरे धुले कपड़े कमरे में रखने गई तो अलमारी खुली पड़ी थी। मैं उसे बन्द करने गई तो देखा कि उसमें से सारा ज़ेवर और रुपये ग़ायब थे... वह सब कुछ ले गई बेटा... हम बर्बाद हो गए... हम लुट गए... उसने हमें तबाह कर दिया। वह हमारे मुँह पर कालिख़ पोत गई रे... हमें ज़लील कर गई... हमें किसी के सामने मुँह दिखाने के लायक़ नहीं छोड़ा... हाय मेरे बच्चे...। या अल्लाह... ये तूने हम पर क्या गजब किया। मेरा बच्चा अब कैसे रहेगा...। कैसे उसका घर बसेगा। वह तो इसे पूरी तरह बर्बाद करके चली गई। या अल्लाह रहम कर... हाय...!"

और इसी तरह वह अपनी भागी बहू को बद्दुआएँ देती रही और ख़ुदा से शिकायत करती रही।

हारून की माँ बेन कर-करके रो रही थी और उसका हर लफ़्ज़ हारून के सीने में ख़ंजर की तरह वार कर रहा था। उसका दिमाग़ सुन्न पड़ता चल गया। वह पीछे को गिर पड़ा और फूट-फूटकर रोने लगा। रिश्तेदार और जानने वाले, जो अभी तक उसे चारों ओर से घेरे खड़े थे, उसे सँभालने और दिलासा देने के लिए आगे बढ़े। वे उसे सब्र करने और चुप रहने के लिए कहने लगे... और वह अपनी बीवी के भाग जाने का मातम मनाने लगा।

वह रोता रहा और वक़्त बीतता रहा। इशा की अज़ान भी हो गई। वह यहाँ बैठा रो रहा था और उधर स्टेशन पर बैठी हाजरा उसका इन्तज़ार कर रही थी। जहाँ एक के बाद एक रेलगाड़ी आ रही थी, जा रही थी।

बाँझपन

मार्च महीने के पहले असरे का ख़ूबसूरत दिन। हल्की-हल्की ठंडी-मीठी हवा चल रही है और ऊपर नीले साफ़ आसमान में चमकता सूरज अपनी सुनहरी किरणों से गुनगुनी रोशनी बरसा रहा है। ठंडी-मीठी हवा और सूरजी की गुनगुनी रोशनी से मौसम ख़ुशनुमा है। सब कुछ भरा-पूरा लग रहा है। खिला-खिला और ख़ुशी देनेवाला। मोहल्ले की सड़कों, गलियों और पटरियों पर रोज़ की तरह चहल-पहल है। लोग आ रहे हैं... जा रहे हैं। जगह-जगह खड़े होकर बातचीत कर रहे हैं तो कुछ परचून की दुकान से सामान ख़रीद रहे हैं।

स्कूल जानेवाले बच्चे स्कूल जा चुके हैं। खेतों और फैक्ट्रियों में काम करनेवाले मज़दूर भी अपनी-दूसरों की बुग्गियों और साइकिलों पर सवार होकर कामों पर जा चुके हैं। औरतें घरों में काम निपटा रही हैं और जिनके काम निपट चुके हैं, वे छज्जों पर लटकी, खिड़कियों से झाँकती, दहलीज़ पर खड़ी, गलियों में किसी काम से आती-जाती दूसरी औरतों से बातें कर रही हैं और बाहर का नज़ारा देख रही हैं।

बच्चे, जो स्कूल नहीं गए या जिनकी उम्र अभी पढ़ने-लिखने लायक़ नहीं है, वे सब अपने घरों के बाहर खेल रहे हैं। कोई अपने साथियों के साथ कंचे खेल रहा है तो कोई अपना प्लास्टिक का रिक्शा चला रहा है।

उसके अगल-बगल तीन-चार बच्चे खड़े उसे देख रहे हैं, तो कुछ उसके रिक्शे को पीछे से धकेल रहे हैं। छोटी बच्चियाँ पाई-पिट्टू खेल रही हैं तो कुछ रस्सा कूद रही हैं। कोई साइकिल के टायर का पहिया घुमाता हुआ पटरी के एक सिरे से दूसरे सिरे तक दौड़ता चला जाता है। उसके पीछे कई और बच्चे भागते हैं और फिर दूसरे सिरे पर पहुँचते ही उनमें से एक पहिया ले लेता है और दूसरे सिरे तक चलाता आता है, उसके बाद कोई दूसरा और फिर यही क्रम चलता जाता है। कुछ बच्चे दौड़ते हुए एक-दूसरे को पकड़ने की कोशिश कर रहे हैं, और इस तरह वे पकड़म-पकड़ाई खेल रहे हैं। दूसरे कई अन्य इन्हीं के हम और कमउम्र छोटे बच्चे साफ़-धुले कपड़े पहने हँसते-चहकते उनसे दूर खड़े, उन्हें खेलते देख रहे हैं और ख़ुश होकर तालियाँ बजा रहे हैं।

तभी पलक झफकते ही इनमें से एक बच्चा ख़ुद को प्यार से भरी किसी की बाँहों में लिपटा पाता है। वह जब उसका चेहरा देखता है तो ख़ुशी से मुस्कुरा पड़ता है और कहता है, 'इरशाद चाचा।'

इरशाद बच्चे की अनगढ़, तोतली ज़बान से अपना नाम सुनकर मुस्कुराता हुआ उसके गाल चूमकर प्यार करने लगता है। इस दरमियान दूसरे खेलते बच्चे भी दौड़कर उसके पास आ जाते हैं और उसे, 'चाचा... चाचा...', कहते उसकी टाँगों से लिपट जाते हैं। वह बच्चे को गोद में उठाए परचून की दुकान की ओर चल देता और बाक़ी बच्चे उसके पीछे-पीछे चले आते हैं। वहाँ वह सबको उनकी पसन्द की चीज़ दिलाता है और फिर गोद लिये बच्चे को उसके घर छोड़ आता है।

इरशाद ऐसा ही है। लम्बा-तगड़ा और जोशीला जवान। गोरी रंगत, चौड़ी छाती और मजबूत बाँहोंवाला। उसे फूल जैसे प्यारे बच्चों से किसी भँवरे की तरह प्यार करना और उनके साथ खेलना पसन्द है। वह हर वक़्त अपनी गोद में किसी-न-किसी बच्चे को उठाए रहता है। कभी पड़ोस की चाची का तो कभी किसी भाभी का। कभी घर आई बहन की किसी दोस्त का तो कभी किसी मुमानी का। उसके इस स्वभाव के चलते पड़ोसियों के कई बच्चे तो उससे इस तरह घुल-मिल गए हैं कि जब भी वे उसे कहीं आता-जाता देखते हैं तो दौड़कर

उसकी टाँगों से लिपट जाते हैं। वह हँसता हुआ उनमें से किसी एक को गोद में उठा लेता है और उसका मुँह चूमकर कहता है, 'बताओ क्या खाओगे?'

वह अपनी नन्ही-छोटी उँगली से परचून की दुकान की ओर इशारा करता है और वह उसे चीज़ दिलाने दुकान पर चला जाता है। हर छोटे बच्चे के साथ उसका यही व्यवहार है। बहुत कोमल और अपनत्व से भरा हुआ। मानो बच्चे उसे रस के लिए भटकती मधुमक्खी की तरह अपनी ओर खींचते हैं। उनके साथ रहना, खेलना उसे अच्छा लगता है। दूसरे के होते हुए भी उसे वे सब अपने लगते हैं।

उसने कुँवारपन से ही अपने बच्चों के सपने देखने शुरू कर दिये थे। उसकी शिद्दत से चाहत थी कि एक दिन वह अपने बच्चों को भी इसी तरह खिलाएगा। उनके लिए खिलौने और छोटे कपड़े ख़रीदेगा। जब वे बड़े होंगे तो उन्हें उँगली पकड़ाकर चलना सिखाएगा।

इसलिए जब उसकी शादी हुई तो वह शादी से ज़्यादा यह सोचकर ख़ुश हुआ कि अब उसके ख़ुद के बच्चे होंगे। उसके अपने बच्चे। जिन्हें वह अपनी गोद में खिलाएगा और उनसे प्यार करेगा।

उसकी बीवी का नाम सायरा था। वह पढ़ी-लिखी और उसी की तरह ख़ूबसूरत लड़की थी। शादी से पहले वह किसी लड़की से नहीं मिला था। इसलिए वह अपनी नई-नवेली बीवी से बहुत मुहब्बत करता था। इरशाद को सबसे ज़्यादा उसकी पतली कमर और उस पर लहराते काले-लम्बे बाल आकर्षित करते थे। जब वह उसके सामने बैठी होती तो वह एकटक उसके चमकते चेहरे को देखता रहता। फिर वह जोश में आकर उसे बाँहों में भर लेता। जब वह चलती तो वह उसकी पतली कमर को अपने मजबूत हाथ के घेरे में लेकर उसकी छातियों से अपना सीना मिला देता और उसके पलते-लाल होंठों को चूमने लगता। वह हर पल उसके साथ साये की तरह रहता। उसके साथ खाता, पीता, सोता और यहाँ तक कि उसके साथ ही नहाने की कोशिश भी करता। इरशाद उसे इस क़द्र चाहने लगा था कि उसे सायरा के बिना अपनी ज़िन्दगी अधूरी-अधूरी लगती।

फ़ुर्सत के पलों में जब वे दोनों बैठे बातें कर रहे होते तो इरशाद सायरा के नाज़ुक-नरम हाथ को अपनी मज़बूत हाथेली में दबोच लेता। जब वह उसके साथ कमरे में बेड पर अधलेटी अवस्था में होता तो सायरा के बालों को अपने चेहरे पर डाल लेता। इन ख़ूबसूरत और हसीन पलों में वह उससे शायराना अन्दाज़ में कहता, "तुम्हारे बिना ज़िन्दगी जी तो रहा था, पर उसमें ज़िन्दगी जैसा कुछ था नहीं। जब से तुम मेरी ज़िन्दगी में आई हो तब से ज़िन्दगी, ज़िन्दगी-सी लगती है।"

यही हाल सायरा का भी था। वह भी इरशाद से बेपनाह मुहब्बत करने लगी थी। वह हर वक़्त तितली की तरह उसकी इर्द-गिर्द मँडराती रहती। उसकी हर ख़्वाहिश उसी के तरीक़े से पूरा करती। जब वह उसे अपने से ख़ुश होता देखती तो ख़ुद भी ख़ुश होती।

उन दोनों के मुहब्बत के आग़ोश में ख़ुशियों और चाहत के तले ज़िन्दगी के हसीन दिन बीत रहे थे। बीतते वक़्त के साथ इरशाद की बच्चे की चाहत भी बढ़ रही थी। शादी को एक साल बीता। दो साल बीते। तीसरा साल भी बीत गया, लेकिन सायरा को बच्चा न हुआ। फिर वही सिलसिला शुरू हुआ, जो शादी के कुछ सालों बाद बच्चा न जननेवाली हर औरत के साथ होता है। इलाज-माजरे, झाड़-फूँक और नीम-हकीम। लेकिन कहीं से कुछ भी फ़ायदा न हुआ। हर दिन दवाइयाँ बदली जातीं तो हर हफ़्ते डॉक्टर। इसी के साथ शहर के आसपास के ज़िलों और कस्बों में ऐसा कोई नामी मुल्ला-मौलवी या हकीम न था जहाँ सायरा को न दिखाया गया हो। पर उसे बच्चा न हुआ।

बसन्त की तरह सुकून और राहत देनेवाले दिन गए-बीते हो गए। इरशाद अब सायरा से कटा-कटा रहता। वह उससे ठीक से बात तक न करता। जब वह उससे बात करने की कोशिश भी करती तो वह कोई बहाना करके उसके सामने से चला जाता। सायरा उसके बदलते व्यवहार से दुखी और परेशान रहती। पर अपनी परेशानी और पीड़ा को वह कभी ज़ाहिर न होने देती। बस अकेले में कुछ आँसू बहाकर ख़ुद को तसल्ली देने की कोशिश करती। जब कई दिन बीत जाने पर भी इरशाद उसकी तरफ़ देखता तक नहीं तो वह उससे पूछती, "क्या हुआ?"

"कुछ नहीं।"

"फिर मुझसे इस तरह दूर-दूर क्यों रहते हो? एक ही छत के नीचे रहते हुए भी कई-कई दिनों तक तुम मुझसे बात तक नहीं करते? आख़िर बात क्या है?"

"जो बात है वह तुम जानती हो।"

"तो उसमें मेरा कोई कुसूर नहीं है। अगर मुझे बच्चा नहीं होता तो इसमें मैं क्या कर सकती हूँ?"

"फिर तुमसे मिलने या बात करने का दिल नहीं चाहता तो इसमें मैं क्या कर सकता हूँ?" वह उसी ज़बान में जवाब देता।

इरशाद से इस तरह की दिल चीरनेवाली बातें सुनकर सायरा स्तब्ध रह जाती। इस पर वह ख़ुद ही को कोसने लगती और अपनी क़िस्मत तथा बाँझपन पर रोने लगती। लेकिन कुछ दिन बीतने के बाद वह फिर से इरशाद को मनाने की कोशिश शुरू कर देती। उसका हर काम वक़्त पर करती। उसके लिए ख़ुद खाना बनाती। उसकी हर ज़रूरत का ख़याल रखती। उससे अच्छी बातें करती। उसे ख़ुश रखने का पूरा प्रयत्न करती। लेकिन इरशाद पर उसके इन प्रयासों से कोई फ़र्क़ न पड़ता। वह उसके इस व्यवहार से और चिढ़ जाता। उसे भला-बुरा कहता और कभी-कभी तो मारने के लिए भी तैयार हो जाता। लेकिन सायरा कभी उससे नाराज़ न होती। न ही पलटकर जवाब देती। चुपचाप सब बर्दाश्त कर लेती।

वक़्त बीतने के साथ इरशाद का व्यवहार सायरा के प्रति और उग्र होता चला गया। उसने उससे बात करना बिलकुल बन्द कर दिया। अगर कभी करता भी तो वही ताने-तसने, गाली-गलौज और मारपीट। और फिर एक दिन उसने सायरा को तलाक़ देने का मन बना लिया। तलाक़ के बारे में सुनकर सायरा बहुत रोई। उसने इरशाद की ख़ुशामद की। उसके हाथ-पाँव जोड़े कि वह उसे तलाक़ न दे। वह रोती रही। गिड़गिड़ाती रही। उसने इरशाद से कहा, "इरशाद ख़ुदा के लिए मुझे तलाक़ ना दो। मैं तुम्हारे बिना मर जाऊँगी।"

"तुम्हारा साथ रहकर मैं मर जाऊँगा। मैं भी मरना नहीं चाहता। इसलिए बेहतर यही है कि तुम मुझसे अलग हो जाओ", वह रुका और फिर बेरुखी से

उसकी ओर देखते हुए बोला, "जो औरत एक बच्चा तक पैदा नहीं कर सकती उसका मर जाना ही बेहतर है।"

"अगर मुझे बच्चे नहीं होते तो इसमें मेरी क्या ख़ता है?"

"मैंने भी कोई कसूर नहीं किया जो मैं एक बाँझ औरत के साथ अपनी ज़िन्दगी बर्बाद करूँ।"

"मैं बाँझ नहीं हूँ इरशाद... मेरा यक़ीन करो...", वह रोती रही, सिसकती रही और कहती रही, "मैं बाँझ नहीं हूँ।"

"तो क्या मैं बाँझ हूँ?" उसने नफ़रत से उसके चेहरे को घूरते हुए कहा, "जो औरत मुझे बच्चा तक नहीं दे सकती उसके साथ अब मैं एक पल भी नहीं रहना चाहता।"

"इरशाद ऐसा न कहो। ख़ुदा के लिए मुझे तलाक़ न दे। बच्चा होना या न होना, ये तो ख़ुदा के हाथ में है। इसमें मेरा या तुम्हारा कोई दखल नहीं है।"

"लेकिन तुम्हें तलाक़ देना मेरे हाथ में है। मैं तुम्हें अभी इसी वक़्त तलाक़ देता हूँ—तलाक़, तलाक़, तलाक़।"

सायरा को तलाक़ देने के कुछ ही महीने बाद इरशाद ने दूसरी शादी कर ली। उसकी दूसरी बीवी भी ख़ूबसूरत थी, लेकिन बड़े कड़क मिज़ाज की। अपनी पसन्द-नापसन्द को आगे रखनेवाली। किसी की न सुननेवाली और अपनी मनमर्जी करनेवाली। वह अपने सामने किसी को कुछ नहीं समझती थी। पूरा घर उसके आगे दुम साधे खड़ा रहता। इरशाद भी उसे ख़ुश रखता। उसकी हर बात को तवज़्जो देता। वह जो चाहती, वही करता। अपनी बीवी को ख़ुश देखकर इरशाद को भी राहत मिलती। इन ख़ुशनुमा पलों में वह सोचने लगता कि इस बार उसका सपना ज़रूर पूरा होगा। शीदा उसे ख़ूबसूरत और तन्दरुस्त बच्चा देगी। एक छोटा और प्यारा खिलौना। जिससे वह खेलेगा। बातें करेगा और उसके लिए ढेर सारी चीज़ें ख़रीदेगा।

उसकी दूसरी शादी को भी धीरे-धीरे तीन साल बीत गए, लेकिन शीदा को भी कोई बच्चा न हुआ। वह उसे टेस्ट के लिए जब डॉक्टर के यहाँ ले गया तो उसे डॉक्टर ने बताया कि शीदा कभी माँ नहीं बन सकती,

क्योंकि उसके पेट में बच्चेदानी ही नहीं है। बाद में पता चला कि बचपन में शीदा का पेट की रसौली का ऑपरेशन हुआ था और उसी दौरान सर्जन की ग़लती से बच्चेदानी भी ख़राब हो गई थी, जिसे बाद में निकाल दिया गया था। यह सब जानकर इरशाद को बड़ा रंज हुआ। इस घटना से वह इतना हताश और निराश हुआ कि अपनी सुध-बुध ही खो बैठा। घर में फिर से मातम पसर गया। फिर कहा-सुनी और किच-किच। कुछ दिनों बाद जब उसकी हालत कुछ सँभली तो उसने रज़ामन्दी से शीदा को भी तलाक़ दे दिया।

दूसरे तलाक़ के चन्द महीनों बाद ही जब कुछ रिश्तेदारों ने उसकी तीसरी शादी की बात चलाई तो उसने साफ़-साफ़ इनकार कर दिया। लेकिन जब घर वालों ने उस पर दबाव डाला और उसे इस बात का यक़ीन दिलाया कि हो सकता है कि इस बार उसकी क़िस्मत जाग जाए, उसके घर में भी किलकारियाँ गूँज जाएँ, उसे भी कोई बाप कहनेवाला पैदा हो जाए, वह भी बाप बन जाए और शायद इस बार उसकी चाहत पूरी हो जाए तो वह राज़ी हो गया।

इरशाद ने तीसरी शादी कर ली। इस बार उसकी बीवी तलाक़-शुदा औरत थी। उसकी पहली शादी कुछ ही महीने चली थी। उसका शौहर बहुत शराब पीता था। शराब पीकर वह उसके साथ मार-पीट करता था। एक दिन शराब के नशे में उसने उसे इतना मारा कि वह बेहोश हो गई। इसके बाद वह उसे बेहोशी की हालात में उसके घर छोड़ आया और वहाँ से ग़ायब हो गया। कई साल इन्तज़ार करने के बाद भी जब वह नहीं लौटा तो उसके माँ-बाप ने मौलाना से कहकर अपनी बेटी को उससे खुला दिलवा दिया और उसे अपने पास रख लिया। फिर जब उसके यहाँ इरशाद का रिश्ता पहुँचा तो वे लोग ख़ुशी-ख़ुशी उसे अपनी बेटी देने को राज़ी हो गए।

इस बार उसने सादगी से ही शादी की। किसी को दावत नहीं दी। न कोई बाराती, न घराती। बस चार लोग गए और निकाह करके दुल्हन को ले आए। उसकी तीसरी बीवी अच्छी-ख़ासी तन्दरुस्त और रूपवान औरत थी। हालाँकि वह पढ़ी-लिखी तो कोई ख़ास थी नहीं। लेकिन घरेलू कामों में निपुण थी। वह इरशाद का बस उतना ही ख़याल रखती, जितना कि कोई आम औरत रख सकती है।

जब वह उसे बुलाता तो वह चली जाती और जब उसका जी चाहता तो वह अलग चारपाई पर लेट जाती। इरशाद के दिल में उसके लिए न तो कोई ख़ास चाहत थी और न ही किसी तरह की मुहब्बत। हाँ, उसे उससे लगाव ज़रूर था। लेकिन शायद वह लगाव भी उसके लिए नहीं, किसी और के लिए था, जिसके लिए उसे उसके साथ एक ही बिस्तर पर लेटने का सौभाग्य मिला था। पर महिदा ने भी उसे निराश ही किया।

तेरह साल, तीन शादी... और इरशाद फिर भी बाप न बन सका। उसकी घर में अपने बच्चों के खेलने, चीख़ने और रोने की चाहत अधूरी रह गई। घरवालों के दिलासे और शिद्दत से चाही उम्मीद के टूटने के बाद वह ऐसा टूटा कि फिर जुड़ न सका। घर, घरवालों और अपनी बीवी से उसका ऐसा मन उखड़ा कि उसने घर तो क्या शहर ही छोड़ने का फ़ैसला कर लिया। उसने अपना सामान बाँधा और दूसरे शहर में काम का बहाना करके अपने ठिकाने का नाम-पता बताए बिना निकल गया। उसने नई दिल्ली से ट्रेन पकड़ी और सूरत जा पहुँचा। वहाँ उसे एक राइस मिल में नौकरी मिल गई। पहली तनख़्वाह पर उसने होटल का कमरा छोड़ दिया और एक कमरे का फ़्लैट किराए पर लेकर रहने लगा।

जिस इमारत में उसका फ़्लैट था वह शहर में घुसने के बाद कुछ दूर चलने पर एक मस्जिद के बराबर में पड़ती थी। मस्जिद के इर्द-गिर्द बहुत बड़ी बस्ती थी, जिसमें अधिकतर मुसलमान रहते थे। मुसलमान मोहल्ले में, मस्जिद के बराबर में और एक अच्छी इमारत में फ़्लैट मिलने से उसे राहत महसूस हुई थी। उसने बीते कल को पीछे छोड़ने और आगे बढ़ने का फ़ैसला किया। उसने अपनी पूरी दिनचर्या ही बदल दी। अब वह दुनिया कमाने के साथ-साथ दीन की लाइन पर भी चल पड़ा। वह सुबह उठकर सबसे पहले फज़्र की नमाज़ पढ़ने जाता। वहाँ से आकर नाश्ता करता और फिर सीधा काम पर निकल जाता। काम पर भी वह लंच के वक़्त ज़ोहर की नमाज़ पढ़ता और फिर शाम को दिन के तीन पहर बीतने के बाद असर की नमाज़ फैक्ट्री में ही पढ़ लेता। छुट्टी होने पर वह सीधा मस्जिद जाता और वहाँ से मग़रिब की नमाज़ पढ़कर ही कमरे पर आता। इसके बाद वह खाना खाने चला जाता।

खाना खाकर कुछ वक़्त बाज़ार में टहलता। फिर इशा की नमाज़ पढ़कर वापस कमरे पर आता और सुकून की नींद सो जाता।

जुमे के दिन मस्जिद में बड़ी भीड़ होती है। अगर पहले न जाओ तो बाहर सड़क पर नमाज़ पढ़नी पढ़ती है। इसलिए वह जुमे के दिन काम से दो घंटे की छुट्टी ले लिया करता, जिससे मस्जिद में नमाज़ से पहले ही पहुँच सके। एक बार जब वह जुमा पढ़कर मस्जिद से निकल रहा था तो उसने लोगों की भीड़ में एक शख़्स को खड़ा देखा। वह सफ़ेद कुर्ता और नीले रंग की जींस पहने था और सिर पर सफ़ेद कढ़ाईदार गोल टोपी लगा रखी थी। वह अपने साथ खड़े लोगों से हँस-हँसकर बातें कर रहा था। उसका हँसना और बात करने का तरीक़ा उसे कुछ जाना-पहचाना-सा लगा। फिर उसने सोचा कि शायद वह धोखा खा रहा है। लेकिन जब वह उसके पास पहुँचा तो देखते ही पहचान गया, अरे, यह तो उसका दोस्त जाहुल है। उसका बचपन का यार। उन दोनों ने एक ही स्कूल में साथ पढ़ाई की थी। इरशाद जाहुल के पास गया और पीछे से दोनों हाथों से उसकी पीठ पकड़ते हुए मुस्कुराकर उसके कान में फुसफुसाकर कहा, "अस्सलामवालैकुम...।"

जाहुल यूँ पीछे से पकड़ने और कान में किसी रहस्यमय बात को बताने के अन्दाज़ में फुसफुसाकर सलाम करने से उछल पड़ा। वह हैरानी से पीछे पलटा। लेकिन जब उसने अपने सामने खड़े व्यक्ति को देखा तो बेयक़ीनी से उसकी आँखें फैल गईं। अगले ही पल उसने जोशीली ख़ुशी में इरशाद को गले लगा लिया और पूछा, "इरशाद...? तू...? तू यहाँ कैसे? कब आया? क्या हाल हैं तेरे मेरे भाई?"

"मैं ठीक। तुम बताओ?"

"मैं ठीक-ठाक।"

"यहाँ कैसे?"

"बस, पड़े हैं तुम्हारी नगरी में।"

"अच्छा, और हमें पता भी नहीं", उसने हँसते हुए कहा, "और बताओ घर सब ठीक-ठाक?"

"हाँ, वहाँ सब ठीक है।"

"चलो, घर चलते है।"

"घर...? नहीं यार, अभी नहीं। मुझे काम पर जाना है। मैं फिर कभी आऊँगा।"

"फिर कभी क्यों? अभी चलो यार।"

"नहीं... अभी नहीं यार। समझा कर। मैं इतवार को आऊँगा... पक्का। उस दिन मेरी छुट्टी होती है।"

"ठीक है। लेकिन इतवार को आना ज़रूर, मैं तुम्हारा इन्तज़ार करूँगा।"

जाहुल ने उसे अपने घर का पता दिया और ख़ुदा हाफिज़ कहकर चला गया।

इतवार को सुबह दस बजे ही इरशाद जाहुल के दिये पते पर जा पहुँचा। उसने दरवाज़ा खटखटाया तो उधर से जाहुल आया। अपने दरवाज़े पर इरशाद को देखकर उसे बहुत ख़ुशी हुई। वह उसे अन्दर ले गया। वे दोनों बरामदे में सोफ़े पर बैठ गए। कामवाली चाय और कुछ खाने का सामान रख गई। चाय पीते हुए थोड़ी देर इधर-उधर की, हँसी-मज़ाक भरी बातें करने के बाद जाहुल ने इरशाद से पूछा, "अच्छा यार, तुमने भाभी के बारे में तो बताया नहीं? और न बच्चों के बारे में? वो सब कैसे हैं?"

"हों तो बताऊँ ना... जब कोई है ही नहीं तो क्या बताऊँ। न भाभी हैं और न बच्चे।"

"क्यों भई?" जाहुल ने हैरान होते हुए पूछा, "शादी नहीं की अभी तक?"

"की है... और वो भी तीन-तीन। लेकिन एक भी जमी नहीं। ऐसा लगता है जैसे दुनिया की सारी बाँझ औरतें मेरे ही हिस्से में लिखी हैं।"

"ओह... कोई बात नहीं। दिल छोटा मत कर। इस बार कोई अच्छी मिल जाएगी।"

तभी जाहुल का तीन साला बेटा अपने खिलौने लेकर उनके पास चला आया। जाहुल ने उसे अपने पास खींचते हुए कहा, "भई, ये हमारे साहबज़ादे। अरहाम। बहुत शरारती... मजाल है किसी का कहा मान लें। अपनी माँ का भी नहीं", फिर उसके गाल चूमते हुए बोला, "बेटा चाचा को सलाम करो।"

अपने बाप के कहते ही अरहम ने किसी सिपाही की तरह अपना हाथ कान के ऊपर लगाते हुए कहा, "सलाम।"

इरशाद ने अरहाम को प्यार से अपनी पास खींचते हुए कहा, "वालैकुमसलाम... वालैकुमसलाम।"

फिर जाहुल की बात का जवाब देते हुए कहने लगा, "शरारती तो इसे होना ही था। तुम जो इसके बाप हो।"

दोनों दोस्त ठहाका मारकर हँस पड़े। हँसते हुए ही इरशाद ने आगे कहा, "याद है तुम स्कूल के दिनों में कितनी शरारतें किया करते थे", फिर उसने अरहाम को उठाकर अपने गोद में बैठा लिया और उसका मुँह चूमते हुए कहा, "और प्यारा यह इसलिए है कि हमारी भाभीजान बहुत प्यारी होंगी। भई तुमने अब तक हमें मिलवाया नहीं उनसे।"

"ले भई कैसी बात कर दी तुमने यार... अभी बुलवाते हैं। जाओ बेटा अपनी अम्मी को बुलाकर लाओ।"

बाप के कहते ही अरहाम इरशाद की गोद से उतरा और अपनी माँ को बुलाने अन्दर दौड़ गया। उसके जाते ही जाहुल ने इरशाद से कहा, "दरअसल हमारी जो छोटी साहबज़ादी है ना, वो अपनी माँ के अलावा किसी के पास रहती ही नहीं। वह उसी के चक्कर में लगी होगी।"

उसने बिस्कुट उठाया, मुँह में डाला और उस पर चाय का सिप लिया।

कुछ देर बाद अरहाम अपनी अम्मी को साथ लिये हुए आया। एक नन्हीं और गोल-मटोल बच्ची को गोद में लिये जब जाहुल की बीवी ने सलाम किया तो इरशाद को उसकी आवाज़ कुछ जानी-पहचानी सी लगी। उसने गर्दन घुमाकर देखा तो उसे अपनी साँसें रुकती महसूस हुईं। बड़ी मुश्किल से साँस लेते हुए वह बस इतना ही कह पाया, "सायरा!"

बे-मंज़िल रास्ते

"मैं उससे मुहब्बत नहीं करता था। पर कहीं मुझे उससे मोहब्बत न हो जाए इसलिए मैं वहाँ से चला आया।"

"लेकिन क्यों...?"

"क्योंकि मैं उस रास्ते पर नहीं चलना चाहता था जिसकी कोई मंज़िल न हो...।"

"उसे इस बारे में पता था...?"

"पता नहीं...।"

"ये कब की बात है...?" उसने सवालिया निगाहों से मौलाना अंसार-उल-हक़ के शान्त और भावहीन चेहरे को देखते हुए पूछा।

मौलाना बैठकखाने में दीवार से लगी कुर्सी पर बैठे थे। उनके हाथ में भाप निकलती गर्म चाय की प्याली थी। वह एकटक खिड़की की ओर देख रहे थे, जहाँ से गली में खेल रहे बच्चों का शोर और सूरज की रोशनी आ रही थी। क़लीम का आख़िरी सवाल सुनकर उन्होंने पलटकर उसकी ओर देखा। इस तरह जैसे उन्हें कुछ दिखाई न दे रहा हो। उन्होंने अपनी पलकें झपकाईं। एक घूँट चाय पी और फिर प्याली को सामने रखी पारदर्शी शीशे की मेज़ पर रख दिया। वह सीधे होकर बैठ गए। इस तरह जैसे वह मस्जिद में मिम्बर पर बैठते हैं... हर जुमे को, तक़रीर करने से पहले। उन्होंने अपनी पीठ कुर्सी पर टिका

दी और फिर बोलना शुरू किया, अपने उस पलायन के बारे में, जिसका उन्हें आज तक अफ़सोस है,

"उन दिनों मैं नदवा में पढ़ा करता था। मौलवियत की मेरी पढ़ाई ख़त्म हो चुकी थी और इम्तिहान शुरू हो चुके थे। इम्तिहान के बाद छुट्टियाँ मैंने घर बिताने की सोच रखी थी। पूरे आराम और सुकून के साथ। पढ़ने के लिए कुछ किताबें ख़रीद रखी थीं और एक-दो किताब लिखने के बारे में भी सोचा था। लेकिन जिस दिन मेरा आख़िरी इम्तिहान था उससे एक दिन पहले मेरे एक पुराने दोस्त का फ़ोन आ गया। मैंने फ़ोन उठाया और हम दोनों ने एक-दूसरे की ख़ैरियत मालूम की। कुछ देर हम इधर-उधर की बातें करते रहे। फिर एकाएक उन्होंने मुझसे पूछा, "तुम्हारे इत्मिहान ख़त्म हो गए...?"

"हाँ, कल आख़िरी है...।"

"अच्छा... चलो... फिर तो बहुत अच्छा है... मेरे पास तुम्हारे लिए एक काम है...।"

"काम है...? लेकिन मैं तो घर जाने की सोच रहा हूँ...।"

"सोच रहे हो ना... अभी गए तो नहीं... जल्दी से यहाँ चले आओ... तुम्हें स्कूल के कुछ लड़कों को पढ़ाना है... उन्होंने इसी साल बारहवीं के इम्तिहान दिये हैं।"

इससे पहले कि मैं उसे कुछ जवाब देता उसने फ़ोन काट दिया।

वह मेरा पुराना दोस्त था। हम दोनों ने एक ही मदरसे में शुरुआती तालीम हासिल की थी। इसलिए मन न होने के बाद भी मुझे उसके शहर जाने के लिए तैयार होना पड़ा। मैंने घर जाने का इरादा छोड़ दिया और इम्तिहान देकर उसके शहर जा पहुँचा।

शहर में उसका घर ढूँढ़ना मेरे लिए मुश्किल नहीं था... पहले भी मैं एक-दो बार उससे मिलने जा चुका था। मैं उसके मोहल्ले में पहुँच गया। मैंने सोचा था कि वह मुझे अपनी सिलाई की दुकान पर मिलेगा। लेकिन वह वहाँ नहीं था। उसके बिना मैं उसके घर नहीं जा सकता था, इसलिए मैं मस्जिद चला गया। मस्जिद के दरवाज़े पर कई नौउम्र लड़के खड़े थे, जिनके सिर पर टोपियाँ थीं

और सभी ने सफ़ेद कुर्ता और काली-नीली जींस पहन रखी थी। उनके चेहरे पर दाढ़ी और मूँछों के सुनहरे रोएँ चमक रहे थे। उन सबने एक साथ मुझे सलाम किया और अन्दर ले गए। अन्दर मेरा दोस्त बैठा था। उसके गिर्द चार-पाँच लड़के बैठे थे। वही टोपी लगाए... कुर्ता-जींस पहने।

मेरा दोस्त मुझे देखते ही उठ खड़ा हुआ। उसने मुस्कुराते हुए गले लगाया और फिर मुझे उन सभी लड़कों से मुख़ातिब कराते हुए बोला, "ये ही हैं तुम्हारे उर्दू टीचर। ये ही तुम्हें पढ़ाएँगे।"

वे तकरीबन दस-बारह लड़के थे। सब-के-सब नौजवान और होशियार। उनमें से अधिकतर ने स्कूल की छुट्टियों में तब्लीग़ी जमात में वक़्त लगाया था। शायद इसीलिए उनके अन्दर क़ुरान पढ़ने और उर्दू सीखने का शौक़ पैदा हुआ था... नया-नया शौक़। जैसे कि अकसर इंग्लिश और हिन्दी पढ़नेवाले बच्चों में अपने धर्म को जानने और समझने के लिए हो जाता है। हालाँकि, ज़्यादातर यह वक़्ती ही होता है।

हम बैठे गए और बातें करने लगे। उनमें से दो लड़के उठकर चले गए। मैंने बाक़ी बचे लड़कों से बात करते हुए पूछा, "तो आप ही लोग पढ़नेवाले हैं...?"

"जी हाँ, हम ही हैं...," उनमें से एक ने कहा, "एक लड़का और है... अदब नाम है उसका... लेकिन पता नहीं वह पढ़ेगा या नहीं...।"

"क्यों...?" मैंने पूछा।

"वह मुनाफिक है...", दूसरे ने कहा।

"क्या?" उसके इस तरह मुनाफ़िक़ कहने पर मुझे हैरत हुई।

फिर उन्होंने मुझे उसके बारे में बताया। उनमें से एक बोला, "वह मोहल्ले में काफ़ी बदनाम है। ख़ासतौर से अपनी बातों के लिए। उसका कहना है कि आज के समय में एक मुसलमान के लिए अपनी दुनिया बनाने के लिए स्कूल की पढ़ाई उतनी ही ज़रूरी है जितनी आख़िरत को बनाने के लिए दीनी तालीम। वह लोगों से पूछता है कि मुझे बताएँ कि कोई भी इनसान बन्द कमरे में रहकर कैसे स्वस्थ रह सकता है? नहीं ना... तो फिर हम मुसलमान केवल मस्जिदों,

मदरसों और क़ुरान और शरिया की अजीबो-ग़रीब दुनिया में रहकर कैसे स्वस्थ रह सकते हैं? हमें आगे बढ़ने के लिए दुनियावी तालीम की ज़रूरत है। हमें साइंस, मैथ और आधुनिक शिक्षा की ज़रूरत है। ताकि हम स्वस्थ इनसान बन सकें और इस खुली दुनिया में सुकून की साँस ले सकें।"

दूसरे ने कहा, "वह कहता है कि हमने ख़ुद को मस्जिदों की चारदीवारी में बन्द कर लिया है। हमने अपनी नौजवान पीढ़ी को सिर्फ़ दीन (मज़हब) ही सिखाया है, दुनिया नहीं। इसलिए पाँच सौ सालों में कुछ अपवादों को छोड़कर हमारे यहाँ कोई अच्छा लेखक, साइंटिस्ट या विचारक पैदा नहीं हुआ। देखो, जब इनसान हर वक़्त एक जैसे लोगों को सुनता है, एक जैसी बातें बोलता है और एक ही किताब को बार-बार पढ़ता है तो उसे वही सब अच्छा लगने लगता है। वह समझता है कि जो वह सुन रहा है, बोल रहा है या पढ़ रहा है वही सही है। बाक़ी सब ग़लत है। अगर दूसरे लोग उसकी बात नहीं मानते हैं तो वह उनसे कट जाता है। उन्हें बुरा समझता है। उनसे नफ़रत करता है और एक समय में वह हिंसक तक हो जाता है। इसी से उस तथ्य की शुरुआत होती है जिसे लोग धार्मिक कट्टरपंथ कहते हैं। और यह सिर्फ़ मुसलमानों की ही नहीं बल्कि दूसरे धर्मों की भी बात है। लेकिन दूसरों ने इसे छुपा लिया है—अपनी क़ाबिलियत से, विचारों से और मानवतावादी सोच से।"

तीसरे ने बताया, "वह बोलता है कि देखो, हमें अपने लोगों को, ख़ासतौर से नौजवान पीढ़ी को खुला छोड़ देना चाहिए। उन्हें अपने मन की करने देना चाहिए। ताकि वह नई चीज़ें सोच सकें और इस दुनिया को एक बेहतर जगह बनाने में अपना योगदान दे सकें। इससे वह अपने धर्म को भी अच्छी तरह समझ सकते हैं। उसके नियमों को लम्बे समय तक निभा सकते हैं। उस स्थिति में धर्म उन पर लदा हुआ नहीं होगा, जैसे कि अब है। बल्कि उसे उन्होंने अपनी समझ और पूरे विवेक के साथ अपनाया होगा। अगर हम ऐसा नहीं करते और उन्हें ज़बरदस्ती और महज़ ख़ुदा और जहन्नुम के ख़ौफ़ से क़ुरान, हदीस की तालीम देते हैं और मस्जिदों-मदरसों में क़ैद करके रखते हैं, जैसे कि हम कर रहे हैं तो हम उनके उस हुनर, सलाहियत और अच्छे विचारों का क़त्ल कर रहे हैं,

जिसे अल्लाह ने उन्हें नेमत के तौर पर दिया है। वह नेमत, जिसे वह अपने कुछ ख़ास बन्दों को ही देता है।"

फिर मेरे दोस्त ने कहा, "बड़ा अजीब-सा लड़का है वह। शायद भटक गया है। उसकी सोच और बातें एकदम गुमराहों और काफ़िरों वाली। वह राह चलते लोगों से पूछता है, तुम मुझे एक बात बताओ कि जब मुसलमानों के पास जैसे कि वे दावा करते हैं, सभी पैग़म्बरों में से सबसे अच्छा पैग़म्बर आया, सभी आसमानी किताबों में सबसे अच्छी किताब (क़ुरान) उन्हें मिली और अल्लाह ने क़ुरान में उन्हें बेहतरीन उम्मत (अच्छा समुदाय) कहा तो फिर हम पिछड़ क्यों गए? क्यों दुनिया हम पर हावी हो गई? क्यों आज मुसलमान सब जगह मारा-मारा फिर रहा है? क्यों कोई उसे पनाह देने के लिए राज़ी नहीं? जानते हो क्यों? क्योंकि हमने घृणा की, नफ़रत की, ईसाइयों और यहूदियों से। हिन्दुओं को अपना दुश्मन समझा, जबकि वह हमारे पड़ोसी हैं और हम उनके बीच रहते हैं। हमने बिना सोचे-समझे उन लोगों से कटना शुरू कर दिया, जो हमारी तरह नहीं थे। जो हमारी तरह इबादत नहीं करते या एक ख़ुदा को नहीं मानते। हमने सबको बुरा कहा, चाहे वह सही ही क्यों न हो। इसीलिए हम पिछड़े, हारे और मारे गए। आप जानते हैं ताक़त... असली ताक़त कभी भी नफ़रत से नहीं, सच्चाई से आती है। और सच्चाई यह है कि दूसरे भी अपने धर्म या ईश्वरीय रास्तों पर उतने ही सही और सच्चे हैं जितने कि हम यानी मुसलमान। हमने इस सच्चाई को मानने से इनकार कर दिया। इसीलिए हम तबाही की कग़ार पर पहुँच गए। वहीं दूसरों ने सबसे हमदर्दी दिखाई, उनके प्रति सहानुभूति जताई और उनकी तरफ़दारी की, चाहे वह कोई भी थे, यहूदी, ईसाई, बौद्ध या फिर मुसलमान ही। हालाँकि सब जानते हैं कि यह मात्र दिखावटी है, प्रदर्शन-भर है उनका। उसमें सच्चाई का एक कण तक नहीं है। फिर भी वह इस मैसेज को पूरी दुनिया में पहुँचाने में कामयाब रहे कि वे मानवता के पुजारी हैं और इनसान की सुरक्षा के पहरेदार हैं।

"वह चाहता है कि मुसलमानों को ख़ुद को बदलाना चाहिए... इस्लाम बदलाव है और बदलाव ज़िन्दगी। हमें अपने बच्चों को मदरसों-मस्जिदों में

अरबी सिखाने के बजाय इंग्लिश और विज्ञान पढ़ाना चाहिए। वह उदाहरण देता है, 'एक मुसलमान का जीवन नदी की तरह है। जिसके दो किनारे हैं... एक दीन (धर्म) और दूसरा दुनिया। अगर लोग सिर्फ़ दीनी तालीम हासिल करेंगे और दुनिया से बेरुख़ी दिखाएँगे तो उनकी सलाहियतें उसी तरह बेकार बह जाएँगी जैसे नदी का किनारा टूट जाने पर उसका क़ीमती पानी बाढ़ के रूप में बह जाता है। तब वह न केवल अपनी अहमियत खोता है, साथ ही दूसरों की ज़िन्दगियों को भी तबाह-ओ-बर्बाद करता है। दीन के बजाय दुनिया पर ज़्यादा ज़ोर देने के कारण लोग उससे चिढ़ने लगे और उन्होंने उसे मुनाफ़िक़ कहना शुरू कर दिया। वह अपने बच्चों को उसके पास जाने से रोकते हैं और उसके बारे में तरह-तरह की बातें करते हैं।"

मेरा दोस्त आगे भी बोलने जा रहा था कि तभी वे दो लड़के लौट आए, जो मेरे बैठते ही चले गए थे। वे अपने साथ फल, बिस्कुट और चाय लेकर आए। हम लोगों ने साथ बैठकर खाया और चाय पी।

इसके बाद उन्होंने मुझे मेरे रहने की जगह दिखाई। वह मस्जिद के बाहरी हिस्से में बनी दुकानों के ऊपर बना कमरा था। कमरा काफ़ी बड़ा और साफ़ था। उसकी दीवारों पर क़ुरान की आयतों की शीशे में जड़ी कई पेंटिंग्स लगी थीं। फ़र्श पर चटाई के ऊपर गद्दा बिछा था। ऊपर छत का पंखा था और बाहर खिड़की पर कूलर रखा था, जो ठंडी हवा फेंक रहा था। कमरे के एक कोने में किताबों की अलमारी रखी थी, जिसमें बहुत-सी इस्लामी किताबें रखी थीं। जो शायद पहले इमाम की थीं और वह उन्हें वहीं छोड़ गया था। इस तरह मुझे एक सजा-सजाया और आरामदायक कमरा मुफ़्त में मिल गया था।

मेरे खाने की ज़िम्मेदारी उन्हीं लड़कों को सुपुर्द कर दी गई। उनमें से हर रोज़ एक लड़के को अपने घर से मेरे लिए तीनों वक़्त खाना लाना था। पढ़ने के लिए मग़रिब और इशा (शाम को सात से आठ बजे का वक्त) के बीच का वक़्त रखा गया। हफ़्ते में एक दिन की छुट्टी के लिए इतवार का दिन चुना गया। इतवार के दिन उन लोगों को तब्लीग़ी जोड़ के लिए शहर के मरकज (बड़ी मस्जिद) में जमा होना होता था।

वहाँ जाने के दो दिन बाद मैंने पढ़ाना शुरू किया। मग़रिब की नमाज़ के बाद उन लोगों ने दीवार से लगाकर मुसल्ला बिछा दिया और उसके आगे दाएँ-बाएँ तिपाई रख दीं। वे सब तिपाई के दोनों तरफ़ लाइन में बैठ गए। वह पहले दिन तो नहीं आया। दूसरे दिन आया। वह भी सबसे बाद में। मैं उस वक़्त एक लड़के का सबक सुन रहा था, जब उसने सलाम किया, "अस्सलामवालैकुम", मैंने नज़रें उठाकर देखा तो वह सामने खड़ा था और कह रहा था, "माफ़ करना... मैं कल थोड़ा बिज़ी था, इसलिए नहीं आ सका।"

तब मैंने उसे देखा। देखने में वह कम ऊँचाई का सत्रह-अठारह साल का साधारण-सा लड़का था। रंग भूरा था, गोल आँखें और बार-बार जीभ फेरने से लाल हुए होंठ। लेकिन वह साधारण नहीं था...। जैसा कि उसकी सूरत से ज़ाहिर होता था। वह बोलने में माहिर और अपने व्यवहार से लोगों को आकर्षित करनेवाला था। वह एक ही मुद्दे पर घंटों बोल सकता था। वह भी लगातार और एकदम साफ़। इतना बेहतर की कोई भी उसे नज़रअन्दाज़ नहीं कर सकता था।

आज भी जब मैं अपने उस वक़्त के बारे में सोचता हूँ तो मुझे उसकी बातें ही सबसे ज़्यादा याद आती हैं। उसके बोलने का अन्दाज़। वहाँ से आने के बाद से कभी मैं उससे दोबारा नहीं मिला। लेकिन जब मैं उसके बारे में सोचता हूँ तो उसे अपने आसपास ही पाता हूँ। अपने कानों में उसकी आवाज़ सुनता हूँ और अपनी आँखों से देखता हूँ कि वह क़रीब है... इतना क़रीब जितना मेरी साँसें...। हालाँकि मेरे दिल में कभी उसके लिए चाहत नाम की कोई चीज़ नहीं थी... और न है... लेकिन फिर भी मैं उसे कभी भुला नहीं पाया...।"

मौलाना ने कुर्सी पर जगह बदली। प्याली उठाई, जिसकी चाय अब ठंडी हो चुकी थी, और एक ही घूँट में उसे ख़त्म कर दिया। उन्होंने प्याली को वापस रखा और दोबारा बोलना शुरू किया,

"वह चन्द दिनों में ही मुझसे ऐसे घुल-मिल गया जैसे मुझे बरसों से जानता हो। पढ़ाई का वक़्त ख़त्म होने के बाद भी वह मेरे पास काफ़ी देर तक बैठा रहता। मुझसे तरह-तरह के सवाल करता। मेरे बारे में पूछता। हालाँकि उसकी बातों का केन्द्र उसके वही विचार होते, जिनकी वजह से वह मोहल्ले में बदनाम था।

पहले वह इधर-उधर की बातें करता। फिर अपनी बात शुरू कर देता। मसलन वह कहता, "आप ही बताएँ मौलाना, क्या मैं कुछ ग़लत कहता हूँ...? अगर इनसान पढ़ेगा नहीं तो कहाँ जाएगा...? क्या करेगा...? उसे रोज़गार कैसे मिलेगा? ये लोग अरबी और उर्दू को पढ़ने की सलाह देते हैं... उसे ज़्यादा सम्मान की नज़र से देखते हैं...। ये कहते हैं कि अरबी अल्लाह की भाषा और अल्लाह क़यामत के दिन उसी में बात करेंगे...। अब आप ही बताएँ कि जब अरबी जाननेवाले लोग ही अरबी की जगह अंग्रेज़ी भाषा सीख रहे हैं और उर्दू को मुल्लाओं ने मस्जिद-मदरसों में क़ैद कर लिया है तब उन्हें सीखने का क्या फ़ायदा...? उनसे तो कोई रोज़गार हासिल नहीं होगा...? क्योंकि वह रोज़गार की भाषा ही नहीं है...। आज रोज़गार की भाषा इंग्लिश है और उसे सीखकर ही इनसान अपनी ज़िन्दगी को आसान बना सकता है... तरक़्क़ी की सीढ़ियाँ चढ़ सकता है...। और जब उसकी ज़िन्दगी आसान होगी तो वह अपने आमाल और आख़िरत को भी दुरुस्त कर सकता है...। आप ही बताएँ कि जब इनसान के पास खाने के लिए खाना और रहने के लिए अच्छा घर नहीं होगा तो वह अल्लाह की सच्ची और ध्यानपूर्वक इबादत कैसे कर सकता है...? उसका सारा ध्यान तो पेट की भूख और आसमान तले बैठे अपने बीवी-बच्चों पर ही अटका रहेगा ना...। जब उसे दुनिया से ही मुक्ति नहीं मिलेगी तो वह आख़िरत के बारे में कैसे सोच पाएगा...? लेकिन ये लोग हैं कि कुछ समझना ही नहीं चाहते... बस आँखें बन्द किये चले जा रहे हैं... और इन्हें यह भी नहीं पता कि यह रास्ता किधर जाएगा... उनकी उन्नति की ओर या फिर अवनति की ओर...?"

इसी तरह वह बोलता चला जाता। लगातार... बिना रुके। वह अपनी बातों पर मेरी सहमति चाहता। मैं उसकी बात पर कुछ नहीं कहता। चुपचाप सुनता रहता। उस चुप्पी को वह मेरी सहमति समझता और फिर कहता, "अगर आप जैसे मौलाना मुझ जैसों का साथ दें तो हम आज के मुस्लिम समाज को नई दिशा दे सकते हैं... जिन्हें मदरसों और मस्जिदों में बैठे पाखंडी मुल्लाओं ने मनगढ़न्त इस्लाम के नाम पर अपने वश में कर रखा है।"

शुरू में तो मुझे उसकी एक भी बात अच्छी नहीं लगी। लेकिन फिर पता नहीं क्या हुआ कि मैं उसकी हर बात ध्यान से सुनने लगा। उसके जाने के बाद घंटों उनके बारे में सोचता रहता। और जब मैं उसकी बात को पूरा समझ जाता तो फिर मेरे मुँह से ख़ुद ही निकल जाता, "सही तो कहता है वह... आख़िर इसमें ग़लत क्या है...? वह लोगों की भलाई के लिए ही तो यह सब कहता है... फिर लोग क्यों उससे इतनी नफ़रत करते हैं...? उसका विरोध करते हैं?"

वह मेरी ज़रूरतों और खाने का बड़ा ख़याल रखता। जब उसके घर मेरे खाने का नम्बर आता तो वह पूछने आता कि मैं क्या खाऊँगा? हालाँकि, दूसरे लड़के बारी आने पर घर में बना सादा खाना लेकर ही आते थे। लेकिन वह तीनों टाइम आता और मुझसे पूछता, "मौलाना क्या खाएँगे आप...?"

मैं जवाब देता, "जो घर में बना है, वही ले आओ...।"

"घर में वही बनेगा जो आप कहेंगे...", वह कहता, "आज आप हमारे मेहमान जो हैं...।"

मैं उसे अपनी पसन्द का खाना बता देता और वह उसे बनवाकर गरमा-गरम मेरे हुजरे (कमरे) में पेश कर देता। कभी-कभी वह मेरे पहननेवाले कपड़ों पर स्त्री कर देता। अगर उसे मेरे कपड़े अच्छे लगते तो तारीफ़ कर देता। कभी वह मुझे उन कपड़ों को पहनने के लिए कहता जिनमें मैं उसे अच्छा लगता था। मैं अकेला पड़ा-पड़ा बोर न हो जाऊँ, इसके लिए वह मुझे घुमाने ले जाता। कभी शान्त और साफ़-सुथरी नहर की पटरी पर तो कभी मग़रिब के बाद बाज़ार में। जहाँ आइक्रीम खाते हुए हम चलते रहते और उसके मनपसन्द टॉपिक 'मुसलमान बच्चों की आधुनिक शिक्षा' पर लम्बी-लम्बी चर्चा करते।

मैं उसकी बातों को ध्यान से सुनता। जब वह बोलता तो उसे ही देखता रहता। जब वह इस बात को महसूस करता कि मैं उसे देख रहा हूँ तो वह हल्का-सा मुस्कुराकर कहता, "क्या देख रहे हैं मौलाना...?"

"देख तो कुछ नहीं रहा... अलबत्ता तुम्हारी बातें सुन रहा हूँ," मैं जवाब देता, "उन पर सोच-विचार कर रहा हूँ...।"

पता नहीं क्यों... मुझे उसका बोलना अच्छा लगता... उससे बातें करना अच्छा लगता... उसके साथ नहर पर अकेले और बाज़ार में लोगों के बीच यूँ ही घूमना अज़ीब-सी ख़ुशी देता। जो मैंने उससे पहले कभी महसूस नहीं की थी। अगर कभी वह नहीं आता... या आने में उसे देर हो जाती तो मुझे बुरा लगता... ग़ुस्सा आता... और मैं लगभग उदास हो जाता।

मुझे नहीं पता कि ये सब क्यों हो रहा था...? लेकिन अगर वह कभी आने में देर कर देता तो मैं उसका इन्तज़ार करता...। उसके साथ रहने के लिए मैं कई बार इतवार के दिन हफ़्तेवारी जोड़ में शामिल होने मरकज़ चला जाता। उसमें पूरी तहसील से तब्लीग़ी जमात के लोग शामिल होने के लिए आते थे।

वह मेरे लिए कितना अहम हो गया है... उसकी मौजूदगी का मैं कितना आदी हो गया हूँ, इस बात का पता मुझे तब चला जब वह छुट्टियों के आख़िरी दिनों में अपने मामू के घर देवबन्द चला गया। वह चला गया था... पर जैसे मेरा वजूद अपने साथ ले गया था।

मैं हर वक़्त उसके बारे में सोचता रहता... अपने आसपास उसकी मौजूदगी को महसूस करता... क़ुरान पढ़ता तो उसका चेहरा नज़र आता... कोई बात करता तो उसकी बातें याद आतीं...। मैं उसे छूने की कोशिश करता... कभी क़ुरान में तो कभी नमाज़ में... कभी दीवार पर तो कभी खाने की प्लेट में...। इससे कई बार गर्म खाने से मेरा हाथ जल गया तो कभी मैं पढ़ना भूल गया... कभी मेरी नमाज़ ख़राब हो गई तो कभी ख़ाली दीवार मेरे हाथ में आई...। मैं तुम्हें बता नहीं सकता कि उस वक़्त मेरी क्या हालत थी। मैं उसे सोचना नहीं चाहता था... लेकिन वह था कि मेरे दिमाग़ से निकलता ही नहीं था...। मैं पढ़ना चाहता था... लेकिन उसका चेहरा सामने से हटता ही नहीं था...। मैं ख़ुश रहना चाहता था... लेकिन ख़ुशी जैसे कहीं खो गई थी...।

जब वह लौटा और मुझे उसके आने की ख़बर मिली तो मेरे दिल में जैसे एहसासों का तूफ़ान उमड़ पड़ा। ख़याल आता कि उसे अपनी बाँहों में भर लूँ... रो पड़ूँ... उससे कहूँ कि मैं उसके बिना कितना तन्हा और उदास था...

लेकिन जब वह शाम को मुझसे मिलने आया तो मैंने कुछ नहीं किया... उसने भी कुछ नहीं पूछा। उस वक़्त उसके सामने अपने एहसासात को ज़ाहिर करके मैं उसके लिए और मुश्किलें नहीं खड़ी करना चाहता था... और न ही ख़ुद ऐसे रास्ते पर चलना चाहता था जिसकी कोई मंज़िल न हो...। मैं ख़ामोश रहा... उसे देखता रहा... सारा वक़्त वही बातें करता रहा... मैंने उसकी किसी भी बात का जवाब नहीं दिया।

फिर वह चला गया। लेकिन मैंने सोच लिया कि अब मैं यहाँ और नहीं रुकूँगा। रुककर करता भी क्या...? मैंने अपने दोस्त को बुलाया और उससे अपने वापस जाने के बारे में बताया।

उसने कहा, "पर इतनी जल्दी क्यों?"

"मुझे आगे पढ़ाई करनी है...", मैंने झूठ कहा, "और फिर मेरी छुट्टियाँ भी ख़त्म होनेवाली हैं... सोचता हूँ कुछ दिन घर भी रह आऊँ। वरना अगले साल से पहले वक़्त नहीं मिलेगा।"

इसके बाद उसने कुछ नहीं कहा। मैंने चलने की तैयारी शुरू कर दी। जब मैं वहाँ से चलने लगा तो वह मुझसे मिलने आया। लेकिन मैंने कोई बात नहीं की। उसने मुझसे चलते हुए पीछे से कहा, "अगर आप मेरी किसी बात से नाराज़ होकर जा रहे हैं तो मैं उसके लिए माफ़ी चाहता हूँ। लेकिन अगर आप मुझे बीच मँझधार में इस तरह छोड़कर जा रहे हैं तो याद रखिएगा मौलाना, आप कभी ख़ुद भी साहिल तक नहीं पहुँच पाओगे।"

मैं नहीं जानता कि उसकी इस बात क्या मतलब था। या फिर वह ये सब क्यों कह रहा था। मैंने पलटकर नहीं देखा।

अगर उस वक़्त पलटकर मैं उसे देख लेता तो वहाँ से कभी लौटकर न आ पाता।"

मौलाना ने बात ख़त्म की। जेब से रूमाल निकाला और अपनी गीली आँखों को पोंछते हुए उठकर चले गए।

बेदीन

रात अनीस मर गया। उसकी मौत की ख़बर सुनकर लोगों को, ख़ासकर मज़हबी लोगों को सुकून मिला। मानो उनके सिर से कोई भारी बोझ उतर गया हो, जिसकी चुभन से हर वक़्त उनके सिरों में तकलीफ़ होती रहती थी। और फिर होती भी क्यों ना? जिस इनसान ने अपने बचपने से लेकर मौत के दहाने पर पहुँचने तक अपनी बातों और हरक़तों से उनके नाक में दम कर रखा था, उसकी मौत किसी राहत से कम नहीं थी। जिसे वे इस वक़्त महसूस कर रहे थे।

वह ऐसा ही था, बेदीन और बदक़ार, जिसे सारी ज़िन्दगी कभी किसी ने मस्जिद जाते नहीं देखा। आम नमाज़ तो दूर वह जुमे की नमाज़ भी नहीं पढ़ता था। उसने कभी ईद की नमाज़ भी नहीं पढ़ी। देखने में वह साँवले रंग और दरमियानी कद-काठी का आदमी था, जिसकी ऊँचाई मुश्किल से पाँच फुट तीन इंच होगी। बीड़ी पीने की वजह से काले पड़ चुके होंठ और बहुत कम नहाने के कारण खिचड़ी के चावलों की तरह आपस में चिपके और उलझे बाल। उसकी तर्जनी उँगली का नाख़ून इस क़दर बढ़ा हुआ था कि वह देखने में किसी लम्बे और पैने काँटे की तरह नज़र आता था। अपने हाथ में वह हिन्दुओं की तरह लाल धागा बाँधता और लोहे का कड़ा पहनता था।

अनीस अपने चार भाई-बहनों में तीसरे नम्बर का था। उससे बड़ी दो बहनें और एक छोटा भाई था। बचपन में जब उसे मदरसे में पढ़ने के लिए

बैठाया गया तो उसे वहाँ के मौलाना बिलकुल पसन्द नहीं आए। एक तो वह बात-बात पर बच्चों की पिटाई करते थे और दूसरा सबक सुनाने के दौरान यदि ग़लती से एक शब्द भी ग़लत पढ़ा जाए तो सबक़ को वहीं रोककर उसे दोबारा पूरा याद करने के लिए कह देते। इससे बच्चा जिस सबक़ को दो दिन में पूरा कर सकता था, उसमें उसे हफ़्तों लग जाते। अनीस को उनका पढ़ाने का यह तरीक़ा बिलकुल पसन्द नहीं था। वह बड़ी मेहनत से सबक याद करता। उसे कई-कई बार दोहराता। लेकिन जब सुनाने जाता तो ज़बर-ज़ेर की ग़लती होते ही मौलाना उसे वापस कर देते। उनकी इस हरक़त से वह इतना तंग आ गया कि उसने एक दिन ग़ुस्से में पूरी ताक़त के साथ क़ायदे को गोल मोड़ा और मौलाना के ऊपर गेंद की तरह दे मारा। उसने चिल्लाकर कहा, "मुझे नहीं पढ़नी ये सब बकवास की चीज़। जब देखो बार-बार याद करने के लिए कह देते हैं... जब याद नहीं होता तो हम क्या करें? हम क्यों दूसरों की ज़बान सीखने के लिए अपना सिर खपाएँ।" इतना कहकर वह पैर पटकता हुआ उनके सामने से चला गया।

मौलाना ने दो बच्चों को उसके पीछे भेजा और उसे पकड़वाकर अपने पास बुलवा लिया। उन्होंने उसकी जमकर पिटाई की। साथ ही उसे मदरसे से भी निकाल दिया। बाद में जब उसके वालिद साहब ने मौलाना की मिन्नत-समाजत की तो उन्होंने ना चाहते हुए भी उसे वापस मदरसे में रख लिया। पर इस बार वह उससे न तो पढ़ने के लिए कहते और न ही उसका सबक़ सुनते। बस, वह लगातार उसकी गतिविधियों पर निगाह रखते कि कब मौक़ा मिले और वह उसे मदरसे से निकाल बाहर करें। इसके लिए मौलाना को ज़्यादा इन्तज़ार नहीं करना पड़ा।

एक रोज़ छुट्टी के बाद अनीस जब घर जा रहा था तो रास्ते में कूड़े के ढेर पर उसे सूअरनी और उसके चार छोटे-छोटे बच्चे घूमते नज़र आए। उसने लपककर सूअरनी के एक बच्चे को यह कहते हुए गोद में उठाया लिया, "कितना छोटा और गोरा है ये... ख़रगोश जैसे इसके कान... और मुँह तो देखो, गोल प्याली की तली जैसा... इसे तो मैं पालूँगा।"

लेकिन जब वह गोद में उठाए सूअर के बच्चे को लिये घर पहुँचा तो उसकी वालिदा के पैरों तले से ज़मीन सिखक गई। उन्होंने चिल्लाते हुए कहा, "कुजात, ये क्या उठा लाया? वापस छोड़ के आ इसे... हराम के खानेवाले... नापाक़... बदज़ात कहीं के।"

उन्होंने उसके चेहरे पर कई थप्पड़ और पीठ पर कई मुक्के मारे और धकियाते हुए घर से बाहर निकाल दिया। वह रोता हुआ वापस गया और सूअर के उस छोटे गोरे बच्चे को छोड़ आया। घर आने पर उसकी वालिदा ने उसे साबुन से मल-मलकर नहलाया और उसके उन कपड़ों को, जिन्हें वह पहने था, भंगन को दे दिया। लेकिन उसे घर में सूअर का बच्चा लाते और फिर रोते हुए वापस छोड़ने जाते मोहल्ले के कई लोगों ने देख लिया था। कुछ बच्चों ने यह ख़बर मौलाना तक भी पहुँचा दी। मौलाना के भाग से मानो छींका टूटा। उन्होंने फौरन ही उसे मदरसे से बर्ख़ास्त कर दिया।

मदरसे से निकाले जाने के बाद उसके वालिद ने उसे स्कूल भेजना शुरू किया। लेकिन वहाँ भी उसकी जमी नहीं। उसने कभी भी होमवर्क पूरा नहीं किया और न ही कभी समय पर स्कूल पहुँचा। टीचर बार-बार उससे काम पूरा करने के लिए कहते। उसकी डायरी में नोट्स लिखते। उसके माँ-बाप को फ़ोन करते। उनसे उसकी शिकायतें करते। इससे दुखियाए माँ-बाप ने टीचरों को उसे मारने की पूरी छूट देते हुए उसे सुधारने के लिए कह दिया।

मगर अनीस पर इन सब कार्रवाइयों का रत्ती-भर भी असर नहीं हुआ। वह मार खा लेता, क्लास से बाहर खड़ा हो जाता पर कभी वह नहीं करता, जो टीचर उसे करने के लिए कहते थे। वह स्कूल में बैठा सारा दिन अपनी कॉपी के ख़ाली पन्नों पर फूल-पत्तियाँ बनाता रहता। उसकी इन हरक़तों से परेशान होकर एक दिन टीचर ने उसकी ज़बरदस्त पिटाई कर दी। उस पिटाई पर अनीस को इतना ग़ुस्सा आया कि उसने अपने खाने का टिफिन टीचर के सिर पर दे मारा और स्कूल से भाग निकला। इसके बाद वह कभी लौटकर स्कूल नहीं गया। न ही उसके वालिद ने उसे जाने के लिए कहा।

पहले मदरसे और फिर स्कूल से निकालने जाने के बाद उसके वालिद साहब ने उसे पढ़ाने की बजाय काम सिखाने की सोची। उन्होंने उसे फर्नीचर वाले की दुकान पर काम सीखने के लिए छोड़ दिया। दुकान का मालिक दीनदार और परहेज़गार इनसान था। वह पाँचों वक़्त की नमाज़ पढ़ता और हर उस बुरे चीज़ से बचता जिसे इस्लाम में मना किया गया है। वह अपनी दुकान में मेहनत से काम करता। अनीस को भी अपने साथ लगाए रखता। जब वह नमाज़ पढ़ने जाता तो अनीस को भी अपने साथ नमाज़ पढ़ने के लिए चलने को कहता। अनीस हर बार इनकार कर देता। एक बार जब उसने ज़्यादा ज़ोर दिया तो अनीस ने ग़ुस्से में आँख निकालते हुए कहा, "तुम्हें पढ़नी है तो तुम पढ़ो... मुझसे ये बन्दरों वाली हरक़त नहीं होगी।"

उसका ये जवाब सुनकर दुकान का मालिक ग़ुस्से से भर गया और उसने चीख़ते हुए कहा, "निकल जा मेरी दुकान से... सूअर की औलाद। काफ़िर कहीं के।"

इस बार दुकान से निकाले जाने की बात उसने अपने वालिद से नहीं कही और ख़ुद ही एक ढाबे पर नौकरी पक्की कर ली। वह ढाबे पर जाने लगा। कुछ दिन तो उसे वहाँ का नया माहौल और नये लोग अच्छे लगे। लेकिन जल्दी ही उसका मन उस सबसे भी उकता गया और ढाबे के मालिक के साथ उसकी अनबन रहने लगी। काम ज़्यादा होने की वजह से मालिक उससे सुबह जल्दी आने और शाम को देर से जाने के लिए कहता। इसके बदले अनीस ने उससे ज़्यादा भुगतान की माँग की। लेकिन ढाबे के मालिक ने तनख़्वाह बढ़ाने से इनकार कर दिया। अनीस ने भी तय वक़्त से ज़्यादा काम करने से साफ़ मना कर दिया। इस पर ढाबे के मालिक ने उसकी कई हफ़्तों की तनख़्वाह रोक ली। वह उसे थोड़े-थोड़े रुपये देता और बाक़ी बचे रुपयों के लिए ज़्यादा काम करने के लिए कहता। जब कई महीने इसी तरह बीत गए तो एक दिन उसने तंग आकर मालिक की ग़ैर-मौजूदगी में गल्ला साफ़ किया और वहाँ से फुर्र हो गया।

ढाबे पर चोरी करने के बाद वह वहाँ रुका नहीं। गाड़ी चलाना सीखने के लिए वह एक ट्रक ड्राईवर से मिला और उसके साथ गुवाहाटी चला गया।

गुवाहाटी में तीन-चार साल रहकर जब वह लौटा तो उसके चेहरे पर दाढ़ी-मूँछें उगने लगी थीं। घर आकर उसने एक स्कूल में बात की और वहाँ बच्चों को ले जानेवाली गाड़ी चलाने लगा। गुवाहाटी में रहने और गाड़ी चलाने के दौरान वह कुछ ऐसे लोगों के सम्पर्क में आया था, जिनसे उसे जुआ खेलने, शराब पीने और खैनी खाने की लत लग गई।

बेटे के घर वापस आ जाने और स्कूल में गाड़ी चलाने के काम से उसके माँ-बाप बड़े ख़ुश हुए। लेकिन साथ ही उन्हें अपने बेटे की सही तर्बियत न होने और उसके बुरे आदतों में पड़ जाने का दुख भी था। इससे भी ज़्यादा दुख उन्हें इस बात का था कि वह दीन की तरफ़ बिलकुल नहीं चलता था। लाख कहने के बाद भी वह नमाज़ पढ़ने नहीं जाता था। रोज़ा रखने की बात तो दूर रही।

दोस्त भी उसके सब ग़ैर-मुसलमान थे। एक भी मुसलमान नहीं था। वह ख़ाली समय में अपने दोस्तों के साथ रहता। उनके साथ घूमता-फिरता और खाता-पीता। त्योहार पर वह उनके घर होली खेलने जाता। दिवाली पर जश्न मनाता और नवरात्रों की पूजा में भी शामिल होता। वह किसी शुभ काम पर उनके यहाँ होनेवाले हवन में भी जाता। इससे उसने अपने हाथ में लाल धागे बाँधना और लोहे का कड़ा पहनना भी शुरू कर दिया। अपने दीन को तो जैसे वह बिलकुल भूल ही गया था।

इसी दरमियान अनीस की शादी हो गई। बीवी भी उसे अच्छी मिली। वकीला नाम था उसका। ख़ूबसूरत औरत। नेक और दीनदार। लेकिन अनीस पर अपनी ख़ूबसूरत बीवी के दीनदार व्यवहार का ज़रा भी असर न हुआ। जब वह उससे नमाज़ पढ़ने के लिए कहती तो वह साफ़ इनकार कर देता। उसकी बेदीनी से दुखी होकर वह नमाज़ पढ़ती और उसके लिए अल्लाह से रो-रोकर दुआ माँगती। उसे सबसे ज़्यादा परेशानी उसके शराब पीने से थी। अनीस जब अपनी बीवी को दुआ माँगते देखता तो कहता, "चाहे तू सारी ज़िन्दगी इसी तरह मुसल्ले पर सिर पटक-पटककर और रोते हुए गुज़ार दे, तो भी मेरा कुछ नहीं होनेवाला... समझी।"

उन दिनों शहर में तब्लीग़ का काम भी बड़े ज़ोर-शोर से चल निकला। जमातवाले घर-घर जाते और लोगों को दीन और नमाज़ के फ़ायदे बताकर अल्लाह की ओर मुतवज्ज़े करने की कोशिश करते। वे अनीस के घर भी जाते। लेकिन उस पर उनकी बातों का भी कोई असर नहीं होता। जब जमात वाले उसे बताते, "इनसान जब पाँच वक़्त की नमाज़ पढ़ता है तो अल्लाह उसे पाँच इनाम देता है। पहला यह कि वह उसके रिज़्क की तंगी दूर कर देता है।"

इस पर अनीस कहता, "अगर इनसान काम नहीं करेगा और हरदम नमाज़ पढ़ता रहेगा तो अल्लाह ही उसके यहाँ सबसे ज़्यादा रिज़्क की तंगी पैदा कर देगा। ये सब झूठ है। बिना मेहनत-मज़दूरी किये किसी को कुछ नहीं मिलता।"

जब वो उससे कहते कि पाँच वक़्त की नमाज़ समय पर पढ़ने से चेहरे पर नूर आता है तो वह जवाब देता, "चेहरे पर नूर तो ख़ुद-ब-ख़ुद ही आ जाएगा, जब इनसान दिन में पाँच बार अपना मुँह धोएगा। ये जो लोग नमाज़ पढ़ते हैं, ये किसी नूर से नहीं बल्कि बार-बार मुँह धोने से गोरे होते हैं। अगर नमाज़ से पहले अपना मुँह धोना बन्द कर दें तो इनकी शक्ल भट्ठों पर काम करनेवाले मज़दूरों से भी ज़्यादा बुरी हो जाएगी।"

जमात वाले उसे जहन्नम के अज़ाब और जन्नत की ऐश वाली ज़िन्दगी के बारे में बताते। वो कहते, "मरने के बाद दीनदार इनसान को जन्नत में सत्तर हूर मिलेगी। रहने के लिए सोने-चाँदी के महल मिलेंगे। वहाँ किसी को मौत नहीं आएगी। सब ज़िन्दा रहेंगे और ऐश की ज़िन्दगी जिएँगे।"

उनकी इस बात को हँसी में उड़ाते हुए अनीस जवाब देता, "तो तुम लोग सिर्फ़ हूरों और सोने-चाँदी के महलों के लिए नमाज़ पढ़ते हो... अल्लाह के लिए नहीं। यानी तुम भी लालची हो... ऐय्याश। औरतों के लिए और ऐश की ज़िन्दगी के लिए नमाज़ पढ़ना कौन सी अच्छी बात है। तुम्हारी ये बात मेरी इस बात को सच साबित करती है कि इनसान को अच्छी ज़िन्दगी, ख़ूबसूरत औरतों के लालच और जहन्नम के अज़ाब का डर दिखाकर गुलाम बनाया जा सकता है... बहुत अच्छे।"

अनीस के इस तरह के जवाब को सुनकर वे धर्म-प्रचारक अल्लाह से माफ़ी माँगते हुए "ला-हौल-विला-कुव्वत" पढ़ते और कहते, "तौबा, तौबा...। तौबा कर ले मेरे भाई... तौबा कर ले। वरना बख़्शीश भी नहीं होगी।"

"बख़्शीश के लिए कहा ही किसने? ये सब बेकार की बातें हैं। इनसान काम करता है तो उसे खाना मिलता है। अगर वह काम करना छोड़ दे तो तुम्हारा अल्लाह भी उसके लिए कुछ नहीं कर सकता। काम करो मेरे भाई। कहाँ तुम इन बेकार के झमेलों में पड़ गए। इनसान के पास खाने के लिए रोटी और पहनने को कपड़ा नहीं है और तुम हो कि उसे अन्तहीन ज़िन्दगी, सत्तर हूरों और सोने-चाँदी के महल के बारे में बता रहे हो। शर्म करो।"

अनीस की इस तरह की बातें सुनकर वे उससे इतना खफ़ा होते कि गालियाँ बकते हुए लौटते। फिर वे हफ़्तों तक उससे दूर रहते। लेकिन महीने-भर बाद वे फिर उसके घर के दरवाज़े पर जा खड़े होते। उसे पहली सी सब दलीलें देते। वह भी उन्हें फिर से पहले से जवाब सुना देता और फिर वे अपना-सा मुँह लेकर वापस आ जाते।

इसी तरह उसकी ज़िन्दगी गुज़र रही थी, साथ ही बढ़ रही थी उसके घर के सदस्यों की संख्या भी। शादी के कुछ सालों बाद ही उसके यहाँ पाँच बच्चे हो गए थे। उनमें पहले चार बेटी और फिर सबसे आख़िर में कई सालों बाद पैदा हुआ घर का चिराग, वंश चलानेवाला इकलौता बेटा। उसने अपने किसी भी बच्चे को मस्जिद-मदरसे में पढ़ने नहीं भेजा। वे सब स्कूलों में पढ़ने जाते। दो बड़ी बेटियों को उसने बारहवीं तक पढ़ाया और उसके तुरन्त बाद ही उनकी शादी कर दी। दामाद भी उसने अपने जैसे ही ढूँढ़े। मेहनती देहाती। नमाज़, रोज़े से दूर। एकदम बेदीन।

उसने अपनी ज़िन्दगी के दो हिस्से ऐसे ही बेदीनी और नास्तिकता में गुज़ार दिये। अब उसे किसी ख़ास चीज़ से लगाव नहीं रहा था। बेटियों की शादी के बाद जैसे वह सब कामों से फ़ारिग़ हो गया। सुबह काम पर जाता और शाम को अपने दोस्तों के साथ ताश खेलने चला जाता। अब यही उसकी दिनचर्या थी। हाँ, उसे अपने बेटे अरमान से बहुत लगाव था। वह उसकी हर ख़्वाहिश पूरी करता।

उसने उसका एडमिशन भी शहर के सबसे अच्छे स्कूलों में से एक में कराया था। अरमान दस साल का हो चुका था और चौथी कक्षा में पढ़ता था। उसने अपने अब्बू जी से कहकर ख़ुद के लिए साइकिल मँगवाई थी। उसे वह शाम को घर की छत पर चलाया करता था।

वह इतवार का दिन था। अरमान शाम को ट्यूशन के बाद रोज़ की तरह छत पर साइकिल चला रहा था कि तभी साइकिल की चैन टूट गई और वह गिर पड़ा। पहले तो उसने ख़ुद ही चैन ठीक करने की कोशिश की लेकिन जब कामयाबी नहीं मिली तो वह अपने अब्बू के पास चला गया। उसके अब्बू साइकिल को नीचे ले आए और बरामदे में बैठकर चैन ठीक करने लगे।

चैन ठीक करते-करते अचानक ही अनीस के हाथों ने काम करना बन्द कर दिया। वे विपरीत दिशा में घूम गए। उसके मुँह से झाग निकलने लगा और वह बैठे-का-बैठा ही पीछे की ओर गिर पड़ा। उसकी यह हालत देखकर अरमान डर गया और चीख़ मारकर रोने लगा। अरमान के रोने की आवाज़ सुनकर उसकी अम्मी दौड़ी आई और उसने अपने सामने अनीस को ज़मीन पर औंधे मुँह बेहोश पड़ा देखा। उसके मुँह से अब भी झाग निकल रहे थे। उसने अपने सास-ससुर और देवर को आवाज़ दी। वे लोग दौड़ते हुए आए और उसे गाड़ी में डालकर अस्पताल ले गए।

अस्पताल में डॉक्टर ने बताया कि उसे मिर्गी का दौरा पड़ा है। शराब और बीड़ी-सिगरेट पीने से उसके दोनों फेफड़े ख़राब हो चुके हैं और उसे पहले स्तर का कैंसर है। हम उसे बचा तो नहीं सकते पर हाँ उसकी बाक़ी ज़िन्दगी आराम से गुज़रे, इसकी कोशिश कर सकते हैं। वह अभी कुछ दिन अस्पताल में ही रहेगा।

कैंसर की बात सुनकर वकीला को तो मानो चक्कर ही आ गए। वह पास ही पड़ी बेंच पर दरख़्त से टूटी किसी अनचाही शाख़ की तरह ढह पड़ी और सुबक-सुबककर रोने लगी।

अस्पताल में हर रोज़ अनीस के यार-दोस्त, नाते-रिश्तेदार मिलने आते। वे सब उससे कैंसर से सम्बन्धित बात करने से बचने की कोशिश करते।

लेकिन अनीस को पता चल चुका था कि उसे मिर्गी का दौरा पड़ा था और अब वह कैंसर का मरीज़ है। वह पिछले एक हफ़्ते से अस्पताल में है और उसे अभी भी यहीं रहना है, पता नहीं कब तक। हर रोज़ घर का कोई एक सदस्य उसके पास रात में रुकता। कभी उसके वालिद तो कभी उसका भाई। कभी वकीला तो कभी उसके दामाद।

दिसम्बर का महीना बीत चुका है और जनवरी के महीने ने हड्डियाँ कँपाने वाली ठंड, ठिठुरन और अन्तहीन कोहरे के साथ दस्तक दे दी है। शाम होते ही सारे शहर में कोहरा पड़ना शुरू हो जाता है। कोहरे की परत इतनी घनी होती है कि पास खड़ा इनसान भी दिखाई नहीं देता। साँस लेने के लिए मुँह खोलो तो हवा की जगह भाप निकलती। मानो शरीर के अन्दर भट्ठी सुलग रही हो। लोग ठंड और कोहरे से बचने के लिए घरों से कम ही निकलते। शाम को भी वे जल्दी ही घरों में दुबक जाते। सात बजते ही दुकानें बन्द होने लगतीं और बाज़ार ख़ाली हो जाता। दस बजते-बजते सब कुछ किसी अन्धकारमय ख़ामोशी में डूब जाता। कुछ भी दिखाई या सुनाई नहीं देता। सड़कें, गलियाँ सब सूनी। कहीं कोई आवाज़ नहीं। हाँ, कभी-कभी उस ख़ामोशी को भंग करती कहीं दूर से कोहरे की परत को चीरती किसी कुत्ते के कुकराने, रोने और कानों के फड़फड़ाने की आवाज़ आती।

आधी रात बीत चुकी है। आज वकीला अनीस के पास ठहरी है। वह उसके सफ़ेद चादर वाली लोहे की चारपाई के बराबर में ही तिपाई पर रज़ाई ओढ़े लेटी है। वह ठंड से बचने के लिए बार-बार करवटें बदलती है। बीच-बीच में उठकर अनीस को देखती है कि वह जाग रहा है या सो गया है। उसे किसी चीज़ की ज़रूरत तो नहीं। जब उसे सब कुछ व्यवस्थित और ठीक-ठाक लगता है तो वह फिर पीछे को लेट जाती है और नींद के खुमार में ऊँघने लगती है।

वकीला की तरह ही पूरा अस्पताल भी ख़ामोशी में लिपटा हुआ सो रहा है। काफ़ी लम्बा वक़्त गुज़र जाता है और तीन पहर रात बीत जाती है। अब ऊँघने और रज़ाई के खिंचने-ओढ़ने से होनेवाली सरसराहट की आवाज़ भी सुनाई नहीं पड़ती।

सब चुप-चुप और ख़ामोश है। तो भी इस ख़ामोशी को कोई तोड़ रहा है। किसी के सिसकने की आवाज़ आ रही है। कोई धीरे से बुदबुदा रहा है, रो रहा है और अपने काँपते हाथों से गालों पर बहते आँसुओं को साफ़ कर रहा है।

बिस्तर पर लेटा अनीस दूर आसमान में अपने नीड़ की ओर जाते पंछी के पंखों की तरह पलकों को फड़फड़ा रहा है। उसकी आँखों से आँसू पानी की तरह बह रहे हैं। वे उसके गालों और हाथ की उँगलियों से होते हुए तकिये की खोल को गीला कर रहे हैं। बहते पानी की धार के साथ वह कहता जा रहा है, "या अल्लाह मुझे माफ़ कर दे... मुझे इस अज़ाब से बचा ले...। बेशक, मैं मानता हूँ कि सब कुछ करनेवाली ज़ात तेरी ही है... तू जो चाहता है वही होता है। मैं जानता हूँ कि तू ही मुझे ठीक कर सकता है... ये डॉक्टर, ये दवाएँ सब झूठी हैं... जब तक तू नहीं चाहेगा तब तक ये कुछ असर ना करेंगी... या अल्लाह मुझे बचा ले। ऐ ख़ुदा, मैंने अपनी सारी ज़िन्दगी तेरे हुक़्मों को तोड़कर गुज़ार दी... तेरी नाफ़रमानी करते हुए गँवा दी... मैं इसके लिए तुझसे माफ़ी चाहता हूँ... मुझे माफ़ कर...। मैं वादा करता हूँ कि आज के बाद कोई गुनाह नहीं करूँगा। या अल्लाह मुझे माफ़ कर दे... मैं तुझसे माफ़ी चाहता हूँ।"

फिर एकाएक उसके होंठों की फड़कन के साथ उसके सिसकने की आवाज़ भी तेज़ हो जाती है। उसे हिचकी आती है। उसने दो बार, पहले दाएँ फिर बाएँ करवट बदली और फिर सीधा होकर लेट गया। उसने आँखें बन्द कीं। मानो अचानक नींद ने आ दबोचा हो।

सुबह रोज़ की तरह अस्पताल में चहल-पहल शुरू हुई। वकीला भी सोकर उठ बैठी। उसने सबसे पहले अनीस को देखा। वह सीधा, ख़ामोश लेटा था। ऐसे जैसे गहरी नींद में हो। सब कुछ ठीक-ठाक। उसने सुकून की साँस ली। वह उसके सिरहाने गई। उसने उसकी रज़ाई हटाई। दवा देने के लिए उसे जगाना चाहा। पर जब उसने उसके ठंडे हाथ और माथे को छुआ तो वह सन्न रह गई। वह डॉक्टर को बुलाने दौड़ी जबकि अनीस सूरज निकलने के पहले ही मर चुका था।

आख़िरी स्टेशन

हाँफने के तेज़ शोर, भागने-दौड़ने की आवाज़ों और घरेलू सामानों की उठा-पटक से जब उसकी आँखें खुलीं तो कमरे में घुप अँधेरा था। बिस्तर पर लेटे-लेटे ही उसने सिर के ऊपर दीवार में लगे बल्ब की चिटकनी दबाई, तो एकाएक हुए तेज़ उजाले से उसकी आँखें चौंधिया गईं। उसने दोनों हाथों से आँखों को मला। कई बार पलकों को झपका और फिर अपने पास रखी हाथ घड़ी को उठाकर देखा। सुबह के तीन बजकर पाँच मिनट का समय हो रहा था।

बाहर शोर था और उसकी आँखें नींद से भरी थीं। वह पीछे को लेट गया। तभी ट्रेन के छूट जाने और ख़ुद के अकेले रह जाने का ख़याल उसके दिमाग़ में दौड़ने लगा। अपने साथियों से बिछड़ने और उसके बाद शुरू हुई परेशानियों का वह सिलसिला उसकी आँखों के सामने तैरने लगा। उसने एक-दो बार इधर-उधर करवट बदली और फिर पूरी तरह आँखें खोलकर कमरे का जायज़ा लिया। उसका पलँग, जिस पर वह लेटा था, कमरे के बीचो-बीच था। उसके सामनेवाली दीवार में छोटा-सा दरवाज़ा था। दरवाज़े से हटकर बगल वाली दीवार से लगी अलमारी खड़ी थी। उसमें कुछ कपड़े और धार्मिक ग्रन्थ रखे थे। ग्रन्थों में मुख्य रूप से वेद, पुराण और रामचरितमानस की जिल्दें दिखाई दे रही थीं। बाएँ दीवार से लगी दो कुर्सियाँ रखी थीं और उनके ऊपर खिड़की बनी थी।

एकाएक किसी भारी-भरकम वस्तु के गिरने जैसा धमाका हुआ। रात की ख़ामोशी में उस धमाके का शोर काफ़ी देर तक अपनी प्रतिध्वनि के साथ गूँजता रहा। कमरे के निरीक्षण के दौरान वह बाहर हो रहे शोर को भूल ही गया था। उसे फिर से वही आवाज़ें सुनाई देने लगीं। वह बिस्तर से उठा और खिड़की के पास जाकर खड़ा हो गया... उसने बाहर झाँका... देखने के लिए... वहाँ चल क्या रहा है?

बाहर लूट हो रही थी। दंगे में अपना घर-बार छोड़कर भागे लोगों के घरों को उनके ही पड़ोसी लूट रहे थे। वे लूट रहे थे... फ्रिज, वाशिंग मशीन, सिलाई मशीन, प्रेस, पलँग, चारपाई, बेड, सोफ़ा, कुर्सी, मेज़, अलमारी, कपड़े, बर्तन, खिलौने, रेडियो, टीवी, सीडी, रज़ाई-गद्दे और बक्से...। वे लूट रहे थे वो सब... जो ज़िन्दगी की बुनियादी ज़रूरियात हैं... वे लूट रहे थे... एक दुनिया... जिसे कभी किसी ने बड़े प्यार से सजाया और बसाया था।

पश्चिम में डूबता चाँद खिड़की से झाँकता उसका चेहरा रोशन कर रहा था। उसकी नींद की ख़ुमारी दूर हो गई। चाँद की सफ़ेद रोशनी में अपने सामने होती उस अप्रत्याशित लूट को देखकर वह मुस्कुराया। हालाँकि, उसे भी नहीं पता था कि वह मुस्कुरा क्यों रहा है... पर उसके होंठ फैल गए... हँसने की उसकी अनिच्छा के विरुद्ध... वे मुस्कान के रूप में खिल रहे थे।

उसने उस बिन बुलाई मुस्कान को अपनी बची-खुची नींद की अलसाई में ली गई अँगड़ाई के साथ ग़ायब कर दिया। वह मुड़ा और दरवाज़े से बाहर निकल गया। चलते हुए उसने अपनी सोच को शब्द देते हुए ख़ुद से कहा, "चलो, हम भी लूटते हैं। अगर कुछ मिल जाए? अपने मतलब का।"

जिस कमरे में वह रात बिता रहा था, वह रेलवे स्टेशन के पास बसे गाँव से महज़ दस-पन्द्रह मिनट की दूरी पर था। उसे नहीं पता था कि यह गाँव कौन सा है और इस स्टेशन का नाम क्या है? कल जब दिल्ली जानेवाली उसकी ट्रेन छूट गई, जो आख़िरी न होने के बाद भी आख़िरी साबित हुई थी तो, उसके उन अनजानों साथियों में से एक ने, जिनके साथ वह पिछले तीन महीने से रह रहा था, उसे स्टेशन के पास के इस गाँव के बाहरी हिस्से में कमरे को रात

बिताने के लिए दे दिया था, ताकि वह सुबह उठकर बिना हड़बड़ी के दिल्ली जानेवाली पहली ट्रेन पकड़ सके, जो उसे उसके आख़िरी स्टेशन तक ले जाएगी, जहाँ वह रहता था।

वह मराठी युवक था। कॉलेज में पॉलिटिकल साइंस पढ़ा रहा था। साथ ही वह अति-राष्ट्रवादी राजनीतिक दल का सदस्य भी था। इसलिए जब राष्ट्रीय चुनाव की तारीख़ नज़दीक आने लगी तो उस दल ने संसद की सबसे ज़्यादा सीटों वाले राज्यों में अपनी गतिविधि बढ़ाने पर ज़ोर देना शुरू कर दिया। उन राज्यों में संगठन और कार्यकर्ताओं को चुस्त-दुरुस्त करने के लिए दल को समर्पित और जोशीले प्रचारकों की ज़रूरत थी, जो न केवल राजनीति का गुणा-भाग जानते हों, साथ ही बोलना भी जानते हों। उनमें लोगों को जोड़ने की क़ाबलियत हो और निष्क्रिय पड़े संगठन और कार्यकर्ताओं में फिर से जान फूँक सकते हों। उसमें ये सारी ख़ासियत थी। वह मराठी के साथ अंग्रेज़ी और हिन्दी का भी अच्छा ज्ञान रखता था। पॉलिटिकल साइंस का छात्र होने के कारण उसे राजनीति की भी समझ थी और वह बोलने में भी माहिर था। इन विशेषताओं को ध्यान में रखते हुए ही दल के प्रदेश अध्यक्ष ने जब दूसरे राज्यों में प्रचार के लिए भेजे जानेवाली टीमों का चुनाव किया तो उनमें से एक टीम में उसे भी शामिल कर लिया।

जिस टीम में वह शामिल था, वह उत्तर प्रदेश में आई थी। आते ही वह अपने काम में जुट गई। उसने गाँव, क़स्बों और छोटे शहरों में घूम-घूमकर पार्टी कार्यकर्ताओं से मिलना शुरू किया। छोटी-छोटी वर्कशॉप आयोजित की। पार्टी कार्यकर्ताओं को एकजुट किया। उन्हें चुनाव की रणनीति समझाई। उन्हें मौजूदा सरकार की नाकामियों और अपनी पार्टी के एजेंडे को आमजन के बीच लेकर जाने के लिए कहा। वह उन्हें समझाते कि किस तरह वे पार्टी की घोषणाओं को लोगों तक पहुँचाएँ और उन्हें पार्टी के लिए वोट करने के लिए प्रेरित करें। पूरे प्रदेश में इस तरह के कार्यक्रमों को करने में उन्हें तीन महीने लग गए। इन तीन महीनों में उन्होंने निष्क्रिय पार्टी संगठन को फिर से सक्रिय कर दिया और निराश पार्टी कार्यकर्ताओं में फिर से उत्साह भर दिया।

काम ख़त्म होने के बाद वे वापस लौटने लगे। लेकिन उनके लौटने से पहले ही दंगे भड़क उठे। वह भी ऐसे कि एक बार शुरू होने के बाद हफ़्ते-भर से पहले रुकने का नाम नहीं लिया।

हालाँकि किसी को भी नहीं पता था कि आख़िर दंगा हुआ किस बात पर था? लेकिन देखते-ही-देखते पूरा इलाक़ा दंगे की चपेट में आ गया। लोग गाँवों से रातों-रात पलायन कर गए। बसे-बसाए घर उजड़ गए। हँसते-खेलते परिवार बिछड़ गए। ख़ाली घर जलने लगे और दिन दहाड़े क़त्ल किये जाने लगे। भागनेवालों में किसी को कुछ पता नहीं था कि जाना कहाँ है? किधर जाना है? बस जाना है। अगर ज़िन्दा रहना है तो जाना ही है। जिसकी जान बच जाती वह ईश्वर का शुक्र अदा करता और फिर राहत शिविरों में अपने अन्य परिजनों को ढूँढ़ता फिरता।

एक हफ़्ते तक दंगे होते रहे। शहरों में कर्फ़्यू लगा दिया गया। पूरी परिवहन व्यवस्था ठप पड़ गई। बसें और ट्रेनें बन्द हो गईं। उन हालात में वे एक पार्टी कार्यकर्ता के ख़ाली मकान में रहे। हफ़्ते-भर बाद जब हालात कुछ क़ाबू में आए और परिवहन साधनों का पहिया घूमा तो उन्होंने राहत की साँस ली। उस कार्यकर्ता ने जल्दी ही पता लगा लिया कि दिल्ली जानेवाली ट्रेन कब छूटेगी। वह रात में दस बजे जानेवाली थी। उसने उनके स्टेशन तक पहुँचने का पूरा इन्तज़ाम कर दिया। परन्तु किसी कारणवश वह टीम के अन्य साथियों के साथ स्टेशन नहीं पहुँच सका। रेल उसका इन्तज़ार किये बिना उसके साथियों को लेकर दिल्ली की ओर प्रस्थान कर गई। वह पीछे अकेला छूट गया।

उस व्यक्ति ने, जो बाद में उसे स्टेशन पर छोड़ने आया था, कहा, "कोई बात नहीं... तुम कल चले जाना। तब तक आराम करो... कल तुम्हें पहली ट्रेन से रवाना कर देंगे।"

इसके बाद वह उसे वापस शहर नहीं ले गया। वह उसे अगले स्टेशन पर ले आया। उसे नहीं पता था कि वह स्टेशन शहर से कितनी दूर था। पर वह मोटर साइकिल पर उसके पीछे बीस मिनट तक बैठा रहा था। जब उसने मोटर साइकिल रोकी और उसकी लाइट बन्द की तो वे सुनसान जंगल में थे।

उसने उसे अपने पीछे आने के लिए कहा और फिर इस एक कमरे के घर का दरवाज़ा खोलकर उसने कहा, "तुम यहाँ रात बिताओ। स्टेशन थोड़े फ़ासले पर ही है... मैं सुबह आऊँगा... गाड़ी के आने से पहले... तुम्हारा टिकट भी लेता आऊँगा... अब तुम आराम करो।"

उसके जाने के बाद वह पलँग पर बैठ गया। उसके दिमाग़ में अजीबो-ग़रीब ख़याल दौड़ने लगे। फिर उसने मोटर साइकिल के स्टार्ट होने की आवाज़ सुनी। पहले तेज़ और फिर धीमे होती हुई, जो कुछ ही देर में पूरी तरह बन्द हो गई। मोटर साइकिल के जाने की आवाज़ के बन्द होने के बाद वह बेसुध-सा पीछे को लेट गया और उसे नींद आ गई। उसके बाद अब उसकी आँखें खुली थीं।

वह ख़ाली सुनसान गलियों में से होकर गुज़र रहा था। जले घरों, टूटी दरों-दीवारों और ख़ाली पड़े दालानों को देखता हुआ। वहाँ कोई आवाज़ नहीं थी। सिवाय उसके चलने और साँस लेने के। उसने आधा गाँव पार किया और उस स्थान पर जा पहुँचा जहाँ लूट हो रही थी।

लोग लूट रहे थे गैस चूल्हा और तक़िया। एक आदमी चारपाई उठाकर ले जा रहा था, तो दूसरा टीवी। तीसरा गैस सिलेंडर तो चौथा दीवार घड़ी। कोई कपड़ों से भरा बक्सा उठाए जा रहा था। दो आदमी कपड़े रखने की अलमारी पकड़े जा रहे थे तो कोई मोटर साइकिल और साइकिल उठाए जा रहा था। कोई गाय, भैंस, बकरी और मुर्गी पकड़े जा रहा था तो कोई छत के पंखे। मसलन सब-के-सब कुछ ना कुछ लूट रहे थे। और अगर किसी को लूटने के लिए कुछ नहीं मिल रहा था तो वह उन उजड़ चुके घरों के दरवाज़े ही उखाड़ने लगा था। वह गली से बाहर निकलकर उन घरों की तरफ़ मुड़ा, जिनमें लूट हो रही थी। चलते-चलते अचानक उसे अपनी चप्पलें ज़मीन पर चिपकती महसूस हुई। उसने नीचे देखा तो गली में जगह-जगह ख़ून, टूटी चप्पलें, औरतों के दुपट्टे और हाथों की कटी उँगलियाँ, पैर के अँगूठे और कहीं-कहीं पूरा पैर कटा पड़ा था, जिनसे दुर्गन्ध उठ रही थी। बदबू से उसने अपनी नाक-भौं सिकोड़ी और फिर आगे की ओर चल दिया।

लूट का मंज़र अब भी बदस्तूर जारी था। उसने अपने पास से गुज़रते आदमी को देखा। वह बच्चों के खिलौने और कुछ किताबें उठाए जा रहा था। वह थोड़ा और आगे बढ़ा तो ठोकर लगकर गिरने से बाल-बाल बचा। सँभलकर उसने देखा तो निहायत ही ख़ूबसूरत जवान लड़की की लाश पड़ी थी। गहरे घाव लगने से लाश में से निकला ख़ून ज़्यादा दूर तक न फैलकर उसके आसपास ही जमा हो गया था। मानो वह उस लाश के प्रति अपनी वफ़ादारी साबित कर रहा हो। कह रहा हो कि भले ही इनसान इनसान के प्रति वफ़ादार न हो, लेकिन मैं तेरे प्रति वफ़ादार हूँ। हालाँकि, रास्ता मिलते ही मुझे अख़्तियार था कि मैं बहकर कहीं तक भी फैल जाऊँ।

हाथ में चूड़ी, पैरों में पायल और उसके बनाव-सिंगार को देखकर लगा रहा था कि वह अच्छे परिवार की शादी-शुदा औरत थी। उसने लाश को ध्यान से देखा तो डूबते चाँद की चाँदनी में उसके सीने पर लॉकेट चमकता दिखाई दिया। एक चमकदार लॉकेट। उसकी चेन चाँदी की थी और उसके बीच में सफ़ेद नगीने की शक्ल का कुछ चमक रहा था। उसने लाश पर से वह लॉकेट उठा लिया और उसे ध्यान से देखने लगा। हो ना हो, उसने यह लॉकेट कहीं देखा है! लेकिन उसे याद नहीं आ रहा कि कहाँ? दिमाग़ पर ज़ोर देकर उसने याद करने की कोशिश की तो कॉलेज की वह लड़की याद आई, जिसे उसने सबसे पहले एडमिशन विंडो पर देखा था। उसके बाद कैंटीन और फिर क्लास रूम के गेट पर। फिर वह उसे हर उस जगह देखता रहा था, जहाँ भी वह जाती थी। वह उसके पीछे दीवाने की तरह घूमता था। हर जगह, कॉलेज के पूरे वक्त। वैसे, उसने उससे कभी कुछ कहा नहीं था। बस, वह उसे देखता था। वह गोरी नहीं थी। साँवला रंग था उसका। छोटी और मुखर काली आँखें। लम्बे बाल। और गले में लटकता वह चमकदार लॉकेट। हू-ब-हू वैसा ही, जैसा इस वक़्त वह अपने हाथ में लिये खड़ा था।

उसने कई बार चाहा कि वह उससे बात करे। उसे अपने दिल की बात बता दे। पर उसने कुछ नहीं कहा। फिर उसने प्रोफ़ेसर के हाथ में कुछ फ़ॉर्म देखे थे। उन फ़ॉर्म में सबसे ऊपर उस लड़की की फ़ोटोवाला फ़ॉर्म था।

उसने उसका नाम पढ़ा, उसके पिता का नाम। धर्म देखा और देखी उसकी जाति। जाति देखते ही वह पीछे हट गया...! वह ख़ुद से ही बुदबुदाया, "वह एससी है? यानी दलित।"

इसके बाद उसने उसे फिर कभी नहीं देखा। हालाँकि वह उसके आगे-आगे घूमती। पर वह पलट गया। वह ब्राह्मण लड़का था... मुहब्बत होने के बावजूद दलित लड़की से कैसे प्यार कर सकता था...?

लूटनेवाले लोग अब भी लूट रहे थे। जब लूटने के लिए कुछ नहीं बचा तो वे एकान्त में अकेले खड़े उस इनसान के पास आकर जमा हो गए, जो एक लाश के पास खड़ा अपने हाथों में किसी चीज़ को थामे बड़े ध्यान से देख रहा था। उसने भी लॉकेट से नज़र हटाकर एक बार उन लोगों को देखा और फिर लॉकेट में खो गया। उसके चारों तरफ़ लोगों की संख्या बढ़ती गई और वह ऐसे ही बुत बना लॉकेट देखता रहा।

तभी, अचानक एक शोर उठा। लोग, और उनसे घिरा खड़ा वह शख़्स इससे पहले कि कुछ समझ पाते हवा में तैरते सिरों का झुंड आया और उन सबके सिर धड़ से अलग जा गिरे।

लॉकेट अब भी चमक रहा था। लेकिन अब ठंडी होकर अकड़ चुकी लड़की की लाश पर नहीं... ताज़ा और गर्म ख़ून के निकलने से फुदकते लड़के के धड़ पर।

पहला मतदान

फ़साद के आठ महीने बाद चुनाव होने जा रहे हैं। इतने लम्बे वक़्त में दंगे के दर्द को भूलकर जीवन अपने रोज़मर्रा के ढर्रे पर लौट चुका है... जैसा कि उसे लौटना ही था। लोगों के दिलों से शंकाओं का ग़ुबार साफ़ हो गया और वे फिर फ़साद से पहले की तरह ही एक-दूसरे से बाज़ार में सामान ख़रीदने लगे, सड़क के इस पार के कारीगर उस पार के मकानों, दुकानों और होटलों में काम करने और एक-दूसरे के मोहल्लों में सब्ज़ी, कपड़ों, बर्तनों की फेरीवाले और आम लोग भी आने-जाने लगे। उनके दिलों से वह डर ग़ायब हो चुका है, जो पिछले कुछ महीनों से उन्हें एक-दूसरे के प्रति भयभीत किये रहा था।

और आज वही दिन है, यानी मतदान का दिन। इस दिन के लिए ही तो वह सारा तांडव हुआ था... सैकड़ों लोग मारे गए थे, न जाने कितनी औरतों-लड़कियों की आबरू लूटी गई, कितने घर-परिवार तबाह-ओ-बर्बाद हुए, कितने लोग अपने घरों से भागने पर मजबूर हुए और न जाने कितनी पुश्तों से जमी-जमाई गृहस्थी पल-भर में ही जलकर ख़ाक हो गई। आज वही दिन है। आज भी सारा शहर बन्द है। सरकारी छुट्टी है।

पिछले तीन दिनों से लाइट भी दिन-रात आ रही है। सड़कों पर बन्दूक लिये, लाठी थामे सेना के गश्ती दल घूम रहे हैं। किसी भी विवादास्पद स्थिति से निपटने के लिए...! पर अब कोई विवादास्पद स्थिति होगी...?

उस वक़्त के हालत और आज के माहौल को देखकर लगता है कि हमारे देश में सेना और पुलिस की स्थिति उस डरपोक दरबान जैसी है, जो जब आग लगती है तो डरकर कहीं दुबक जाता है और जब आग बुझ जाती तो रखवाली पर मुस्तैदी से आ खड़ा होता है।

ख़ैर! उसकी भी क्या ग़लती... वह भी दूसरों के इशारे पर नचाए जानेवाली गठपुतली मात्र है।

मतदान होने के कारण मोहल्ले में काफ़ी चहल-पहल है। लोग सुबह से ही मतदान केन्द्रों की ओर जाने लगे। वे हाथों में पहचान-पत्र थामे ऐसे जाते जैसे कोई सैनिक किला फ़तह करने जा रहा हो। किसी-किसी के साथ बुर्क़े में लिपटी उसकी बीवी भी होती। छोटी-दुबली-सी, बुर्क़े में लिपटी सहमी-सी। वह आगे-आगे दौड़ता जाता और बीवी उसके पीछे घिसटती चलती। कोई अपनी बीवी के साथ चलता। चलते हुए वह उसे वोट किसे डालना और कैसे डालना है, इस बारे में बताता जाता।

अपने घर की छत पर खड़ा राशिद लोगों की इन गतिविधियों को ध्यान से देख रहा था। इतना सब कुछ सहने के बाद भी लोगों को अपने मताधिकार का प्रयोग करता देख उसे एक प्रकार की ख़ुशी हो रही थी। उनकी ओर देखते हुए उसकी आँखें चमक रही थीं और होंठों पर मुस्कान खेल रही थी। लेकिन जब उसे ख़ुद का ख़याल आया तो उसकी वह चमक और ख़ुशी अचानक ग़ायब हो गई। उसके ख़ुशगवार मन पर मायूसी के बादल छा गए। वह सोचने लगा, "सब लोग तो लोकतंत्र के इस महाकुम्भ में अपने मताधिकार का प्रयोग करने जा रहे। हर कोई अपने मतदान के जरिए अपने पसन्द के उम्मीदवार को चुनेगा और उसकी जीत या हार का भागीदार बनेगा। इससे न केवल राष्ट्र-राज्य की सरकार में अंशतः या पूर्णतः परिवर्तन होगा, साथ ही हो सकता है कि ऐसा बदलाव आए कि वह उनकी ज़िन्दगी के साथ-साथ उनके रहन-सहन को भी बदलकर रखे। लेकिन बदलाव की इस प्रक्रिया में उसकी कोई भूमिका नहीं है। वह कहीं नहीं जाएगा। बस यहाँ खड़ा वोट डालने जाते लोगों को देखता रहेगा।"

ये सब सोचते हुए उसने आह भरी और ख़ुद से ही बुदबुदाकर कहा, "सब लोग मतदान करने जा रहे हैं और मैं यहाँ खड़ा उन्हें जाते हुए देख रहा हूँ। इसके अलावा मैं कर भी क्या सकता है?"

उसने तो सभी प्रक्रिया पूरी की थी लेकिन जब मतदाता सूची में ही उसका नाम नहीं आया तो इसमें उसकी क्या ख़ता? ख़ता! ख़ता तो है ही कि वह लाख कोशिश करने के बाद भी अपने पहले मतदान में शामिल नहीं हो पाया।"

राशिद पढ़ा-लिखा और समझदार युवा है। वह बी.कॉम. प्रथम वर्ष का छात्र है और हाल ही में अट्ठारह साल का हुआ है। मतदान को लेकर बचपन से ही उसके मन में कौतूहल रहा है। ख़ुद के बालिग होने से पहले जब भी वह कभी नगर पालिका के चुनाव, विधानसभा या लोकसभा के चुनाव के लिए मतदान करने जाते लोगों को देखता तो सोचता कि एक दिन वह भी इसी तरह सबके साथ मतदान करने जाएगा। कक्षा में जब अध्यापक बच्चों को नागरिक शास्त्र की किताब पढ़ाते और उन्हें लोकतंत्र, चुनाव और मतदान के बारे में बताते तो उसका मन उत्साह से भर उठता।

उसके बालिग़ होने पर पहले चुनाव की घोषणा हुई तो उसने पूरे उत्साह से मतदाता बनने का फ़ॉर्म भरा और उसकी अन्य सभी प्रक्रियाओं को भी पूरा किया। लेकिन जब मतदाता सूची आई तो वह हैरान रह गया। उसने मतदाता सूची में अपना नाम खोजा, जो उसे वहाँ नहीं मिला। वह जल्दी-जल्दी एक के बाद एक सारी मतदाता सूची देख गया लेकिन उसे किसी भी सूची में अपना नाम नहीं मिला। उसने एक बार फिर उन सब सूचियों को ऊपर से नीचे तक देखा लेकिन फिर भी वह 'र' अक्षर से बननेवाले अपने नाम को खोज नहीं पाया।

इस पर वह हैरान-परेशान था कि आख़िर उसका नाम छूट कैसे गया? इतने सारे लोगों में उसी का नाम छूटा है बस। अपने पहले मतदान को लेकर उसके मन में जो उम्मीद और उमंग थी, वह एक ही पल में फुर्र हो गई। मगर जब उसने अपने आसपास के लोगों से मालूम किया तो पता चला कि केवल उसी का ही नहीं बल्कि मोहल्ले में ऐसे ढेरों लोग हैं, जिनके नाम मतदाता सूची में नहीं हैं।

बाहर आकर उसने देखा कि कितने ही लोग समूह की शक्ल में उसके घर के पास खड़े हैं। वे आपस में बातें कर रहे हैं। वह भी उनके पास जाकर खड़ा हो गया और हो रही बातें सुनने लगा। उनमें से एक कह रहा था, "चलो यार, वोट डालने चलते हैं... फिर बूथ पर भीड़ हो जाएगी।"

"यार, मेरी तो वोट ही नहीं आई... वरना मैं ज़रूर चलता", दूसरे ने जवाब दिया।

"तो इसमें इतना उदास होनेवाली क्या बात है... आ भी जाती तो तुम कौन सा झंडा उखाड़ लेते," किसी ने दमदार आवाज़ में कहा, "मुझे देख, मेरी वोट आई है, मैं फिर भी देने नहीं जा रहा।"

"क्यों? यार, वोट तो देनी चाहिए... जब आ गई है तो उसे ऐसे बर्बाद करने से क्या फ़ायदा?" दूसरी आवाज़ वाला कहता है, "मैं तो इसलिए उदास हूँ कि हमारी वोट नहीं आई और एक तू है कि वोट आने के बाद भी डालने नहीं जा रहा।"

"देने से ही कौन सा फ़ायदा होनेवाला है? वोट तो हमारी फिर भी ख़राब ही होनी है। इससे तो अच्छा दो ही मत।

"देने से तो नहीं पता, पर हाँ न देने से वह ज़रूर ख़राब हो जाएगी।"

"अच्छा... तुम्हें बड़ा पता है कि न देने से वोट ख़राब हो जाएगी... अरे भाई हमारी वोट ख़राब करने के लिए ही तो ये पूरा तांडव हुआ है। ये दंगा, ये मार-काट, ये आगजनी और ये लूट-मार सब इसीलिए हुआ कि हमारी वोट ख़राब हो जाए... वे बिखर जाएँ... इसलिए तुम अब वोट दो या न दो... जिसे जीतना है, वह तो पहले ही जीत चुका है।"

इस तीसरी आवाज़ को सुनकर राशिद को बड़ा ग़ुस्सा आया। ये कौन होता है किसी की जीत-हार का फ़ैसला करनेवाला? चाहे कोई भी जीते तुम्हें तो अपने अधिकार का प्रयोग करना ही चाहिए। ऐसे किसी चीज़ का बहिष्कार करने से क्या मिलेगा? उसे इस वार्तालाप से इतनी घृणा हुई कि वह वहाँ से चल दिया और चलता हुआ उस गली में मुड़ गया, जो दंगा-पीड़ितों के शिविरों की ओर जाती थी।

देहातों में अपने ही पड़ोसियों के हाथों लुटने-पिटने के बाद जान बचाने के लिए लोगों ने शहरों का रुख़ किया था। अब चूँकि यह शहर की पश्चिमी सीमा पर बसा मुसलमान बहुल इलाक़ा था तो सबसे ज़्यादा दंगा-पीड़ित इसी मोहल्ले में आए। लोगों ने भी बिना किसी सरकारी मदद का इन्तज़ार किये अपने पीड़ित भाइयों की दिल खोलकर मदद की। जिनके मकान, दुकान और प्लॉट ख़ाली थे, सब उन्हें रहने के लिए दे दिये। जब इससे काम नहीं चला तो उन्होंने मोहल्ले की बगल में ख़ाली पड़े खेतों की ज़मीन में उनके लिए तम्बू गाड़ दिये। उनके खाने और सिर ढँकने की व्यवस्था भी कर दी। यह सब इतना आनन-फ़ानन में हुआ कि दो दिन के अन्दर ही मोहल्ले से अलग एक और मोहल्ला नज़र आने लगा... तम्बुओं का मोहल्ला।

राशिद उन तम्बुओं के बीच घूमता हुआ साजिदा के तम्बू के पास जा पहुँचा। साजिदा उसकी अम्मी की बचपन की सहेली थी और पास के ही गाँव में उनकी शादी हुई थी। इसलिए जब वे लोग दंगों में भागकर शहर आए तो उसने ख़ुद ही उनके लिए तम्बूनामी इस छोटी सी झोंपड़ी की व्यवस्था की थी। जब वह पहुँचा तो साजिदा अपनी उस छोटी-सी झोंपड़ी में झाड़ू लगा रही थी। राशिद ने उसे सलाम किया और उसके काम में बिना कोई बाधा पहुँचाए पास में पड़ी चारपाई पर बैठ गया। बैठने के बाद उसने उसके शौहर के बारे में पूछा, "ख़ाला, ख़ालू दिखाई नहीं दे रहे। कहीं गए हैं क्या?"

"नहीं, हैं तो यहीं, पर पता नहीं कहाँ गए हैं?" साजिदा ने झाड़ू लगाते हुए जवाब दिया, "अभी तक तो यहीं थे। शायद बाहर गए होंगे।"

"वोट डालने गए होंगे?"

वोट के बारे में सुनते ही साजिदा के चलते हाथ रुक गए। उसने अपनी गर्दन उठाकर मुस्कुराते हुए कहा, "अगर हमें वोट देने दिया जाता तो क्या हमारी यह हालत होती?"

राशिद ने साजिदा की इस बात पर कुछ नहीं कहा और चुप होकर बैठा रहा।

काफ़ी देर बाद उसने उनके छोटे बेटे नतान के बारे में पूछा, "और नतान कहाँ है? वह भी दिखाई नहीं दे रहा।"

"होगा यहीं-कहीं। बाहर खेल रहा होगा", साजिदा ने पहले तरह ही काम में लगे हुए जवाब दिया।

राशिद वहाँ से उठा और नतान को ढूँढ़ता हुआ तम्बू के पीछे जा पहुँचा। वहाँ उसने नतान को ध्यान से ज़मीन देखते हुए पाया। उसने उसके पास जाकर देखा तो वह किसी रेलगाड़ी की तरह लाइन में जा रही चींटियों को देख रहा है और चींटियों की उस लाइन में से भूरी चींटियों को चुन-चुनकर मार रहा है। राशिद ख़ामोश खड़ा होकर उसे देखता रहा।

राशिद की मौज़ूदगी से बेख़बर नतान काफ़ी देर तक जब पूरी तल्लीनता से अपने काम को अंजाम देता रहा तो राशिद ने उससे पूछा, "क्या कर रहे हो नतान?"

"देख नहीं रहे हो मैं हिन्दू चींटी मार रहा हूँ", नतान ने उसके तरफ़ देखे बिना और अपनी मुहिम को पूरी गम्भीरता से चालू रखते हुए जवाब दिया।

"तुम्हें कैसे पता कि भूरी चींटी हिन्दू चींटी होती हैं?"

"ये साली काटती बहुत है।"

नन्हे नतान का जवाब सुनकर राशिद को धक्का-सा लगा। इसके बाद उसने उससे कुछ नहीं कहा और वहाँ से निकलकर नदी की ओर चला गया।

नदी के दोनों किनारे, जिन पर धोबियों और नहानेवाले बच्चों की भीड़ लगी रहती थी, निर्जन पड़े थे। किनारों पर बनीं सड़कें, जो कभी ग्वालों, चरवाहों, किसानों और रहगुज़रों से भरी रहती थीं, सूनी थीं। तभी एक कुत्ता कहीं से चलता हुआ आया और नदी में घुसकर बैठ गया। उसके बैठने की आवाज़ से एक बगुला, जो नदी में ध्यान लगाए खड़ा था, झट से उड़ गया। कुत्ते के बैठने और बगुले के उड़ने से नदी के शान्त पानी में लहरें उठीं और किनारों पर आकर थम गईं। राशिद खड़ा हुआ किनारों पर आकर समाप्त होती उन लहरों को देख रहा था। वह कुछ देर ऐसे ही खड़ा रहा। फिर घर की ओर लौट पड़ा। उसके चेहरे पर मन में चल रहे किसी वैचारिक संघर्ष के भाव थे। उसकी आँखों में उम्मीद और निराशा की मिली-जुली चमक थी।

घर जाते हुए रास्ते में उसे भैंसों को चारा डालता रहमू मिला। उसने रहमू को सलाम किया और उससे वही सब बातें करने लगा जिन पर वह सुबह से सोच रहा था, लोगों के विचार सुन रहा था और उसी बारे में ख़ुद से भी बातें कर रहा था। रहमू ने काम में लगे हुए ही उसके सलाम का जवाब दिया। राशिद ने उसने भी पूछा, "आप वोट डालने नहीं गए?"

"यहाँ मूतने की तो फ़ुर्सत है नहीं, और तू वोट देने की बात कर रहा है। भले आदमी पहले अपना काम देखें कि वोट देने जावे", रहमू ने वैसे ही उसकी तरफ़ देखे बिना जवाब दिया।

"वोट डालने में कौन-सा इतना टाइम लगता है। बस जाओ और अपनी पसन्द का बटन दबाकर आओ। इससे तुम भी देश में होनेवाले बदलाव का हिस्सा बन जाओगे।"

"बदलाव", इस बार उसने सानी करते अपने हाथों को रोककर राशिद की ओर देखा और कहा, "बदलाव तो लल्ला जो होना था हो लिया। अब और क्या बदलाव होवेगा?"

"क्या बदलाव हो गया? बिना आपके वोट दिये बदलाव कैसे होवेगा?"

"अरे अब तो वोट देने से पहले ही बदलाव हो जाते हैं। देख नहीं रहा कितने लोग घरों से झोंपड़ों में और झोंपड़ों से सड़कों पर आ गए। कितने क़त्ल हुए और कितने रिश्ते टूटकर बिखर गए। कितने मासूमों के भविष्य ख़राब हुए और कितने बसे-बसाए घर उजड़ गए। अब और इससे ज़्यादा क्या बदलाव चाहिए तुझे? और वह भी बिना वोट के ही। अब तू वोट दे या मत दे इससे कोई फ़र्क़ नहीं पड़ता।"

कुछ देर रुककर रहमू ने इस बार राशिद से ही पूछ लिया, "अच्छा ये बता, तू क्यों नहीं गया वोट देने?"

"वो... मेरा मतदाता सूची में नाम नहीं आया", उसने झिझकते हुए जवाब दिया, "इसलिए मेरा वोट भी नहीं बना।"

"और मुहल्ले में ऐसे कितने और लोग हैं, जिनका मतदाता सूची में नाम नहीं आया?"

"ऐसे तो ढेरों हैं। शायद सैकड़ों में।"

"तो अब तू ही बता कि पहले तो इतने लोगों का वोट ख़त्म कर दिया। अब दूसरा जिन बचे-खुचे लोगों की वोट आई है अगर वो उसे डाल भी आएँ तो उनका देना भी न देने के बराबर ही है। फिर जिन लोगों को जीतना है वे तो पहले ही जीत चुके हैं। तुम्हारे वोट अब उनकी जीत के अन्तर को कम नहीं कर सकते... हाँ बढ़ा ज़रूर सकते हैं।"

"मैं कुछ समझा नहीं?" रहमू की घुमा-फिराकर कही गई बात को समझने के लिए उसने पूछा।

"अगर तू पढ़ा-लिखा होकर भी इतनी सी बात नहीं समझ सकता तो फिर तू काहे का पढ़ा-लिखा? तू ये जो माहौल देख रहा है ना, इसे बनाया ही इसलिए गया है कि चुनाव को एकतरफ़ा, मुसलमान विरोधी किया जा सके... समझे," रहमू ने आगे कहा, "अगर नहीं समझे, तो कुछ देर मेरी कही बातों पर गौर करके देखो।"

इतना कहकर उसने भैंसों के आगे से पानी की ख़ाली बाल्टी उठाई और अन्दर चला गया।

उसके जाने के बाद राशिद ने पल-भर में ही चुनाव और उसके कारण बने इस माहौल पर विचार करना शुरू कर दिया। फिर उसका ध्यान दिन-भर में उसके साथ हुए एक के बाद एक वार्तालाप पर दौड़ गया।

उसने सभी बातों पर ध्यानपूर्वक विचार किया और एक लम्बी साँस लेकर घर की ओर चल दिया। उसने उस बच्चे की-सी राहत महसूस की, जिसने नतीजे की परवाह किये बिना फेल होने के डर से अपनी परीक्षा ही छोड़ दी हो।

अब उसके मन में वोट न दे पाने का दुख नहीं था। बल्कि मतदाता सूची में नाम न आने से वह एक तरह की ख़ुशी महसूस कर रहा था। वहाँ से चलते हुए उसने ख़ुद से ही बुदबुदाते हुए कहा, "चलो, अच्छा ही हुआ कि मेरा वोट नहीं बना। वरना फिर देने के बावजूद उसके ख़राब हो जाने का दुख होता।"

...मूर्ख।

